鬼馬粵語的前世今生

陳小朗 編著

責任編輯	馮孟琦
裝幀設計	涂　慧
責任校對	趙會明
排　　版	周　榮
印　　務	龍寶祺

鬼馬粵語的前世今生

編　著	陳小朗
出　版	商務印書館（香港）有限公司
	香港筲箕灣耀興道 3 號東滙廣場 8 樓
	http://www.commercialpress.com.hk
發　行	香港聯合書刊物流有限公司
	香港新界荃灣德士古道 220–248 號荃灣工業中心 16 樓
印　刷	嘉昱有限公司
	香港九龍新蒲崗大有街 26–28 號天虹大廈 7 字樓
版　次	2024 年 7 月第 1 版第 1 次印刷
	© 2024 商務印書館（香港）有限公司
	ISBN 978 962 07 4702 1
	Printed in Hong Kong

前　言

....

一

　　本書是《廣府俚語字詞考析》（香港商務印書館 2023 年 2 月第 1 版）的姐妹篇，作者在編寫該書時對粵語連綿詞如「閉翳」、「咩豆」和包含連綿詞的複合詞如「盲摸摸」等作了初步的探討，深感它們更值得關注。

　　廣府人說話時不免會對一些經常使用的俚語感到困惑，我們分明知道這些俚語的意義，也知道如何應用，卻不知道這些俚語為甚麼不能望文識義，例如「鬼馬」、「捞攪」等；或我們雖然知道某些俚語與行為或情狀有關，卻不明白其中原委，例如「懵盛盛」、「生勾勾」等；也有這樣的情形，雖然坊間盛傳某些俚語的有關掌故，但這些掌故或者是附會，例如「白霍」，或者與歷史掌故或文化掌故相悖，例如「閉翳」。這些掌故不但沒有讓我們看清這些俚語的廬山真面目，反而更顯迷霧重重。這些疑惑在詞典中是找不到答案的。

　　出現這些情形的原因是粵語中存在相當數量的連綿詞。它們的特徵是以義寄於聲和不可分訓，即我們只需通過讀音便能知曉意義，但不能考訓本字。

二

連綿詞是漢語文化一道神祕而瑰麗的風景。古人將不期而遇叫「邂逅」，悠閒自在叫「逍遙」，美麗柔和叫「旖旎」，兩情相悅不離不棄叫「繾綣」。這些都屬於連綿詞。

由於對連綿詞作系統的研究在近代才開始，先賢詹憲慈或孔仲南不可能專門對粵語連綿詞作考析，因此《廣州語本字》或《廣東俗語考》誤將許多粵語連綿詞當複合詞分訓，這種現象在古漢語或現代其他方言研究中也普遍存在。

連綿詞考析與複合詞不同，不能探求本字而在於探求其原生形態（最早的書寫、讀音和意義）。例如《辭通》編者朱起鳳考「落魄」最初的字詞是「拓落」，其所在詞族中其他通假詞（同音或近音的借代字詞）相當於異體；《連綿詞大詞典》編者徐振邦將原生態的連綿詞叫「主條」，同一詞族中其他異體叫「附條」，例如「落魄」最初的形態是「拓落」，讀音念 tuòluò，意義是失意潦倒或放浪不羈。「拓落」逆序作「落拓」，之後生出異體「落托」或「落脫」。由於漢代「魄」讀若「托」，也讀若「薄」，又生出異體「落薄」或「落泊」。本書行文時原則上按徐振邦的意見稱原生形態連綿詞為「主條」，表述為「本作『XX』」或「『XX』是連綿詞主條」，例如「『落魄』本作『拓落』」或「『拓落』是連綿詞主條」，個別情形下也權按詹憲慈或孔仲南的表述稱「本字」。

本書對詹憲慈或孔仲南已作考證的粵語連綿詞進行考析，這些詞條分三類：1. 詹憲慈或孔仲南已作考證的連綿詞如「捹西」、「哆吊」等；2. 詹憲慈或孔仲南已作考證的由連綿詞構成的複合詞如「瘦蜢蜢」、「惡死睩瞪」等；3. 詹憲慈或孔仲南已作考證的漢語複合詞但粵語由於記音成為連綿詞如「鬼馬」、「屋企」等。

三

連綿詞讀音較特殊。據朱起鳳後人吳文祺的《辭通‧重印前言》記述，朱起鳳（公元 1874—1948）年輕時曾代掌教海寧安瀾書院的外祖父吳浚宣閱卷，見某學生卷中有「首施兩端」，疑為筆誤，遂批改道：「當作『首鼠』。」課卷發還學生後合院大嘩，朱氏因此被譏笑：「《後漢書》且未見，烏能閱文？」朱氏自此潛心讀書，撰成《新讀書通》，出版時易名《辭通》。

實際上「首鼠」與「首施」通假，「首鼠」出自《史記‧魏其武安侯列傳》：「（武安侯田蚡）怒曰：『與長孺共一老禿翁，何為首鼠兩端。』」成語「首鼠兩端」形容猶豫不決。「首施」則出自《後漢書‧鄧訓傳》：「雖首施兩端，漢亦時收其用。」「首鼠」或「首施」均是連綿詞，本作「躊躇」（chóuchú），釋義見《集韻》：「躊，躊躇，不進貌。」例見《楚辭‧東方朔＜七諫‧沉江＞》：「驥躊躇於弊輂兮。」和《後漢書‧馮衍傳》附《顯志賦》：「欽真人之德美兮，淹躊躇而弗去。」釋義又見《玉

篇》：「躊，躊躇，猶疑也。」例見《文選‧潘岳〈笙賦〉》：「勃
慷慨以慘亮，顧躊躇以舒緩。」和唐李白《同王昌齡送族弟襄
歸貴陽》詩之一：「躊躇紫宮戀，辜負滄州言。」故《連綿詞大
詞典》將「躊躇」列為主條，「首鼠」或「首施」列為附條。

　　「落魄」則是另一種情形。「落魄」的「魄」讀「普伯切」
（《廣韻》），現代漢語念 pò，粵音 paak[8]，義項包括精氣、糟粕
等；又讀「白各切」（《廣韻》），現代漢語念 bó，粵音 bok[9]，
作象聲詞模擬物體墮地聲；但連綿詞「落魄」的「魄」讀「他
各切」（《廣韻》），現代漢語念 tuò，粵音 tok[8]，《連綿詞大詞
典‧落魄》的注音與《漢語大字典》一致，俱念 tuò。可見「魄」
在古漢語與「拓」通假，後來這個讀音只保留在「落魄」中成
為連綿詞讀音。

　　這種情形在粵語尤其特出，例如「陀陀擰」的「陀陀」，第
一個「陀」用正音念 to[4]，第二個「陀」用連綿詞讀音念 to[2*]；
又如「麻麻」的「麻」的正音念 ma[4]，但第二個「麻」用連綿
詞讀音念 ma[2*]，而在「夜麻麻」中「麻麻」用連綿詞讀音另念
maa[1*]maa[1*]，可見 to[2*]、ma[2*] 或 maa[1*] 均是連綿詞讀音。粵語
詞典稱這些讀音為「變調」，注音時在拼音右上角加「*」號，
例如「夜麻麻」的「麻麻」念 maa[1*]maa[1*]，「麻麻地」的「麻麻」
念 ma[4]ma[2*]。

四

要討論連綿詞，程瑤田是個繞不過去的人物。

程瑤田（公元 1725—1814）字易疇，安徽歙縣人，博物學家，提倡「用實物以整理史料，考釋古代名物」，開啟傳統史料學與博物考古學相結合的研究途徑，是我國近代科學史研究的先驅，著有《九穀考》、《釋宮小記》、《釋蟲小記》、《釋草小記》等。程氏又長於訓詁，著有《果臝轉語記》，原著四篇，未於其生前付梓，1933 年安徽叢書編印處刊行時僅存一篇。王念孫在該書的跋中高度讚譽程氏：「先生立物之醇，為學之勤，持論之精，所見之卓，一時罕有其匹。」

程氏的創見在於將「果臝」（guǒluǒ，細腰蜂）作為典型詞例，結合傳統訓詁關於「轉語」（由於異時性或異地性差異讀音或意義發生轉變的詞）的理論對漢語連綿詞作突破性的探討，提出漢語語音和意象的關係：「屢變其物而不易其名，屢易其文而弗離其聲。物不相類也，而文不得不類；形不相似，而天下人皆得以是聲類之。……姑以所云『果臝』者推廣言之。《爾雅》：『果臝之實栝樓。』高誘注《呂氏春秋》曰：『蠭，果臝也。』然則『果臝』之名無定矣，故又轉為『蜾（guǒ）臝』、『蒲盧』，細腰土蜂也。」

程氏的理論揭示，語言的功能是人類祖先由於生存需要用聲音描述意象（事物或行為的名稱、形狀、情態或說話人

的情緒）和傳遞信息，在遠古時期人類的祖先抓住果實渾圓和可以滾動的特徵，用「果蠃」形容蜂窩滾圓，並用來命名土蜂，後來用「果蠃」的轉語「果蓏」指果實，「骨碌」描摹滾圓的形狀（平面的圓形、圓球形、圓柱形），「軲轆」指輪子。

程氏的理論令人聯想到英語的「globe」，《朗文英語詞典》（LONGMAN DICTIONARY CONTEMPORARY ENGLISH）「globe」的主義項是「an object in the shape of a round ball」（球狀物體）。可見程氏提出的「果蠃」這個典型詞語及其轉語的理論將連綿詞的考析推上一個新的台階。他的見解不但有深邃的歷史視野，同時對當代的連綿詞研究具有長遠意義。

五

本書原擬用「粵語連綿詞考析」作書名。責編馮孟琦女士建議書名要更貼地氣，希望讀者能看到專業上進得去、普及上出得來的讀物。幾經斟酌，遂用「鬼馬粵語的前世今生」作書名。「鬼馬粵語」指粵語連綿詞，「前世」指本書詞條在《廣東俗語考》和《廣州語本字》兩本書中所分析的內容及掌故，而「今生」則指今天的考析和解讀，以及該詞目前的應用。

「鬼馬」是個獨具特色的粵語連綿詞，形容機靈滑稽。這個俚語的文本意義外溢後形成的文化意義，不但綜合了廣府人骨子裏樂觀幽默的精神（廣府人叫「生鬼」）和靈活變通的處世技巧（廣府人叫「執生」），還包含老於世故和一點市儈色

彩。個中意趣，唯廣府人可心領神會。

「鬼馬」一詞尤為港人所喜愛，港產片不乏以「鬼馬」命名的電影，例如《鬼馬智多星》(1981 年，林子祥、泰迪・羅賓主演) 等等。採用這個詞來做書名，正是希望本書能拉近與讀者的距離，令讀者提起對本書中所列之連綿詞考析內容的興趣。

本書僅是筆者對粵語連綿詞的初步探討，不當或不確之處在所難免，敬請讀者指正。

陳小朗

二〇二四年五月十五日

凡 例

一、本書詞條選自張勵妍、倪列懷、潘禮美編著的《香港粵語大詞典》(天地圖書有限公司 2021 年 3 月第 4 版),以及饒秉才、歐陽覺亞、周無忌編著的《廣州話方言詞典》(香港商務印書館 2019 年 5 月第 1 版)。

二、本書原文摘自詹憲慈《廣州語本字》(香港中文大學出版社 2007 年第 1 版平裝本) 和孔仲南《廣東俗語考》(上海文藝出版社 1992 年影印本,原書上冊為南方扶輪出版社 1933 年 8 月第 1 版,下冊為 1933 年 12 月第 1 版)。

三、本書部分粵語連綿詞將詹憲慈和孔仲南的考證一併列出,以作對照。

四、每個詞條分「舊說」和「新識」兩部分。

五、「舊說」包括「原文」、「白話譯文」和「箋注」。

六、據訓詁學傳統箋不破注的原則,本書「箋注」只梳理詹憲慈或孔仲南的考證意見。

七、「新識」鈎沉相關掌故 (歷史掌故、文化掌故、器物掌故、民間傳說)、搜羅典籍用例或記錄其他學者 (包括作者) 對詹憲慈或孔仲南考證的異議。

八、本書錄詹憲慈原文時由作者斷句並加標點，錄孔仲南已斷句的原文時作者重新加標點，保留內容中錯訛或脫字，在「新識」中訂正。

九、本書詞條的漢語讀音參考漢語大字典編輯委員會編的《漢語大字典》（湖北辭書出版社和四川辭書出版社 1997 年第四次印刷），連綿詞讀音參考徐振邦《連綿詞大詞典》（商務印書館 2013 年 12 月第 1 版），粵語讀音參考詹伯慧主編的《廣州話正音字典》（廣東人民出版社 2004 年 7 月第 2 版）。與粵語詞條有關的古漢語詞條的釋義參考《詞源》修訂本（商務印書館 1983 年 12 月第 1 版），有關的連綿詞條參考朱起鳳《詞通》（上海古籍出版社 1982 年 5 月重印第 1 版，原書於 1934 年由開明書店出版）、徐振邦《連綿詞大詞典》和謝紀鋒《漢語連綿詞詞典》（外語教學與研究出版社 2011 年 11 月第 1 版）。

十、本書中連綿詞讀音在拼音右上角加「*」號，例如「夜麻麻」的注音念 je⁶maa¹*maa¹*。

十一、本書為每個粵語連綿詞詞條附上範讀，讀者可掃描二維碼收聽。由於連綿詞的讀音是以聲表義，應用中個別詞條的老粵語讀音與《香港粵語大詞典》注音不一致，本書範讀按老粵語讀音並參考《廣州話正音字典》的注音。

目 錄

鬼馬

《廣州語本字・卷二十・鬼脈》

「鬼脈」者，慧也，俗讀「脈」若「馬」。《方言》：「虔環，慧也。自關而東趙魏之間謂之黠，或謂之鬼。」郭注：「謂鬼脈也。」今讀「鬼脈」若「鬼馬」，音之轉耳。

「鬼脈」形容機靈狡獪，廣府人說話時將「脈」讀若「馬」。「鬼」的釋義見《方言》：「虔、環，慧也。自關而東趙魏之間謂之黠，或謂之鬼。」郭璞注：「謂鬼脈也。」如今廣府人將「鬼脈」讀若「鬼馬」，是音轉的緣故。

《廣東俗語考・釋性質・眿》

謂人黠慧曰「鬼馬」，「鬼」者如鬼之精靈，惟「馬」字無解。按《方言》：「虔、環，慧也。趙魏之間謂之黠，或謂之鬼。」注云：「鬼眿也。」《方言》十：「眿，慧也。」是「鬼馬」即「鬼眿」之聲變。

廣府人形容機靈狡獪叫「鬼馬」，「鬼」形容象鬼一般精靈，唯獨「馬」字難以解釋。按《方言》的釋義：「虔、環，慧也。趙魏之間謂之黠，或謂之鬼。」郭璞注：「謂鬼眽也。」《方言》十：「眽，慧也。」可見「鬼馬」即「鬼眽」之聲變。

「鬼」讀「居偉切」（《廣韻》），現代漢語念 guǐ，「眽」讀「徒損切」，（《廣韻》）現代漢語念 mài，漢語「鬼眽」形容黠慧，釋義見《說文解字注》：「（《方言》）曰：『眽癆，欺謾也。』又曰：『眽，慧也。』郭注：『今名黠為鬼眽。』又曰：『慧，自關而東趙魏之間謂之黠。或謂之鬼。』郭注：『言鬼眽也。』」

「鬼眽」的粵音念 gwai²mak⁹，音轉念 gwai²maa⁵，注音寫作「鬼馬」，重言作「鬼鬼馬馬」，形容思維不循常理或行為不守規則，應用中猶機靈古怪，例如「呢條友好鬼馬」（這傢伙很搞怪），又如廣受喜愛的老港產片《鬼馬天師》。

一

「鬼」的初義作名詞指祖先，用例見《論語‧為政》：「非其鬼而祭之，諂也。」鄭玄注：「人。」其作形容詞時有以下意義：1、形容黠慧，釋義見《方言》，又見《廣雅》：「鬼，慧也。」例見《金瓶梅》第二十回：「就是你這小狗骨禿兒的鬼，你幾時往後邊去，就來哄我？」2. 形容難以捉摸，例見《韓非子‧八經》：

「故明主之行制也天，其用人也鬼。」舊注：「如鬼之陰密。」明陳其猷集釋：「鬼乃陰密不可捉摸者，故以鬼為喻。」3. 指不可告人的心思，例見《紅樓夢》第七十二回：「（司棋）心裏懷着鬼胎，茶飯無心，坐起恍惚。」

「脈」指血管，例見《周禮・天官・瘍醫》：「凡藥以酸養骨，以辛養筋，以鹹養脈。」也指脈搏，例見《素問・經脈別論》：「人之居處、動靜、勇怯，脈亦為之變乎？」

漢語熟語「鬼脈」和「鬼馬」各有掌故。

中醫將陰陽失調導致脈象飄忽叫「鬼脈」，該理論見明萬曆年間內府大御醫（俗稱「大內御醫」）龔廷賢《壽世保元》：「脈來乍大乍小，乍長乍短，為邪崇脈；又寸尺有脈，關中无脈，為鬼脈。」而道家則將死人的脈搏叫「鬼脈」。

漢語熟語「鬼馬」指主人死後留下的馬或送葬儀仗中的紙馬，前義例見唐杜甫詩：「鬼妾與鬼馬，色悲充爾娛。」後義例見宋陸文圭《李杜》詩：「鬼馬如龍游，鬼妾如花紅。」和清吳嘉紀《送瑤兒》詩：「門外生死別，行人駐足觀。鬼馬在後，仙幢在前。」

詹憲慈和孔仲南均考廣府俚語「鬼馬」的本字是「鬼脈」，並指原義形容點慧，是。粵語「鬼馬」用脈搏難以捉摸比喻機靈滑稽，由於這個廣府俚語只能因聲求義，不可分訓（不能像複合詞那樣逐字考證），故將之視為粵語連綿詞。

二

廣府俚語又有「鬼五馬六」，其義同「鬼馬」，例見粵語熟語雜錦：「得一望二、唔三唔四、鬼五馬六、雜七雜八、九全十美」，

掌故是舊時每月的初五、初六是牛日和馬日，在這兩天信眾會到地藏廟去禮拜勾魂使者牛頭馬面。由於這兩個傢伙給人形象詭異的感覺，廣府人遂用「鬼五馬六」代稱牛頭馬面，比喻形象或行為怪誕。然而按傳統曆法，只有正月初五是馬日，初六是牛日，其餘的月份中馬日和牛日並不固定，而且省城的信眾上香 (廣府人叫「拜神」) 也沒有禮拜牛頭馬面的習俗。可見這個掌故經不起推敲。

參考北方俚語「人五人六」形容裝模作樣，「鬼五馬六」的構詞模式與之相同，文化掌故其實也與「人五人六」一樣與《易經》有關。按《易經》的理論，八卦裏每一卦都有六個爻，第一、第二爻代表地，第三、第四爻代表人，第五、第六爻代表天。天、地、人合稱「三才」，人居於中寓意頂天立地，故成語「不三不四」暗含不是人的意思。而北方話的「人五人六」本指頂天立地的人，在實際應用中譏諷別人裝模作樣，例見王朔《枉然不供》：「別看那小子裝得五講四美、人五人六的樣兒，其實一肚子男盜女娼，背着人嘴可髒着呢。」從「人五人六」的掌故，可推想「鬼五馬六」原本指「鬼馬」的人，在應用中與「鬼馬」同義。

三

粵語「鬼馬」從貶義詞變成褒義詞或與粵劇有關。舊時戲班由丑角扮演的情夫叫「鬼馬老撇」，情婦叫「鬼馬老二」(見《俚語隱語行話詞典》，曲彥斌主編，上海辭書出版社 1996 年初版)。這兩個丑角在舞台上扭捏作態、插科打諢，於是「鬼馬」遂生出滑稽的含義，廣府人又將他們扮演夫妻的舉動叫做「扮鬼扮馬」，比喻滑稽搞笑。

「鬼馬」這個俚語尤為港人所喜愛，不少香港電影用「鬼馬」作片名，例如：《鬼馬雙星》、《鬼馬智多星》、名列 2004 年香港最賣座港片前三的《鬼馬狂想曲》等。在這些片名中，「鬼馬」的文化意義均是機靈古怪、老於世故甚或有點市儈，反映了廣府人樂觀積極的性格。

二
招積

收聽讀音

舊　說

《廣州語本字・卷十一・諒謧》

「諒謧」者，善於語言也，俗讀「諒謧」若「醪劙」。《類篇》：「諒謧，巧言也。」今謂巧言語者曰「諒謧」，作事敏捷者亦曰「諒謧」。《集韻》：「諒，憐蕭切」，「謧，狼狄切」。

「諒謧」形容能言善辯，廣府人說話時將「諒謧」讀若「醪劙」。「諒謧」的釋義見《類篇》：「諒謧，巧言也。」如今形容能言善辯叫「諒謧」，做事敏捷也叫「諒謧」。「諒謧」的讀音見《集韻》：「諒，憐蕭切」，「謧，狼狄切」。

「諒」和「讅」的切音見詹憲慈引《集韻》，現代漢語念
liáolì，粵語切讀如「溜力」。其義一形容說話或辦事機靈，釋
義見《集韻》：「諒，諒讅，巧言。」又，同書：「諒，諒讅，言不
明。」典籍無用例。

　　而詹憲慈本條的「諒讅」即粵語的「招積」。「言不明」的意
義沒有進入粵語，「招積」僅保留「諒讅」形容巧言的意義，引
申形容機靈或洋洋自得。例如「個細蚊仔好招積」（那小孩很機
靈活潑），又如「住得舒適，食得招積（吃得開心）」；又重言作
「招招積積」，例如「嗰條友招招積積噃，唔通中咗六合彩？」（那
傢伙洋洋自得，難道中了六合彩？）

一

　　文若稚《廣州方言古語選釋》（澳門日報出版社 1992 年 7
月第 1 版）考「招積」的本字是「喌喥」：「（喌喥）是以狀聲詞出
現的，後來據其聲貌而引申出雜亂繁瑣的聲音的含義。……這
個古漢語遺留在廣州方言後，從其引申義又引申為多嘴多舌、
叫囂不休等用義，成為形容人的動態的形容詞。」文若稚認
為「招積」形容「多嘴多舌、叫囂不休」與「招積」的意義接近，
或是。

　　坊間又傳「招積」本作「招戳」。「招」讀「止遙切」（《廣
韻》），現代漢語念 zhāo，「戳」讀「苦擊切」（《廣韻》），現代漢語念

jī，粵音 ziu¹gik⁷，猶挑釁，引申形容張揚。但漢語沒有熟語「招戲」或「招擊」。

二

「諒讔」有另一種表達，即「流利」，現代漢語念 liúlì，意義如下：1. 形容靈活流暢，例見張彥遠《法書要錄》卷二引南朝梁庾元威《論書》：「敬通又能一筆草書，一行一斷，婉約流利。」現代漢語用例見杜鵬程《在和平的日子裏》：「（梁建）迅速而流利地寫了一個條子，交給調度員，要他立刻辦理幾件事情。」2. 形容説話或文字流暢，例見清沈德潛《説詩晬語》：「他如吳淵穎之兀奡，迺易之之流利，薩天錫之穠鮮耀豔……」現代漢語用例見巴金《家》：「今天練習的成績算你最好，英文説得自然，流利。」3. 形容聲音圓轉流暢，例見《宋史・律曆志四》：「徵聲抑揚流利，從下而上歸於中。」

從「流利」的釋義和應用可見，「諒讔」雖然可引申為形容機靈或洋洋自得，但音訓不合，不是本字。

三

「招積」本作「狡黠」，「狡」讀「古巧切」，「黠」讀「下八切」（《集韻》），現代漢語念 jiǎoxiá，粵音 gaau²kit⁹。其義一形容詭詐，例見《三國志・蜀志・張嶷傳》：「健弟狡黠，又夷狄不能同功，將有乖離。」和《法苑珠林》卷四十一引《生經》：「其賊狡黠，更當設謀。」現代漢語用例見曹禺《日出》第二幕：「他原來是大豐銀行一個小職員，憑着狡黠和逢迎的本領現在升為潘月

亭的祕書。」義二形容機靈，例見清紀昀《閱微草堂筆記·灤陽續錄二》：「蔡季實殿撰有一僕，京師長隨也，狡黠善應對，季實頗喜之。」「狡黠」也寫作「狡滑」，今作「狡猾」。

《辭通》錄「狡黠」有異體「狡桀」，例見《三國志·魏書·劉曄傳》：「揚士多輕俠狡桀。」朱起鳳按：「『黠』字作『桀』，近義也。」「狡桀」也作「喬傑」，形容瀟灑俊美，例見《文選·潘岳＜射雉賦＞》：「何調翰之喬傑，邈疇類而殊才。」和宋陸九淵《智者術之源論》：「聖人之智，非有喬傑卓越不可知者也，直先得人心之同然矣。」

「狡傑」現代漢語念 jiǎojié，粵音 gaau²git⁸，音轉念 dziu¹dzik⁷，注音寫作「招積」，保留瀟灑或機靈的意義，引申形容洋洋自得。現時廣府人在生活中，使用這個詞的頻率依然很高。例如在形容討厭別人自鳴得意時，人們會講「而家佢就咁招積，遲啲睇下佢點收科！」（現在他這麼自鳴得意，過些時間看他怎麼收場！）又或是對經常洋洋自得愛炫耀之人失敗後的幸災樂禍——「抵佢死！等佢之前咁招積啊嚀！」（活該！讓他之前那麼得意愛炫耀！）

三

撈攪

收聽讀音

舊說

《廣東俗語考・釋情狀・㳂嫪》

「㳂」音「撈」上聲，「嫪」音「教」下去聲，紛亂謂之「㳂嫪」。《吳都賦・注》:「㳂嫪，眾相交錯之貌。」呂向注:「㳂嫪，錯亂貌。」《駢雅》:「㳂嫪，糾亂也。」

白話譯文

「㳂」的粵音讀若「撈」上聲，「嫪」讀若「教」下去聲，形容紛亂叫「㳂嫪」。「㳂嫪」的釋義見《吳都賦・注》:「㳂嫪，眾相交錯之貌。」又見同書呂向注:「㳂嫪，錯亂貌。」和《駢雅》:「㳂嫪，糾亂也。」

《廣州語本字・卷三十・繚糾》

「繚糾」者，糾纏也，俗讀「繚」若北語之「勞」，「糾」若「滘」。《說文》:「糾，繩三合也。」「繚」下云:「纏也。」古所謂「糾繚」者，三繩相纏合也。廣州謂糾纏不清曰「繚糾」，倒文也。《廣韻》:「繚，落蕭切」，「糾，居黝切」。

　　「繚糾」猶糾纏，廣府人說話時將「繚」讀若北方話的「勞」，「糾」讀若「滘」。「糾」的釋義見《說文》：「糾，繩三合也。」同書釋「繚」云：「纏也。」古人所謂的「糾繚」指三繩相互纏合。因此廣府人形容糾纏不清叫「繚糾」，乃「糾繚」的逆序。「繚」的讀音見《廣韻》：「繚，落蕭切」，「糾」的讀音見同書：「糾，居黝切」。

　　孔仲南考本字是「槑嫪」，「槑」讀「下巧切」，「嫪」讀「郎到切」（《廣韻》），現代漢語念xiáolào，形容縱橫交錯，例見《文選・左思〈吳都賦〉》：「澀嘒槑嫪，交貿相競。」李善注：「槑嫪，眾相交錯之貌。」和清袁枚《讀詩品三十二首・矜嚴》：「博極而約，淡蘊於濃，若徒槑嫪，非浮丘翁。」

　　詹憲慈考本字是「繚糾」，「繚」讀「落蕭切」，「糾」讀「居黝切」（《廣韻》），現代漢語念liáojiū，形容糾纏混亂，例見《文選・王褒〈洞簫賦〉》：「鄰菌繚糾，羅鱗捷獵。」劉良注：「並竹管相連繞貌。」和明劉基《青蘿山房歌寄宋景濂》：「繚糾要紹分，若蒼龍垂胡降玄穹。」

　　「繚」又讀「盧皎切」，「糾」又讀「舉有切，音九」（《正韻》），粵語切讀如「撈九」，注音寫作「撈攪」。而粵語「撈」的正音念laau⁴，「攪」的正音念gaau²，作連綿詞變調念 laau²*gaau⁶*，形容亂七八糟，例如「間屋好撈攪」（房子裏的東西亂七八糟）。後引申形容沒有頭緒，例如「篇文章好撈攪」（這篇文章寫得糾纏不清），又引申出指麻煩的意思，例如「拎住一抽一挷好撈攪」（拿着一抽一串東西很麻煩）或「佢份人好撈攪」（他這人很麻煩）。

朱起鳳《詞通》錄「㗫嘹」有異體「㗫嗖」、「糾繚」、「糾譑」、「糾繆」，朱氏按：「『㗫嗖』疊韻，『糾』與『㗫』，聲之轉。《淮南子・本經訓》：『偃蹇繆糾，曲成文章。』『繆糾』亦即『糾蓼』也。」又注：「(㗫嗖) 音『攪絞』，猶擾亂，《文選・左思＜吳都賦＞》：『儵矞㗫嗖，交貿相競。』注：『㗫嗖，眾相交錯之貌。㗫，胡考切。』」可見「㗫嘹」和「繚糾」是同一詞族的連綿詞。

「㗫嘹」還有一異體詞「薛越」。「薛」讀「私列切」，「越」讀「王伐切」（《廣韻》），現代漢語念 xuēyuè，形容散亂，例見《荀子・王制》：「貨財粟米者，彼將日日棲遲薛越之中野，我今將之蓄積並聚之於倉廩。」王先謙《荀子集解》引盧文弨曰：「薛越，即屑越。」。「棲遲薛越之中野」的意思是財物糧食散亂地棄置於荒野中。

從詹憲慈和孔仲南的考證可見，「繚糾」或「㗫嘹」原本均形容糾纏錯亂，即朱起鳳注解的「猶擾亂」。省港學界和坊間沿用孔說只提「㗫嘹」是本字，殊不知詹憲慈與孔仲南並無分歧，而且詹氏的「繚糾」更方便理解和書寫。

「撈攪」在粵語應用頻率很高，重言作「撈撈攪攪」，插入副詞作「撈咁攪」或「撈晒攪」，市井粗鄙的說法作「撈鳩攪」。除了本條箋注所舉的生活用例外，還有不少的應用場景：當需要形容某人做事毫無章法亂七八糟時，人們會說「佢做嘢好撈攪」（他做事毫無章法，總是一團糟）；形容出現意外情況導致場面

混亂時，可説「本來好哋哋嘅會場畀佢整到撈咁攪」（本來好好的會場被他搞得亂七八糟，一片狼藉）。

四

落薄

收聽讀音

《廣東俗語考・釋性質・落魄》

「落魄」讀若「落薄」，貧無家業曰「落魄」，《史記》：「家貧落魄。」亦作「落拓」，《南史》作「落泊」，見《杜棱傳》。

「落魄」讀若「落薄」，貧窮沒有財產叫「落魄」，例見《史記・酈生陸賈列傳》：「（酈生）家貧落魄。」也作「落拓」，《南史》又作「落泊」，例見《陳書・杜棱傳》。

「落魄」的「落」讀「盧各切」,「魄」讀「他各切」(《廣韻》),用現代漢語念 luòtuò。

「落魄」指貧窮沒有產業,例見《史記・酈生陸賈列傳》:「(酈生)好讀書,家貧落魄,無以為衣食業。」也形容放浪不羈,例見唐杜枚《遣懷》詩:「落魄江湖載酒行,楚腰纖細掌中輕。」

「落魄」在粵語作「落薄」,粵音 lok⁹bok⁹,形容失意潦倒,例如「佢以前好風光,依家就落薄喇」(他以前很風光,現在卻困窘潦倒了)。

一

複合詞「落魄」形容失魂落魄,這個「魄」念 pò,粵音 paak⁸,例見《初刻拍案驚奇》:「怎奈一個似神差鬼使,一個似失魂落魄。」和《紅樓夢》第九十五回:「如今看他失魂落魄的樣子,只有日日請醫調治。」

連綿詞「落魄」則形容失意潦倒,釋義見《集韻》:「落魄,不得志貌。」例見上引《史記・酈生陸賈列傳》句和漢王充《論衡・自紀》:「或曰:『⋯⋯今吾子涉世落魄,仕數黜斥,材未練於事,力未盡於職,故徒幽思屬文,著記美言,何補於身?眾多欲以何移乎?』」也形容放蕩不羈,釋義見集解:「應劭曰:『落魄,志行衰惡之貌也。』」例見上引《遣懷》句和唐李白《駕去溫泉後贈楊山人》詩:「少年落魄楚漢間,風塵蕭瑟多苦顏。」

二

「落薄」的「薄」讀「傍各切」(《廣韻》)，現代漢語念 luòbó，形容失意潦倒，例見元王實甫《破窰記》第三折：「我如今落薄了，不曾得官。」和《警世通言》：「今日雖然落薄，看他一表人才，又會寫，又會算。」「落薄」沒有放蕩不羈的意義，粵語與漢語一致。

可見粵語「落薄」的詞源是「落魄」。「落魄」和「落薄」均是漢語和粵語共用的連綿詞，「落魄」的粵音念 lok⁹tok⁸（「落魄」最初作「落拓」，見本條「新識三」)，「落薄」則念 lok⁹bok⁹；「落魄」形容失意潦倒或放蕩不羈，「落薄」僅形容失意潦倒。

孔氏又謂「《南史》作『落泊』，見《杜棱傳》」，該句指「棱頗涉書傳，少落泊，不為當世所知」的事跡。

三

連綿詞「落魄」的「魄」在《漢語大字典》、《連綿詞大詞典》均注音念 tuò，《廣州話正音字典》注音念 tok⁸，然而北方也有人念 pò，而廣州則念 paak⁸。這個讀音出現分歧的原因，有可能是晉灼注云：「『落魄，落托。』」但《康熙字典》記錄「魄」讀如「薄」的原因是「《史記》《漢書》(『魄』)俱音『薄』」，因此北方話的 pò 和粵語的 paak⁸ 是約定俗成但不規範的讀音。

此外還有一層原因，複合詞「落魄」的「魄」現代漢語念 pò，粵音 paak⁸，導致連綿詞的「落魄」與複合詞「落魄」混淆。

四

　　連綿詞考析與複合詞不同，連綿詞無所謂本字，需要探求的是其原生形態 (最早的字形、讀音、意義)，例如「落魄」最初的形態是字形為「拓落」，讀音念 tuòluò，原本形容失意潦倒或放浪不羈，掌故見朱起鳳《詞通》按：「『落拓』古亦稱『拓落』，《文選・揚雄〈解嘲〉》：『何為官之拓落也。』注云：『拓落猶遼落，不諧偶也。落、樂、陸三字同聲通用，與拓聲亦同，度、拓疊韻。』《顏氏家訓・勉學篇》：『鹿獨戎馬之間，轉死溝壑之際。』(『鹿獨』) 疑亦即『落拓』之叚 (即『假』)。」「拓落」後來作「落拓」或「落托」，形容潦倒的用例見唐李郢《即目》詩：「落拓無生計，伶俜戀酒鄉。」和宋陸游《醉道士》詩：「落托在人間，經旬不火食。」現代漢語用例見魏金枝《奶奶》：「後來竟將長衫之類不常應用的東西，叫茶房送到當舖裏去，成為不得不然的落拓了。」形容放蕩的用例見晉葛洪《抱朴子・疾謬》：「然落拓之子，無骨骾而好隨俗者，以通此者為親密，距此者為不泰。」和唐呂岩《七言》詩：「琴劍酒棋龍鶴虎，逍遙落托永無憂。」

收聽讀音

五

鵪鶉

《廣東俗語考·釋動物·鵪》

「鵪」讀若「菴」，鵪鶉也，「鶉」讀若「春」，田中小鳥，肥美可口。《夏·小正》：「田鼠化為鴽，即鵪鶉也。」《畢萬術》：「蝦蟆得爪化鶉。」《交州記》：「南海有黃魚，九月則化為鶉。」此鳥性淳，故曰「鶉」。

「鵪」讀若「菴」，即鵪鶉；「鶉」讀若「春」，指田野中肥美可口的小鳥。《大戴禮記·夏小正》：「田鼠化為鴽，即鵪鶉也。」《淮南畢萬術》：「蝦蟆得爪化鶉。」晉劉欣期《交州記》：「南海有黃魚，九月則化為鶉。」該鳥性情溫馴，所以叫「鶉」。

《廣東俗語考·釋性質·媕娿》

「媕娿」讀若「鵪於」，毫無決斷曰「媕娿」，俗謂無決斷而蝕虧者，動曰「鵪鵪於，唔見錢」，即「媕娿」也。《石鼓歌》：「詎肯感激徒媕娿。」言自有風骨，不肯俯仰隨人也。

廣府人將「媕婀」讀若「鵪於」，形容不果斷叫「媕婀」，廣府人稱不果斷而吃虧，動輒（按：原文漏「輒」）叫「鵪鶉於」，錢沒有了也叫「媕婀」。「媕婀」用例見韓愈《石鼓歌》：「詎肯感激徒媕婀。」這個句子中「媕婀」形容堅持獨立的風骨，不肯俯仰隨人。

「媕婀」的「媕」讀「烏含切」，「婀」讀「烏何切」（《廣韻》），用現代漢語念 ān'ē，粵語切讀如「含何」，形容沒有主見或猶豫不決，釋義見《廣韻》：「媕，媕婀，不決。」例見唐韓愈《石鼓歌》：「中朝大官老於事，詎肯感激徒媕婀」。

「鵪鶉」在現代漢語念 ānchún，是一種雉科禽鳥，體型小而豐滿，性格溫順，常棲息於草叢或灌木叢中，美味且富於營養。

粵語「鵪鶉」念 ngam¹tsoen¹，義一指禽鳥，義二形容畢恭畢敬，例如港產片《鹿鼎記》中建寧公主對皇帝說：「第啲太監見到我哋好似鵪鶉噉（別的太監看見我們都是畢恭畢敬）。」義三形容怯懦怕事，例如「一有乜事就成隻鵪鶉噉」（有甚麼事就認慫），又如港人形容假裝溫良馴服叫「扮鵪鶉」。

一

「鵪鶉」得名的掌故頗有爭議。除了孔氏引《夏小正》、《畢萬術》和《交州記》的傳說之外，古人還認為「鵪」和「鶉」是兩

種鳥，掌故見《本草綱目・禽部・鶉》：「鴾與鶉兩物也，形狀相似，俱黑色，但無斑者為鴾，今人總以鴾鶉名之。」又傳說赤色羽毛的鳳凰叫「鶉」，掌故見《埤雅》引《禽經》：「赤鳳謂之鶉。」今學者認為，「鴾鶉」作連綿詞是指一種雉科禽鳥。

鴾鶉在古代最初叫「鶉」，例見《詩經・墉風・鶉之奔奔》：「鶉之奔奔，鵲之強強（鴾鶉雙雙共棲止，喜鵲對對齊飛翔）。」和《詩經・魏風・伐檀》：「不狩不獵，胡瞻爾筵，有懸鶉兮！」戰國時期，鴾鶉被列為六禽之一，是筵席上的佳肴。唐宋時期，古人開始馴養鴾鶉用於賽鬥，可見鴾鶉是既供食用也供娛樂的禽鳥。

二

「婩嬰」有異體「婩婀」，「婀」讀「於何切」，現代漢語念 ā，應用更廣。其義一指沒有主見，例見唐白居易《有木詩八首序》：「予嘗讀《漢書》列傳，見佞順婩婀，圖身忘國，如張禹輩者。」義二形容曲阿逢迎，例見宋洪邁《容齋四筆・會合聯句》：「婩婀當位，左掣右壅。」和清高其倬《薊州新城》詩：「剛鯁靡子遺，婩婀忌忠誠。」又有異體「婩婀」或「婩阿」。前詞中「婀」讀「烏何切」，現代漢語念 ē，例見清魏源《籌海篇》：「婩婀調停者曰：『姑聽其開博場，……』」後詞中「阿」的讀音同「婀」，例見宋梅曉臣《雷逸老遺石鼓文》：「欲以氈衣歸上庠，天官婩阿馳肯將。」和明歸有光《王府君墓誌銘》：「平生不婩阿隨人是非，尤能容人之過。」

孔仲南釋韓愈「詎肯感激徒媕婀」句中「媕婀」形容堅持獨立的風骨，不確。韓愈《石鼓歌》該句全句是「中朝大官老於事，詎肯感激徒媕婀？」「媕婀」應據《廣韻》釋義是「媕，媕婀，不決。」故該句的「媕婀」形容猶豫不決。

三

從孔仲南記錄的掌故可見，粵語「鵪鶉」一詞吸收了「媕婀」的意義，因此形容畢恭畢敬或怯懦。而遍佈我國大江南北的鵪鶉，則由於北方民間有鬥鵪鶉的風俗，故在北方流傳一個歇後語「咬敗的鵪鶉鬥敗的雞 —— 上不了陣勢」。其掌故是北方民間有「三鬥」，即鬥雞、鬥羊、鬥鵪鶉。可見「鵪鶉」在漢語中並沒有怯懦這個含義。粵語「鵪鶉」之所以獨特，乃因為它作為禽鳥名稱是連綿詞，又正好與另一個連綿詞「媕婀」的讀音近似，廣府人遂用它形容怯懦，有時也用於形容人膽小怕事，不敢聲張的樣子。

六
麻甩

《廣州語本字・卷二十三・劈歷》

「劈歷」者，急速也。《方言》：「愍，猝也。」郭注：「愍音劈歷。」今謂急速曰「劈歷」，用「愍」字之切音也。急讀「劈歷」二字，其音即為「麻利」。

　　「劈歷」形容急速，釋義見《方言》：「愍，猝也。」郭璞注：「愍音劈歷。」形容急速叫「劈歷」，是用「愍」字的切音。語速快地讀「劈歷」二字，其音即為「麻利」。

《廣東俗語考・釋聲氣・愍樸》

「愍樸」讀若「碧樸」，言聲響之急連也。《方言》：「愍樸，猝也。」郭注：「急速也。」今人言來勢急速者，必曰「愍樸聲」。

　　粵語「愍樸」讀若「碧樸」，形容響聲急速連續。「愍樸」的釋義見《方言》：「愍樸，猝也。」郭璞注：「急速也。」如今人們形容來勢急速必定說「愍樸聲」。

◆箋◆注◆

　　「劈歷」的「劈」讀「普擊切」，「歷」讀「郎擊切」（《廣韻》），現代漢語念 pīlì，粵音 pik[7]lik[9]，作象聲詞模擬雷聲，例見宋釋道印《頌古八首》：「霹靂未收聲，閃電不留影。」和宋魏了翁《先立春一日，電雪交作程叔運賦詩次韻》詩：「誰驅阿香送劈歷，更遣玉女來姑瑤。」

　　「愍樸」的「樸」讀「匹角切」（《廣韻》），現代漢語念 pǔ，粵音 pok[8]，形容急速。此釋義見《方言》：「愍樸，猝也。」郭璞注：「謂急速也。」王念孫疏證：「今俗語狀聲響之急速者曰愍樸，是其義也。」典籍無用例。

　　「麻利」的粵音念 maa[4]lei[6]，義同漢語「麻利」，例如「佢做嘢好麻利」（他辦事很利落）。

　　「麻利」在粵語又作「麻叻」，粵音 maa[4]lak[9]，後來粵語將「麻叻」音轉念 maa[4]lat[7]，注音寫作「麻甩」，作名詞舊指麻雀（見《廣州話方言詞典》），也可形容女子幹練潑辣，例如網上介紹港女 Daisy 是「27 歲麻甩女，身高 155cm，入行做搭棚」。後此詞多形容男子猥瑣，例如「呢條友正麻甩佬」（這傢伙真是個臭男人）。「麻甩佬」也是男子的謔稱，例如「幾條麻甩佬成晚吹水唔抹嘴」（幾個臭男人整晚胡吹海侃不亦樂乎）。

一

　　我國學者和民間關於粵語「麻甩」的本字和掌故眾說紛紜，姑摘錄如下：

1. 清郝懿行《證俗文》考證說：「今俗謂不務本業而飄蕩者曰『馬流』。」「馬流」即馬驑，「麻甩佬」本作「馬驑佬」，輾轉相傳泛指討厭的男人。今浙江寧波話稱狡點不羈的人仍稱「馬留蟲」，又上海、無錫話稱遊手好閒的人為「馬郎黨」，又稱「馬浪蕩」或「馬郎」，均是「馬流」的音變和異體，與「麻甩佬」出自同一娘胎。

2. 廣州坊間傳說，清代廣州有很多從比利時來的傳教士醫生，常用法語「malade」（病人）稱呼病者。廣州人誤以為即「男人」，遂將「malade」音譯作「麻甩」，用「麻甩佬」貶稱男人。

3. 有識者認為此詞源自唐傳奇的崑崙奴摩勒。崑崙奴乃唐代顯貴豢養的南洋奴隸，膚色為深棕色。據傳唐代長安作為國際大都市，顯貴人家咸以豢養崑崙奴（南亞或東南亞奴隸）、新羅婢（高麗婢女）和菩薩蠻（西域胡姬）為時髦。唐傳奇中有《崑崙奴》這篇作品，該故事中的崑崙奴名叫「摩勒」，讀音與「麻甩」相近。

4. 本字是「馬拉」（即馬來西亞）。掌故是唐代已有馬來西亞人在中國當奴僕，「麻甩佬」即「馬拉佬」。

5. 「麻甩」是「馬騾」之訛，「馬騾」即騾子，是公驢和母馬交配而生的雜種。「麻甩佬」猶罵人是「雜種」。

6. 本作「麻笠佬」。笠是古時用草或竹皮編織的帽子或衣物。因古人喪禮穿的孝服是用草編成，故叫「笠」。古人要為死者披麻帶孝數十日，在這些日子裏他們都不能脫下喪服洗澡，身上自然會流汗發臭，故人們用「麻笠佬」謔稱臭男人。

　　筆者認為，以上掌故除第 1、第 2 條外，其餘均是附會。

二

　　連綿詞「劈歷」作象聲詞模擬雷聲，例見本條箋注。「劈歷」本作「霹靂」，釋義見《玉篇》：「霹，霹靂也。」又見郭璞注《爾雅》：「雷之急激者為霹靂」，但應用中其意義更豐富：義一作名詞指巨雷，例見漢枚乘《七發》：「其根半死半生，冬則烈風漂霰飛雪之所激也，夏則雷霆霹靂之所感也。」和《後漢書・張奐傳》：「又大風雨雹，霹靂拔樹，詔使百僚各言災應。」義二指雷聲，例見唐杜甫《熱》三首之一：「雷霆空霹靂，雲雨竟虛無。」和唐段成式、張希復、鄭符《遊長安諸寺聯句》詩：「黑雲夜窸窣，焉知不霹靂。」義三形容巨響，例見唐薛逢《觀競渡》詩：「江上人呼霹靂聲，竿頭彩掛虹霓暈。」和《太平廣記・神仙四・月支使者》：「獸舔唇良久，忽如天雷霹靂之響。」義四猶雷擊，例見晉陶潛《搜神後記》卷十：「蛇來偷食，罪當在蛇，反更霹靂我耶？」和唐杜甫《雷》詩：「何須妒雲雨，霹靂楚王台。」義五形容迅速，例見唐王維《老將行》詩：「漢兵奮迅如霹靂，虜騎崩騰畏蒺藜。」和唐杜牧《郡齋獨酌》詩：「屈指百萬世，過如霹靂

忙。」義六形容突然，例見明張景《飛丸記・代女捐生》：「痛心如割，焦憤如焚，霹靂從空起。」現代漢語用例見郭沫若《南京印象》：「這在我真是一個晴天霹靂。」

三

詹氏認為「劈歷」急讀作「麻利」，不確。

「急讀」這個語言現象指「古人語急（按：即急讀）則兩字可縮為一字，語緩（按：即緩讀）則一字可引為兩字。」（清俞樾《古書疑義舉例》）例如「窟窿」急讀為「孔」，「胡弄」急讀為「哄」。但「劈歷」沒有急讀的合音字（上字聲母和下字韻母的切音字），不可能急讀為「麻利」。

「麻利」是連綿詞主條，「麻」讀「莫霞切」，「利」讀「力至切」（《廣韻》），現代漢語念 málì，粵音 ma⁴lei⁶，形容行動敏捷，例見《二十年目睹之怪現狀》第二十回：「你出門沒有幾時，就歷練的這麼麻利了！」現代漢語用例見楊朔《百花山》：「手腳麻利，走路又輕又快，機靈得像隻貓兒。」

這個詞異體作「麻力」，例見《老殘遊記》第四回：「玉大人官卻是個清官，辦案在實在麻力，只是手太辣些。」現代漢語用例見老舍《駱駝祥子》：「她是三十二三歲的寡婦，乾淨，爽快，作事麻力又仔細。」

「麻利」或「麻力」是近代漢語連綿詞，按上述用例推斷，應與「劈歷」無關。

七

惡死睖瞪

收聽讀音

《廣東俗語考・釋聲氣・痍瞪》

「痍瞪瞪」，「痍」「鷹」下去聲，「瞪瞪」「硬」下去聲，病人辛苦曰「痍瞪瞪」。《集韻》：「痍瞪瞪，困病貌。」

> 「痍瞪瞪」的「痍」讀如「鷹」的下去聲，「瞪瞪」讀如「硬」的下去聲，形容病人辛苦的情狀叫「痍瞪瞪」，釋義見《集韻》：「痍瞪瞪，困病貌。」

「痍瞪」的「痍」讀「魯鄧切」，「瞪」讀「徒亙切」（《廣韻》），現代漢語念 lèngdèng，粵語切讀如「能登」，形容生病時痛苦的情狀。其釋義見孔仲南引《集韻》，例見明康海《中山狼》第三折：「笛聲中斜陽隴樹，為甚痍瞪瘦骨西風暮？」周貽白注：「痍瞪瘦骨，瘦骨支離，有病的意思。」

「痍瞪」在粵語作「睖瞪」，粵音 lang⁴dang⁴。熟語「惡死睖瞪」形容惡狠狠，例如「呢條友惡死睖瞪，鬼都怕咗佢」（這傢伙窮兇極惡，鬼也讓他三分）。

粵語詞典沒有將「睰睖」單獨錄作詞條，其與「惡死」構成熟語「惡死睰睖」形容惡狠狠，粵語連綿詞「睰睖」用《集韻》「困病貌」的引申義形容病態，再引申指變態，故「惡死睰睖」形容兇惡而且變態。

　　連綿詞「殘瞪」常見的異體詞作「踜蹬」，現代漢語念 lèngdēng，形容步履蹣跚，釋義見《廣韻》：「踜，踜蹬，行貌。」例見清高宗弘曆（乾隆）《雪浪石記》：「（馬）不敢遺溲乾草，否則踜蹬病以斃。」也指失足，例見唐張敬忠《咏王主敬》詩：「誰知腳踜蹬，卻落省牆東。」異體作「踜蹭」，現代漢語念 lèngcèng，例見明高明《琵琶記‧牛氏規奴》：「如今年老腳踜蹭，圓社無心馳騁。」和清史震林《西清散記》卷二：「雙拳捭闔搖天關，兩腳踜蹭旋地軸。」

　　從「殘瞪」及其異體詞的應用可見，「殘瞪」所謂「困病貌」形容身體虛弱的病態，而「踜蹬」或「踜蹭」引申指步履不穩或失足，但粵語將「殘瞪」引申形容病態。

　　粵語「死」的正音念 sei^2，但這個俚語中，「死」字由於受廣府土著中南海人的讀音影響也念 si^2（屎），該音在老粵語是白讀音。

　　在生活中，當需要形容別人樣子兇神惡煞，或一副想吵架的樣子，廣府人常稱其「惡死睰睖」。然而，這並不完全是一個貶義詞。在一些善意提醒、批評的場景下，人們也會用來作勸誡之語，如「你唔好咁惡死睰睖啦，因住嚇親個細路啊」（你別一副兇巴巴的樣子，小心把孩子嚇到了）。

八

瘟沌

收聽讀音

《廣東俗語考‧釋性質‧渾沌》

「渾沌」通作「渾敦」，不明事理曰「渾敦」。《左傳》:「帝鴻氏有不才子，天下之人謂之渾敦。」注:「渾敦，不開通之義。」通作「混沌」。

「渾沌」一般寫作「渾敦」，形容不明事理叫「渾敦」。「渾敦」的用例見《左傳》:「帝鴻氏有不才子，天下之人謂之渾敦。」杜預注:「渾敦，不開通之義。」粵語一般寫作「混沌」。

《廣州語本字‧卷二十‧渾敦》

「渾敦」者，不開通也，俗讀「渾」若「混」，「敦」若燉牛白腩之「燉」。《左傳》:「天下之民，謂之渾敦。」注:「渾敦，不開通之貌。」

「渾敦」的意思是閉塞，廣府人說話時將「渾」讀若「混」，「敦」讀若燉牛白腩的「燉」。「渾敦」的用例見《左傳》:「天下之民，謂之渾敦。」杜預注:「渾敦，不開通之貌。」

「渾沌」的「渾」讀「胡本切」，「沌」讀「徒損切」(《廣韻》)，現代漢語念 húndùn，形容模糊，例見《文選・王褒〈洞簫賦〉》:「或渾沌而漘溔兮，獵若枚折。」和唐儲光羲《同諸公秋日遊昆明池思古》詩:「秋色浮渾沌，清光隨漣漪。」又形容愚蠢糊塗，例見《史記・五帝本紀》:「昔帝鴻氏有不才子，掩義隱賊，而好兇惡，天下謂之渾沌。」和清龔自珍《偽鼎行》:「外假渾沌自晦逃天刑。」現代漢語用例見胡適《海上花列傳・序二》:「這不過是有意描寫一(羣)渾沌沒有感覺的人。」詹憲慈本條的「渾敦」音義同「渾沌」。

「渾沌」的粵音念 wan⁶doen⁶，音轉念 wan¹dan⁶，注音寫作「瘟沌」，可形容糊塗，例如「呢條友好瘟沌」(這傢伙很糊塗);重言作「瘟瘟沌沌」;也形容迷糊，例如「飲到瘟瘟沌沌，講咗乜都唔記得」(喝得迷迷糊糊，說過甚麼都想不起來)。

一

　　「渾沌」本作「混沌」，「混」讀「胡本切」，「沌」讀「徒損切」（《廣韻》），現代漢語念 hùndùn，粵音 wan⁶doen⁶。其意義如下：

1. 古代傳說指創世之初宇宙元氣未分、模糊一團的狀態，例見漢班固《白虎通・天地》：「混沌相連，視之不見，聽之不聞，然後剖判。」和宋張君房《雲笈七籤》卷二：「《太始經》云：『昔二儀未分之時，號曰洪源。溟涬濛鴻，如雞子狀，名曰混沌。』」

2. 形容渾然一體，例見唐孫思邈《四言詩》：「一體混沌，兩精感激。」和宋吳曾《能改齋漫錄・神仙鬼怪》：「又有以兩雞子令占者，簡曰：『此物不難知，一雄兼一雌，請將打破看，方明混沌時。』」現代漢語用例見季子《革命其可免乎》：「彼俄滿之交也，呼吸一氣，混沌無間，蓋決然矣。」3. 形容糊塗，例見元無名氏《小尉遲》第一折：「這個養爺老的混沌了，我是劉季真的兒。」和《水滸傳》第二十四回：「混沌濁物，我倒不曾見日頭出半天裏，便把這喪門關了。」現代漢語用例見洪深《現代戲劇論》六：「拿見形式不見內容的浮薄眼光和『知二五不知一十』的混沌頭腦去觀察社會，固然覺得各種職業界很有高下的區別。」

　　「混沌」還有異體詞「餛飩」，現代漢語念 húntun，粵音 wan⁴tan⁴。其保留「渾沌」形容糊塗的意義，例見元張可九《醉太平》曲：「門庭改作迷魂陣，清廉貶人睡餛飩。」同時又作專有名詞指包着肉餡的食物，粵音 wan⁴tan¹，釋義見《詞源》（增訂本）：

「餛飩，食品，薄面裹肉，或蒸或煮而食之。唐釋玄應《一切經音義・十誦律》引《廣雅》：『餛飩，餅也。』《齊民要術・餅法》有『水引餛飩法。』……《字苑》作『餛飩』。」這個「餛飩」的掌故見明謝肇淛《五雜俎》：「『餅』，麵餈也。《方言》謂之『餛飩』，又謂之『飥』。然『餛飩』即今饅頭矣，非餅也。」用例又見唐段成式《酉陽雜俎・酒食》：「今衣冠家名食，有『蕭家餛飩』，漉去湯肥，可以瀹茗。」和宋陳元靚《歲時廣記・食餛飩》：「京師人家，冬至多食餛飩，故有『冬至餛飩』、『年餛飩』之說。」

二

廣東關於「餛飩」的掌故最早或見宋高懌《群居解頤・嶺南風俗》：「嶺南地暖，草萊經冬不衰，……又其俗入冬好食餛飩，往往稍暄，食須用扇。至十月旦，率以扇一柄相遺，書中以吃餛飩為題，故俗云：『踏梯摘茄子，把扇吃餛飩』。」

漢語指食物的「餛飩」，廣府人寫作「雲吞」，粵音 wan⁴tan¹。「餛飩」在我國各地稱謂不同，例如上海、浙江等地仍叫「餛飩」，四川叫「抄手」，安徽皖南叫「包袱」，江西叫「清湯」。「餛飩」還按「雲吞」的粵音進入英語作「wonton」。

傳說廣州最早的雲吞麵店，是湖北人同治年間在雙門底（今廣州北京路南段）開的「三楚麵館」。廣府人將「例牌」（四顆雲吞和一個銀絲蛋麵）雲吞麵叫「細蓉」。或許因為當年堂倌把一碗熱氣騰騰的雲吞麵端上來時，操着湖北腔的粵語吆喝：「細雲來了！」「雲」音近「容」，於是坊間傳寫作「細蓉」。雲吞麵因此在廣州有了這樣一個別致的名稱。

坊間將例牌雲吞麵叫「細蓉」，六顆雲吞加一個半銀絲蛋麵叫「中蓉」，雙份的雲吞和麵叫「大蓉」。又傳將雲吞麵叫「蓉」的掌故出自李白《長恨歌》「芙蓉如面柳如眉」，遂用「蓉」代指麵云云。此說應是附會。舊時廣府人吃雲吞麵，如果是「中蓉」需加半個蛋麵，這樣勢必將一個蛋麵掰開兩半，煮出來的麵條便零零散散，賣相必定不忍卒睹；而要一碗雙份的雲吞麵則不如乾脆要兩碗。可見「大蓉」或「中蓉」只是「細蓉」的陪襯，並無此物。

實際上廣府人吃雲吞麵時，多加一份雲吞叫「加碼」，多加一個蛋麵叫「加底」，例如港人到茶餐廳就餐，常會招呼一聲：「夥記，唔該嚟碗細蓉加底，再加個飛沙奶茶（服務員，勞駕來個雲吞麵加底，再來個不加糖的奶茶）。」近年由於鮮蝦雲吞與傳統的豬肉雲吞在食肆平分秋色，有的港人將鮮蝦雲吞叫「細蓉」，豬肉雲吞叫「細蛹（粵音 jung^2）」，但水牌或菜單上仍寫其正式名稱。

收聽讀音

九

齮齕

舊　說

《廣東俗語考·釋情狀·齮齕》

讀若「涯齧」，買賣相爭價錢，不肯給足曰「齮齕」。《說文》：「齮齕，齧也。」如食之者慢慢齧之，不肯遽吞也。

白話譯文

　　粵語「齮齕」讀若「涯齧」，交易雙方討價還價，相持不下叫「齮齕」。「齮齕」的釋義見《說文》：「齮齕，齧也。」形容吃東西慢慢咀嚼，不肯立即咽下。

箋◆注

　　「齮齕」的「齮」讀「魚倚切」，現代漢語念 yǐ，猶嚼，釋義見《說文》：「齮，齧也。」例見宋王令《謝李常伯》：「喎哦夜不休，齮嚼午忘飢。」「齕」讀「下沒切」（《廣韻》），現代漢語念 hé，猶咬，釋義見《說文》：「齕，齧也。」例見《莊子·馬蹄》：「齕草飲水，翹足而陸，此馬之真性也。」

　　「齮齕」猶咬嚼，例見宋洪邁《夷堅乙志·張淡道人》：「良久，草或食盡，或齮齕過半。」和清汪價《三儂贅人廣自序》：「不能守齒剛舌柔之說，好齮齕剛物，未六十而輝然落其二。」

粵語「齮齕」念 gi¹gat⁹，意義如下：1. 指搞小動作騷擾，例如「咪喺度齮齕」（別在這裏搞小動作騷擾）。2. 猶爭執，即孔氏本條所謂「買賣相爭價錢」，例如「佢兩個周不時有齮齕」（他們兩個常常有爭執）；重言作「齮齮齕齕」，例如「咪喺度齮齮齕齕」（別在這裏搞蛋）；也可簡略作「齕」，例如「你試下齕佢」（你試試搞小動作騷擾他）。

一

孔氏謂「齮齕」讀若「涯齧」（ngaai⁴ngat⁶），但流傳過程中廣府人按「齮齕」的聲旁識讀作「奇乞」（kei⁴hat⁷），又音轉念 gi¹gat⁹，《香港粵語大詞典》注音錄作「嘰吃」。粵語「嘰」的正音念 gei¹，「吃」的正音念 hek⁸（文讀）或 jaak⁸（白讀），gi¹gat⁹ 是連綿詞讀音。

孔氏引《說文》釋義云：「如食之者慢慢齧之，不肯遽吞也」，這個「齮齕」的意義猶慢慢咀嚼。

「齮齕」尚有以下意義：1. 猶傷害，例見《史記‧田儋列傳》：「且秦復得志於天下，則齮齕用事者墳墓矣。」裴駰集解引如淳曰：「齮齕猶齚齧。」和《遼史‧耶律曷魯傳》：「我國削弱，齮齕於鄰部日久。」2. 猶詆毀，例見《明史‧韓雍傳》：「為中官所齮齕，公論皆不平。」和清龔自珍《己亥雜詩》：「一事平生無齮齕，但開風氣不為師。」

33

二

　　孔仲南記廣府人將「齴齾」讀若「涯齧」。「涯」讀「五佳切」（《廣韻》），現代漢語念 yá，粵音 ngaai[4]；「齧」讀「五結切」（《廣韻》），現代漢語念 niè，粵音 nip[9]。「咬」讀「五巧切」（《集韻》），現代漢語念 yǎo，粵音 ngaau[5]，可見早期老粵語將「齴齾」讀如「咬齧」，「咬齧」是熟語，即「齩齧」，猶「慢慢齧之」。

　　由於「嗽」和「吃」在粵語是表音的語素，本書列為粵語連綿詞。但該熟語在《廣州話方言詞典》錄作「齴趷」，本書採用《廣州話方言詞典》的詞條。

收聽讀音

十

憨膒

《廣州語本字・卷七・憨膒》

　　「膒」者，女陰也，俗讀「膒」若「俱」。《字彙補》：「膒，女陰也。古於切，音俱。」《廣雅》：「憨，愚也。」《淮南・本經》：「愚夫憨婦。」《一切經音義》四引《韻集》：「憨，醜巷反。憨、憨通。」

　　「朒」指女子的生殖器，廣府人說話時將「朒」讀若「俱」。「朒」的音義見《字彙補》：「朒，女陰也。古於切，音俱。」「憃」的釋義見《廣雅》：「憃，愚也。」例見《淮南子・本經訓》：「愚夫憃婦皆有流連之心，悽愴之志。」「憃」的音義見《一切經音義》四引《韻集》（按：我國早期的韻書，晉呂靜撰）：「憃，醜巷反。憃、戇通。」

　　字典無「朒」字，詹憲慈手稿標題原作「朒」，定稿時改為「朒」。「朒」讀「居六切」（《玉篇》），現代漢語念 jú，作名詞指身體，釋義見《玉篇》：「朒，身也。」作形容詞猶肥胖，釋義見《五音集韻》：「朒，肥也。」典籍無用例。

　　「憃」讀「丑用切」（《廣韻》），與戇同。現代漢語念 chōng，粵語切讀如「蠢」，初義指騷動，釋義見《說文》：「憃，亂也。《春秋傳》曰：『王室日憃憃然。』」《春秋傳》該句詳見《左傳・昭公二十四年》：「今王室實蠢蠢焉，吾小國懼矣。然大國之憂也，吾儕何知焉？」杜預注：「蠢蠢，動擾貌。」「憃」、「蠢」通假，形容愚蠢，例見《戰國策・魏策一》：「寡人憃愚，前計失之。」和《漢書・刑法志》：「三赦：一曰幼弱，二曰老眊，三曰憃愚。」顏師古注：「憃愚，生於癡騃者。」

　　粵語「戇鳩」念 ngang⁶gau¹，形容愚笨，現只用在粗鄙的用語中。其強調語氣作「戇鳩鳩」，前詞例如「你都戇鳩嘅」（你真傻逼），後詞例如「呢條友真係戇鳩鳩」（這傢伙真是又笨又傻）。

一

　　古漢語「㝧」通「戇」。「戇」讀「陟降切」（《廣韻》），現代漢語念 zhuàng，粵語按《廣韻》切音「呼貢切」念 ngong[6]，形容愚笨，釋義見《說文》：「戇，愚也。」又見《正字通》：「戇，急直也。」漢語無熟語「㝧戇」，可參考熟語「戇愚」或「愚戇」（形容愚笨戇直），例見《墨子・非儒下》：「其親死，列屍弗斂，登堂窺井，挑鼠穴，探滌器，而求其人矣，以為實在，則戇愚甚矣。」和《後漢書・蔡邕傳》：「臣以愚戇，感激忘身。」

二

　　按詹氏所注「朘」的音義推斷，「朘」應是「脧」。「脧」讀「苦刀切」（《廣韻》），現代漢語念 kǎo，通「尻」，音義見《集韻》：「尻，《說文》：『䐈也。』亦作脧。」漢語「尻」的初義指臀，釋義見段玉裁注：「尻，今俗云溝子是也；䐈，今俗云屁股是也；析言是二，統言是一。」「尻」的用例見《西遊記》第一十五回：「你這個大膽的馬流，村愚的赤尻！」和《聊齋志異・狼三則》：「身已半入，止露尻尾。」段注中的「溝子」即「尻子」，是北方口語對臀的俗稱。

　　但從「尻」的釋義和用例可見，「尻」沒有副詞或語氣詞的詞性，也不指生殖器。粵語「𨳒」的本字應是「𡲬」，「𡲬」讀「渠尤切，音裘」（《字彙》），現代漢語念 qiú，粵音 gau[1]，指男子的

生殖器，釋義見《字彙》：「男子陰異名。」典籍無用例，音義又見孔仲南《廣東俗語考・釋身體・尿》：「『尿』讀若『鳩』，《字彙》：『男子陰異名。』」

「尿」是粗鄙語，例見趙樹理《好消息》：「投降不投降，還是一個尿樣。」「尿」在北方口語柔化作「球」，例如「你算球？」（你算甚麼東西？）

三

「戇鳩」在粵語中是粗鄙的說法。其中，「戇鳩」的「鳩」是表強調的語氣詞，「戇鳩」形容很傻，例如「佢份人好戇鳩」（他這人很愚笨）。「鳩」重言作「鳩鳩」，「戇鳩鳩」義同「戇鳩」，例如舊時廣州有歌謠：「戇鳩鳩，食豐收；鳩溜溜（粵音讀如『流』），食銀球；跩跩腳，食百雀。」舊時豐收牌香煙售價人民幣 2 角 6 分，銀球牌售價人民幣 3 角 3 分，百雀牌售價人民幣 8分，身為「煙鏟」（煙癮大者）的打工仔乃芸芸眾生的底層，大多抽豐收牌香煙解癮，故曰「戇鳩鳩」；其中收入較高的那羣人抽銀球牌香煙而自命高人一等，故曰「鳩溜溜」；收入微薄而家庭負擔重的只配抽百雀牌而自得其樂，故曰「跩跩腳」。

四

「鳩」在粵語作名詞指男子生殖器，俗寫作「閪」，例如「調轉鳩（或『閪』，下統作『鳩』）屙尿」（字面意義是小便時尿液向上射，比喻行為不循常規）和「鳩噏」（字面意義是用生殖器說話，比喻胡言亂語）；作名詞指男性生殖器，例如「鳩屎」的字面

37

意義是生殖器上的積垢，形容差勁，引申指態度惡劣；作諧謔語表強調語氣，又如「乜鳩」是「乜嘢」(甚麼) 的粗鄙説法。

「鳩」後來柔化作「居」，「戇居」義同「戇鳩」，例如「你都戇居嘅」(你真傻)。「居」重言作「居居」，「戇居居」義同「戇鳩鳩」，例如「戇居居，食煎堆」(字面意義是傻乎乎吃煎堆，屬繞口令性質的文字遊戲)。

「戇居居」的「居居」本字也可能是連綿詞「區區」。「區」讀「豈俱切」(《廣韻》)，現代漢語念 qū，粵音 koey[1]，形容愚蠢平庸，例見《焦仲卿妻》：「阿母謂府吏：『何乃太區區！』」和《隋書·來護兒傳》：「大丈夫在世當如是，會為國滅賊以取功名，安能區區久事隴畝！」可見「戇區區」形容愚笨而無所作為。

港人在網路上也按「戇鳩」的英語諧音惡搞寫作「on9」或「online」(「on line」指在線上，「line」是「nine」的諧音)，遂令「戇鳩」多了兩個英文異體。

鞋熠熠

收聽讀音

《廣州語本字·卷三十四·鰓澀澀》

「鰓」者，不滑也，「澀」者，澀也，重言「澀」，形容其不滑也；俗讀「鰓」若「鞋」，讀「澀」若「十」。《方言》：「㥴鰓、乾都、考、革，老也。」郭注：「皆老者皮色枯瘁之形也。」「鰓」音「魚鰓」。《說文》：「澀，不滑。」《淮南子》：「㵎澀肌膚。」今之所謂「鰓」，從皮色枯瘁言之，皮色枯瘁者必觸手不滑，故曰「鰓」，引申之，凡不滑皆曰「鰓」。《廣韻》：「鰓，蘇來切」，「澀，所立切」。

「鰓」形容不滑，「澀」形容澀，重言作「澀澀」，形容不順滑；廣府人說話時讀「鰓」若「鞋」，讀「澀」若「十」。「鰓」的釋義見《方言》：「㥴鰓、乾都、考（按：詹憲慈誤作『考』）、革，老也。皆南楚江湘之間代語也。」郭璞注：「皆老者皮色枯瘁之形也。」「鰓」讀音若魚鰓的「鰓」（按：原文該句有脫字）。「澀」的釋義見《說文》：「澀，不滑。」例見《淮南子·要略》：「㵎澀肌膚。」如今所謂「鰓」，是指皮

色枯悴而言，皮色枯悴觸摸時必然不滑溜，因此叫「鰓」，引申凡形容不滑都叫「鰓」。「鰓」的讀音見《廣韻》：「鰓，蘇來切」，「澀」的讀音見同書：「澀，所立切」。

《廣東俗語考・釋疾病・榿》

「榿」讀若「諧」，本作「賈」，「木」旁）。「榿」與「諧」叶聲，物澀曰「榿」，以「榿」為木，皮革粗錯，故凡物之粗澀不滑者，皆謂之「榿」

「榿」讀若「諧」，本作「賈」（「木」旁）。（按：原書「木旁」之前漏括号前半部分，該字即「榿」）「榿」與「諧」讀音相同，形容物體表面粗澀叫「榿」，「榿」這種樹木表皮粗糙，因此大凡形容物體粗澀不滑便叫「榿」。

「鰓」讀「蘇來切」，(《廣韻》)，現代漢語念 sāi，粵音 soi[1]，古人指魚的鰓蓋，釋義見《玉篇》：「鰓，魚頰。」例見晉潘岳《西京賦》：「貫鰓鴟尾，掣三牽兩。」和唐李白《酬中都吏攜斗酒雙魚於逆旅見贈》詩：「雙鰓呀呷鰭鬣張，蹳剌銀盤欲飛去。」現代漢語指魚的呼吸器官，例如「魚鰓」。

「澀」讀「所力切」(《廣韻》)現代漢語念 sè，粵語切讀如「食」，形容不平滑，釋義見《說文》：「澀，不滑也。」例見《素問・通評虛實論》：「脈虛者不象陰也，如此者，滑則生，澀則

死也。」又見明徐光啟《測候月食奉旨回奏疏》:「然水則有新舊滑澀,則遲速異。」和《聊齋志異・雲翠仙》:「山路澀,母如此踽踽,妹如此纖纖,何能便至?」又形容害羞,例見《聊齋志異・花姑子》:「女頻來行酒,嫣然含笑,殊不羞澀。」從應用可見,「澀」同「澀」,「山路澀」的「澀」形容不光滑,「殊不羞澀」的「澀」形容說話吞吐或舉止失措。

「榎」讀「古疋切」(《廣韻》),現代漢語念 jiǎ,粵語切讀如「加」,義同「檟」,即楸樹,釋義見《爾雅》:「槐小葉曰榎,大而皵,楸;小而皵,榎。」郭璞注:「槐當為楸,楸細葉者榎,老乃皮麤皵者為楸。小而皮麤皵者為榎。」例見清毛奇齡《傅生時義二刻序》:「是使皵榎不逢夏,皵楸不逢秋,無不可也。」

粵語「欸」形容粗糙,例如「雙手好欸」形容手掌粗糙或長滿老繭,又如「口欸脷窟」猶口乾舌燥。

「熠」的正音念 jap⁷,形容鮮明,本條「熠」是粵方言字,粵音 saap⁹,是「澀」的注音字。「欸熠熠」念 haai⁴saap⁹saap⁹,形容很粗糙,例如「双手欸熠熠」(手掌很粗糙)。

一

從《方言》中「恔鰓、乾都、考、革,老也。皆南楚江湘之間代語也」句可見,「恔鰓」是連綿詞。「恔」讀「古拜切」(《廣韻》),現代漢語念 jiè,粵語切讀如「怪」,形容衰老,典籍無用例。「恔」的粵音轉念 haai⁴,粵語注音寫作「欸」,由形容衰老引申為形容粗糙。

「鰓」作形容詞無切音，俗音念 xī，與「葸」通假，形容畏懼，例見《漢書·刑法志》：「故雖地廣兵彊，愬愬然常恐天下之一合而軋己也。」《漢書》「愬」作「鰓」，蘇林注：「『鰓』音『慎而無禮則葸』之『葸』。『鰓』，懼貌也。」「鰓」不是「嘥」的本字。

從「澹」的音義可見，「澹澹」是本字，粵語注音寫作「熠熠」。

二

「熠」在粵語應用中尚有以下情形：1. 作「煠」的注音字，粵音 saap[9]，指長時間地燒煮，例如「熠熟狗頭」（比喻咧着嘴笑）、「白煮白熠」（只用清水不加油鹽地熬煮）或「熠豬菜」（煮豬食）── 指舊時嶺南鄉民用莙薘菜（廣府人稱「豬乸菜」）、芭蕉樹幹、水浮蓮和米糠熬煮豬食，故叫「豬菜」。廣州在上世紀中、末期在傳統豬食中添加「潲水」── 即食肆的下腳料或殘羹剩飯。由於豬的食量大，豬食要較長時間燒煮，故叫「煠」，坊間也作「熠」。2.「熠」用本義時粵音 jap[7]，形容燦爛，例如「星光熠熠」（「星光燦爛」）。

三

「檟」樹的特點是表皮粗糙，其聲旁是「夏」（現代漢語念 xià，粵音 haa[6]），孔氏説「『檟』讀若『檻』」，即「檟」在粵語音轉念 haai[4]，用粵方言字「嘥」注音。

然而「檟」即「楸」，楸樹雖然表皮粗糙，但楸木在民間多用於製作高檔樂器和優質傢具，經濟價值很高，古代有「木王」之稱。據《史記·貨殖傳》：「淮北、常山已南，河濟之間千樹楸。

此其人皆與千戶侯等。」和《述異記》:「越人多橘柚園,歲出橘稅,謂之橙橘戶。中山又有楸戶,著名楸籍者也。」可見楸是貴重的美木,榎是楸的細葉者,不應與「木王」有抵牾的解釋,孔氏所謂「榎」是「𪗡」的本字的説法,似難成立。

四

由於粵語「鞋」是「𪗡」的諧音字,遂生出「鞋」的語言忌諱。舊時年俗在春節年初一前廣府人要買新鞋,寓意踩小人(免被小人加害),但初一至十五期間不能買鞋。因為「唉」的粵音文讀念 aai[1],白讀念 haai[4],顧客在鞋店買鞋少不了要呼喚「呢對鞋」(這雙鞋子)或「嗰對鞋」(那雙鞋子),這樣子「鞋鞋(唉唉)聲」(總是「唉唉」地叫喚),就像是一直在唉聲歎氣,不吉利。

十二
眼坦坦

《廣東俗語考・釋疊字・坦坦》

「睅」音「坦」,《說文》:「多白眼也。」《六書故》:「反目貌。」凡眼上視見白不見黑睛曰睅眼。

　　「睅」的粵音讀若「坦」,釋義見《說文》:「多白眼也。」又見《六書故》:「反目貌。」大凡眼珠往上看只見眼白而不見眼珠的狀貌,廣府人叫「睅眼」。

　　「睅」讀「普班切」(《廣韻》),現代漢語念 pān,猶翻白眼,釋義見孔氏引《說文》。又見《字彙》:「睅,眼多白,亦白眼也。」和清范寅《越諺》:「睅,眼睛睅白。」典籍無用例。

　　「睅」在粵語音轉念 taan²,粵語注音寫作「坦」。「眼坦坦」猶翻白眼,形容生氣而且無奈,例如「畀佢激到眼坦坦」(被他氣得吹鬍子瞪眼)或「當場激到眼坦坦」(當場被氣得目瞪口呆)。

漢語熟語有「青白眼」形容古人表示尊敬和輕蔑兩種涇渭分明的態度。「青白眼」的典故見《晉書・阮籍傳》：「籍又能為青白眼，見禮俗之士，以白眼對之。及嵇喜來吊（時阮籍母親去世），籍作白眼，喜不懌而退。喜弟康聞之，乃齎酒挾琴造焉，籍大悅，乃見青眼。」用例見元辛文房《唐才子傳・李山甫》：「山甫，咸通（按：唐懿宗李漼的年號）中，累舉進士不第。落魄有不羈才，鬚髯如戟，能為青白眼，生平憎俗子，尚豪俠。」

　　「青眼」多見於書面語，例見王維《過盧員外宅看飯僧共題》詩：「三賢異七聖，青眼慕青蓮。」又見唐權德輿《送盧評事婺州省親》詩：「客愁青眼別，家喜玉人歸。」和宋黃庭堅《登快閣》詩：「朱弦已為佳人絕，青眼聊因美酒橫。」又見成語「青眼有加」和熟語「垂青」、「青睞」等。

　　「白眼」則多見於口語，現代漢語用例見魯迅《哀范君三首》之一：「華顛萎寥落，白眼看雞蟲。」用「白眼」看人口語作「翻白眼」，《越諺》作「眼睛販白」，即眼珠翻上去只露眼白，表示不屑一顧。粵語作「眼坦坦」，本作「眼販販」。

收聽讀音

十三

眼白白

《廣州語本字・卷五・眼白白》

「眼白白」者，明白見之也。《荀子・儒效篇》：「則貴名白而天下治也。」注：「白，明顯之貌。」

　　「眼白白」的意思是分明看見。「白」的用例見《荀子・儒效篇》：「則貴名白而天下治也。」注：「白，明顯之貌。」

◆箋◆注◆

　　「白」讀「傍陌切」（《廣韻》），現代漢語念 bái，作形容詞意義如下：1. 形容潔白，釋義見《說文》：「白，西方色也。陰用事（辦喪事），物色白。」例見《論語・陽貨》：「不曰白乎，涅而不緇。」和唐李白《嘲王歷陽不肯飲酒》詩：「地白風色寒，雪花大如手。」2. 形容徒然，例見唐李白《越女詞五首》之四：「相看月未墮，白地斷肝腸。」和《紅樓夢》第二十八回：「誰知我是白操了這番心。」3. 形容沒有報償，例見宋歐陽修《乞放行牛皮膠

鰾》:「更不支得價錢,令人戶白納。」和《紅樓夢》第二十二回:「他們白聽戲、白吃,已經便宜了。」

「白白」形容徒然或無償,前義例見元關漢卿《金線池》第三折:「今日白白的吃他娘兒兩個一場欺負。」和《儒林外史》第十回:「白白坐在京裏,賠錢度日。」後義例見《警世通言·三現身包龍圖斷冤》:「又白白裏得了他一包銀子。若不去出首,只怕鬼神見責。」和清李漁《意中緣·反棹》:「也是你的命好,吃了這幾日閑飯,又白白得了一個前程。」現代漢語用例見魯迅《彷徨·長明燈》:「將親生的孩子白白給人,做母親的怕不能就這麼鬆爽罷?」

粵語「白白」念 baak⁹baak⁹,意義如下:1. 形容顏色很白,例如「白白淨淨」(白而光潔)。2. 形容平白無端,例如「白白唔見咗一皮嘢」(無端端沒了一萬元)。3. 形容無可奈可,粵語「眼白白」形容乾瞪眼,例如「眼白白睇住個賊仔走咗」(乾瞪着眼看着賊人溜走)。

一

「眼白白」雖然有詹憲慈所謂「明白見之」的意義,但粵語多指眼看着某個事情或行為發生而無可奈何,這個「白白」的本字應是「巴巴」。

「巴」讀「伯加切」(《廣韻》),現代漢語念 bā,粵音 baa¹,連綿詞「巴巴」作後綴表加強語氣,例見宋汪無量《一剪梅·懷舊》:「十年愁眼淚巴巴。今日思家,明日思家,一團燕月照窗

紗。」和元張可久《寨兒今·春情》：「煙冷香鴨，月淡窗紗，擎着淚眼巴巴。」

「巴巴」尚有以下意義：1. 形容多言，例見宋陸游《大慧禪師真贊》：「平生嫌遮老子，説法口巴巴地。」和宋劉克莊《四和》詩：「客來問話巴巴説，君不回頭可奈何。」2. 形容特意，例見宋柳永《爪茉莉·秋夜》詞：「巴巴望曉，怎生捱，更迢遞。」和《金瓶梅詞話》第二十七回：「巴巴尋那肥皂洗臉，怪不得你的臉洗的比人家屁股還白。」3. 作象聲詞模擬敲擊聲，例見元鄭光祖《傷梅香》：「巴巴的彈響窗櫺，恁時節的是俺來了。」

二

「眼巴巴」形容急切盼望或眼看着不如意的事情發生而無可奈何，前義例見元張國賓《薛仁貴》第二折：「眼巴巴不見孩兒回來。」和元無名氏《飛刀對箭》第一折：「每日家苦淹淹守定這座大黃莊，空着我便眼巴巴盼不到長安道。」現代漢語用例見茅盾《報施》：「家裏人眼巴巴望他帶回大把的錢。」後義用例見《西遊記》第二十二回：「那大聖保着唐僧，立於左右，眼巴巴的望着他兩個在水上爭持，只是他不好動手。」和《説唐》第二十一回：「王小二目定口呆，眼巴巴看他把三十枝毛竹拖去了，又不敢上前扯住他，只得忍耐。」現代漢語用例見鄒韜奮《歐戰爆發與遠東的關係》：「張伯倫如從大夢中驚醒，眼巴巴地望着一手培植起來的希特勒不向東進，卻西向和自己爭奪殖民地，打到自己頭上來了！」

從「眼巴巴」的應用可見，粵語「眼白白」本作「眼巴巴」，意義範圍縮小，僅限指眼看着不如意的事情發生而無可奈何。

十四

擒青

收聽讀音

《廣州語本字·卷五·眼炃青》

「眼炃青」者,猶言眼光光也,俗讀「炃」若大妗之「妗」。《方言》:「炃,明也。」郭注:「炃音淫,光也。」《文選·羽獵賦》注引李彤云:「青焱,光明貌。」「炃」、「青」連言,形容眼之光也。

　　「眼炃青」形容眼光光,廣府人說話時將「炃」讀若大妗的「妗」。「炃」的釋義見《方言》:「炃,明也。」郭璞注:「炃音淫,光也。」又見《文選·羽獵賦》注引李彤云:「青焱,光明貌。」廣府人將「炃」和「青」連着說,形容目露光芒。

　　「炃」讀「夷針切」(《集韻》),現代漢語念 yín,粵語切讀如「音」,形容光明,釋義見詹氏引《方言》和郭璞注。

　　「青」讀「倉經切」(《集韻》),現代漢語念 qīng,粵語文讀念 tsing[1]。古漢語形容綠色、深綠色、藍色或黑色,用例略;其作名詞指青色的事物,例見《詩·齊風·著》:「充耳以青乎而,

49

尚之以瓊瑩手爾。」毛傳：「青，青玉。」和宋王安石《東門》詩：「迢迢陌頭青，空復可藏鵶。」

　　詹憲慈謂「俗讀『炎』若大妗之『妗』」，粵語對應字詞是「撳」，粵音 kam[4]。粵語有俚語「撳青」，形容莽撞或匆忙，前義例如「做嘢使乜咁撳青」（辦事幹嘛這麼莽撞）；後義例如「食嘢唔好咁撳青」（吃東西不要這樣子狼吞虎咽）；加強語氣作「撳撳青」，引申形容迫不及待，例如「一見靚女就撳撳青」（一看見漂亮的女孩子就迫不及待）。

一

　　《說文》另注「炎」的音義：「小熱也。從『火』，『干』聲。《詩》曰：『憂心炎炎。』」「炎」讀「直廉切」（《集韻》），現代漢語念 chán，猶溫熱，釋義見《廣雅》：「小熱也。」《康熙字典》注：「又《集韻》：『夷斟切，音淫。』《揚子·方言》：『明也。或作焱。』《正字通》：『《說文》內引《詩》憂心炎炎。《詩》無此語，或是炎炎之異文耳。』明周應賓《九經考異》：『憂心如惔。韓詩作炎，說文作炎炎，如惔如焚。』《韓詩》《漢書》引作『如炎』，以此足證『焱』字原作『开』下『火』。」「开下火」即「焱」，「焱」讀「夷針切」（《集韻》），現代漢語念 yín，形容光明，釋義見《集韻》：「炎。《方言》：『明也。或作焱。』」典籍無用例。

50

二

詹氏考「擒青」的本字是「𥉵青」，即「眼𥉵青」藏頭，形容目露光芒，字面意義雖說得通，但「𥉵」或作「焂」，且漢語也無熟語「眼𥉵（焂）青」。

「擒青」的本字應是「驚悚」，「驚」讀「舉卿切」（《廣韻》），現代漢語念 jīng，猶恐懼，釋義見《爾雅》：「驚，懼也。」「悚」讀「息拱切」（《廣韻》），現代漢語念 sǒng，亦猶恐懼，釋義見《玉篇》：「悚，懼也。」同義複合詞「驚悚」猶驚慌恐懼，例見《後漢書・羊續傳》：「郡內驚竦，莫不震懾。」和《舊唐書・太宗紀上》：「密見太宗天姿神武，軍威嚴肅，驚悚歎服。」現代漢語用例見郭沫若《涂家埠》：「我們到了涂家埠，倒也並不是將近一年前的成績驚悚了我們……但在那車站上確實有一樣東西驚悚了我們。」

「悚」的粵音念 sung²，音轉念 tseng¹。「驚悚」在粵語作「驚青」。「驚」的文讀念 ging¹，白讀念 geng¹，「青」的文讀念 tsing¹，白讀念 tseng¹，「驚青」兩字均用白讀音。在流傳過程中「驚」又音轉念 kam⁴，注音寫作「擒」，遂生成廣府俚語「擒青」（「青」用白讀念 tseng¹），由漢語複合詞變成粵語連綿詞。

三

坊間盛傳「擒青」出自嶺南的舞醒獅，「擒青」形容獅子欲獲得「青」（與生菜綁在一起的紅包）時迫不及待的情狀。

廣府地區傳統的舞獅表演有以下流程：1. 睡佛（即大頭佛）上場；2. 醒獅（睡醒的獅子）上場；3. 睡佛用手中的「青」逗引

獅子──「青」原為一根帶綠葉的樹枝，象徵靈芝，睡佛持青後來改為大頭佛手持破葵扇，而「青」則變為用紅布條將利是和青枝綠葉或生菜綁在一起。獅子攫取「青」的過程叫「採青」。為了增加採青的難度，「青」或高懸於門樓，叫「高青」，或置於亂石中，叫「蟹青」，或置於水中，叫「水青」。4. 醒獅尋找和獲得「青」後還有「食青」和「醉青」。在葉春生《廣府民俗‧廣府地區獅舞》（廣東人民出版社 2006 年第 1 版）中未見「擒青」，可見「擒青」的掌故與舞醒獅無關。

十五

囖攣

《廣州語本字‧卷二十七‧病得縷縺》

「縷縺」者，病久不解也，俗讀「縷縺」若「接連」。《一切經音義》四：「縺縷，不解也。」今之所謂「縷縺」，蓋「縺縷」之倒文也。

　　「縷縺」形容久病不愈的情狀，廣府人說話時將「縷縺」讀若「授連」。「縺縷」的釋義見《一切經音義》四：「縺縷，不解也。」如今廣府人所說的「縷縺」乃「縺縷」的逆序。

　　「縺」讀「落賢切」，「縷」讀「力主切」(《廣韻》)，現代漢語念 liánlóu，粵音 lin⁴lau²。「縺縷」最初作「謰謱」，形容說話囉唆糾結，釋義見《方言》卷十：「囁呫、謰謱，拏也。……南楚曰謰謱。」郭璞注：「(拏)言譇拏也。」「譇拏」見段玉裁注：「羞窮者，謂羞澀辭窮而支離牽引，是曰譇拏。」例見《楚辭・王逸〈九思・疾世〉》：「嗟此國之無良，媒女詘兮謰謱。」洪興祖補注：「謰謱，語亂也。」引申形容糾結，釋義見《集韻》：「縺，縺縷，不解。」例見宋范成大《麻線堆》詩：「上有路千折，縺縷如縈絲。」《集韻》所謂「不解」，《說文繫傳》詳釋云：「《淮南子》有連縺之言，猶參差零落，若連若續之意也。」

　　「縷縺」是「縺縷」的逆序，粵音念 loey⁵lin⁴，音轉念 lo¹lyn¹，注音寫作「囉攣」。該詞在應用中多作「囉囉攣」，粵語形容輾轉反側，例如「成晚囉囉攣」(整個夜晚輾轉反側)；又形容坐立不安，例如「一日唔見條女就囉囉攣」(一天見不到女朋友便坐也不是站也不是)。

「囉攣」本作「縷𦆯」。從「讘謱」的應用可見,「讘謱」形容糾結的意義保留在粵語「囉攣」中,「囉攣」遂引申形容輾轉不安,「囉」重言作「囉囉」,遂生成熟語「囉囉攣」。

「讘謱」有異體「嗹嘍」,釋義見《玉篇》:「嗹,嗹嘍,多言也。」又見《廣韻》:「嗹,嗹嘍,言語繁絮貌。」例見清史震林《西青散記》卷四:「西望一峯,(佣者)以兩手交指,嗹嘍曰:『氣老分。』」

又有異體「流連」,現代漢語念 liúlián,意義如下:1. 形容徘徊滯留,例見《文選·傅亮〈為宋公修張良廟教〉》:「遊九京者,亦流連於隨會。」和唐陸龜蒙《迎潮送潮辭》:「密幽人兮款柴門,寂寞流連兮依稀舊痕。」2. 形容樂而忘返,例見《孟子·梁惠王下》:「先王無流連之樂,荒亡之行。」和南朝宋顏延之《五君咏五首·向常侍》:「流連河裏游,惻愴山陽賦。」3. 形容戀戀不捨,例見唐韋應物《司空主簿琴席》詩:「流連白雪意,斷續回風度。」和宋周邦彥《一寸金·小石江路》:「情景牽心眼,流連處,利名易薄。」4. 形容眼淚流個不住,例見《後漢書·翟酺傳》:「既坐,言無所及,唯涕泣流連。」和《太平廣記·鶯鶯傳》:「投琴,泣下流連。」5. 形容離散流落,例見《漢書·師單傳》:「百姓流連,無所歸心。」和《北齊書·顏之推傳》:「經長干以掩抑,展白下以流連。」6. 形容連續不斷,例見《太平廣記·洪昉禪師》:「常行乞以給之,今若流連講經……」和清戴明世《〈四逸園集〉序》:「故即片言半詞,亦為之咨嗟傳誦,流連反復於不已。」

十六

喉急

收聽讀音

《廣州語本字・卷二十三・糾急》

「糾急」者,心急也,俗讀「糾」若「侯」。《眾經音義》卷二十二引《廣雅》:「糾,急也。」

「糾急」形容心急,廣府人說話時將「糾」讀若「侯」。《眾經音義》卷二十二引《廣雅》釋云:「糾,急也。」

「糾」讀「居黝切」(《廣韻》),現代漢語念 jiū,「急」讀「居立切」(《廣韻》),現代漢語念 jí,粵音 dau²gap⁷。北方口語「糾急」猶焦急,例如「心裏很糾急」。

廣府俚語「喉急」念 hau⁴gap⁷,形容焦急,例如「使乜咁喉急」(幹嘛這麼焦急)。

一

　　詹憲慈謂「糾急」的「糾」廣府人說話時讀若「侯」，可見「糾急」在粵語作「喉急」。

　　「喉急」是漢語和粵語共用的熟語，形容焦急。有學者認為，「喉急」形容像喉嚨乾得冒火急於喝水般焦急的心情，例見《水滸傳》第二十一回：「我正沒錢使，喉急了，胡亂去那裏尋幾貫錢使。」和《初刻拍案驚奇》：「我原許下你晚間的，你自喉急等不得。」現代漢語用例見茅盾《泡沫》：「他此時右手拿着帽子，左手臂彎上掛着西裝上褂，站在密司李的桌子前，臉色很喉急。」北方話又有熟語「發喉急」，猶發急，例見《醒世恒言・李汧公窮邸遇俠客》：「房德看見老婆發喉急，便道：『奶奶有話好好商量，怎就着惱！』」和同書《灌園叟晚逢仙女》：「那老頭便要面紅耳赤，大發喉急。」

　　「喉急」在北方也作「猴急」，掌故是「猴急」形容猴子發急時行動沒有章法。而粵語「喉急」也作「猴擒」，例如「做嘢使乜咁喉擒」(辦事幹嘛那麼心急)。

二

　　「喉急」本作「摎結」。「摎」讀「居尤切」，現代漢語念 jiū，粵語切讀如「舊」。「結」讀「古屑切」(《廣韻》)，現代漢語念

jié，粵音 git[8]。「摎結」形容纏繞連結，例見《漢書・五行志》：「天雨草而葉相摎結，大如彈丸。」

《詞通》按：「『摎』與『糾』音轉義通。」故「摎結」也作「糾結」，形容纏繞連結，例見《後漢書・皇甫張段傳贊》「戎騎糾結，塵斥河潼。」又見唐李白《古意》詩：「枝枝相糾結，葉葉競飄揚。」和明劉基《述志賦》：「思糺結而不抽兮，意恍惚以震悼。」此處「糺結」同「糾結」。現代漢語用例見魯迅《集外集・<窮人>小引)：「相傳陀思妥耶夫斯基不喜歡對人述說自己，尤不喜歡述說自己的困苦；但和他一生相糾結的卻正是困難和貧窮。」但「糾結」在現代漢語將纏繞連結的意義引申指心亂如麻感到迷惘或焦慮，例如「內心很糾結」。

詹氏謂廣府人將「糾」讀若「侯」，是。「糾」的古音「叶居由切」(《韻補》)，又讀「吉酉切」(《集韻》)或「舉有切，音九」(《正韻》)，即「糾」是 ou 韻母字，漢語可音轉念 hóu，粵語可音轉念 hau[4]，故「糾結」在漢語作「猴急」，在粵語作「喉急」，均用「糾結」形容焦慮這層意義引申指焦急。

十七

嘮嘈

《廣州語本字・卷二十三・嘮噪》

「嘮噪」者，粗急也，俗讀「嘮噪」若「牢曹」，《集韻》:「嘮噪，儱急貌。嘮，郎刀切，音勞。噪，先到切，音噪。」

「嘮噪」形容粗魯急燥，廣府人說話時將「嘮噪」讀若「牢曹」，音義見《集韻》:「嘮噪，儱急貌。嘮，郎刀切，音勞。噪，先到切，音噪。」

「嘮噪」的「嘮」讀「魯刀切」，「噪」讀「蘇到切」(《廣韻》)，現代漢語念 láosào，形容粗暴急躁，釋義見詹氏引《集韻》，典籍無用例。

對應詹氏本條讀若「牢曹」的廣府俚語是「嘮嘈」。「嘮嘈」念 lou⁴tsou⁴，形容囉唆，例如「佢份人好嘮嘈」(他這人很囉唆)；也指以激烈的語言發洩不滿或憤怒，例如「咁細件事，使乜咁嘮嘈」(這麼小的事，何必這麼動氣)。

「嘮𠵩」的異體「嘮噪」（làozào）形容絮絮不休，例見宋陳亮《又甲辰秋答朱元晦書》：「亮力所易及者，皆未嘗有分毫干涉，只是口嘮噪，見人說得不切事實，便喊一響，一似曾干與耳。」粵語作「嘮嘈」，例見香港作家亦舒專欄《自白書》：「那日瑪莉亞說她從沒見過比我更嘮嘈的人。」

「嘮嘈」也指以激烈的語言發泄不滿或憤怒，例見宋釋智遇的《維摩示疾圖贊》：「一生口嘴嘮嘈，偏要攙行奪市。」和明徐渭《漁洋三弄》：「他兩人嫌隙，於你只有針尖大，不過是口嘮嘈有甚爭差。」粵語用例如媒體報道文字：「小區停車費暴漲，業主好嘮嘈」。

可見「嘮嘈」是漢語和粵語共用的熟語。而粵語「嘮嘈」還吸收了漢語「嘮噪」形容囉唆的意義，但這種囉唆不光是指多話，更是指帶有不滿和發泄情緒的埋怨，例如說「你唔好咁嘮嘈啦，因住激親自己」（你別埋怨那麼多了，小心氣壞自己）。

撈哨

《廣州語本字‧卷二十三‧𢜸𢜶》

「𢜸𢜶」者，不精細也，俗讀「𢜸𢜶」若桂林語之「牢韶」，《集韻》：「𢜸𢜶，物未精也。𢜸，郎刀切，音勞。𢜶，才勞切，音曹。」今謂作事不精細曰「𢜸𢜶」。

「𢜸𢜶」形容不精細，廣府人說話時將「𢜸𢜶」讀若桂林語之「牢韶」，音義見《集韻》：「𢜸𢜶，物未精也。𢜸，郎刀切，音勞。𢜶，才勞切，音曹。」如今將辦事不精細叫「𢜸𢜶」。

笺◆注

「𢜸𢜶」的「𢜸」讀「郎刀切」，「𢜶」讀「才勞切」（《集韻》），現代漢語念 láocáo，形容粗糙，釋義見《集韻》：「𢜸𢜶，物未精。」《字彙》釋義同，典籍無用例。

對應詹氏本條讀若「牢韶」的廣府俚語是「撈哨」。「撈哨」念 laau⁴saau⁴，形容馬虎草率，例如「做嘢好嘮哨」（辦事很草率）。

「勞勡」有異體「佬憰」（lǎocǎo）。「佬憰」形容草率或匆忙，掌故見宋吳曾《能改齋漫錄》：「文士以作事迫促者，通謂之佬憰。」「佬憰」俗寫作「老草」，掌故見宋莊季裕《雞肋篇》卷下：「世俗簡牘中多用『老草』，如云草略之義。余問於博洽者，皆莫能知其所出，後因檢《禮部韻略》，『佬』字注云：『憰佬，心亂也。』疑本出此，傳用之訛，故去『心』耳。」

「佬憰」用作「老草」時，保留「佬憰」形容草率或匆忙的意義。另專指字跡不工整，掌故見朱熹《訓學齋規・讀書寫文字》：「凡寫字未問寫得工拙如何，且要一筆一畫，不可老草。」又作「潦草」（liáocǎo）。其義一形容不仔細或不認真，例見宋俞文豹《吹劍四錄》：「冰鑒不容心潦草，風簷寧復眼昏花。」和清魏源《聖武記》卷二：「（吳三桂）以十七年三月朔，郊天即位……適大風雨，潦草成禮而罷。」現代漢語用例見魏巍《東方》：「楊雪對這倉促的決定，難免會有一些意見，因為一個姑娘對她一生的大事，總是不喜歡過於潦草。」義二形容書寫不工整，例見宋岳珂《寶真齋法書贊・襲原》：「遽中作復潦草，尚冀道照，不宣。」和清和邦額《夜譚隨錄・落漈》：「言次出諸袖中，盡符篆耳，抄寫亦甚潦草。」現代漢語用例見茅盾《腐蝕・序》：「字跡有時工整，有時潦草。」

「勞勡」的部分義項歸入「嘮嘈」，部分義項歸入「撈哨」。

詹氏謂「齉齻」形容粗急，謂「勞勡」形容不精細，意義相近，雖然有字書釋義作依據，仍未免令人不得要領。所幸詹氏分

61

別錄下兩詞的粵語讀音，作者據此分別識作「嘮嘈」和「撈哨」。又由於「齙齤」和「劦勦」的讀音接近，故均收入本書一併討論。

　　按：「撈哨」見《廣州話俗語詞典》，《香港粵語大詞典》錄作「撈□（saau⁴）」。

收聽讀音

十九

黃六

舊　說

《廣東俗語考・釋性質・黃六》

　　虛偽無實謂之「黃六」，有「黃六先生」、「黃黃六六」之說。相傳黃巢兄弟六人，巢居第六而詐，故曰□詐為「黃六」。

　　徒具虛名叫「黃六」，坊間有「黃六先生」、「黃黃六六」的說法。相傳黃巢兄弟六人，巢居第六而狡詐，故曰（原文作「冃」）騙（原書因印刷不清作者錄作「□」）詐為「黃六」。

「黃六」是唐農民義軍首領黃巢的別號。

「黃六」的粵音念 wong⁴luk⁹，形容平庸，例如「黃六醫生」（庸醫）和歇後語「黃六醫生醫病尾——行運」（江湖郎中把將好的病治好，全憑運氣）。

一

黃巢排行第六的掌故見明張萱《疑耀》卷三：「今京師勾欄中諢語，言紿人者皆言黃六。余初不解其義，後閱一小説，乃指黃巢兄弟六人，巢為第六而多詐，故詐騙人者為黃六也。」

但該掌故於史無據。黃巢的簡介見《詞源・黃巢》（修訂本）：「（黃巢）公元？—884 年，唐山東曹州冤句縣（按：今山東省菏澤市牡丹區）人，（唐）乾符二年（875 年），聚眾響應王仙芝起義。仙芝死事，巢收集其眾，被推為首，號『衝天大將軍』。……新、舊《唐書》皆有傳。」但《舊唐書》和《新唐書》僅錄黃巢有外甥叫林言，黃巢父母兄弟的姓名俱付闕如。

二

「黃六醫生」的掌故還與我國古代醫師的制度有關。話説古代醫師分「坐館」和遊醫：前者指出身醫師世家或師承名醫的醫

師設館或駐店（舊稱「坐館」或「坐堂」）行醫，後者指肩挑药囊，懸挂葫芦拿着串铃穿街過巷的江湖郎中，也叫「鈴醫」。

民間傳說東漢醫聖張仲景曾任長沙太守。有一年長沙疫病流行，張仲景在衙門為百姓看病施藥，故「坐館」也叫「坐堂」，也因此現在很多中藥店叫「某某堂」，如北京的同仁堂、天津的胡慶餘堂和長沙的九芝堂等。

江湖醫生也有「坐館」的。但他們由於沒有口碑，只好到處張貼五顏六色的「街招」（一般用 32 開或 16 開彩紙手書廣告文字，內容不外是醫生姓名、醫館地址和包治百病的自我吹嘘）招徠顧客到醫館診治，故名「黃綠醫生」。「黃綠」也作「黃六」。

三

「黃六」本作「黃落」。「黃落」指草木枯萎凋零，例見宋陸游《霜降前四日頗寒》詩：「草木初黃落，风云屢闔開。」和宋黃庭堅《秋思寄子由》詩：「黃落山川知晚秋，小蟲催女獻功裘。」後被引申指缺乏根基即專業技能或理論基礎。

因「六」的古音讀如「陸」，與「落」音近，「黃落」遂作「黃六」。又因為粵語「六」與「綠」是諧音，粵語又作「黃綠」，由是「黃六（綠）醫生」在粵語成為江湖庸醫的別稱。

「黃六」一詞由於不可分訓，本書將其列為粵語連綿詞。

二十

腍啤啤

收聽讀音

《廣東俗語考‧釋疊字‧瘪瘪》

「瘪」讀若「便」入聲，凡物軟者必瘪，故曰「軟瘪瘪」。《廣韻》：「蒲結切，音撇，枯病也。」

> 「瘪」讀若「便」的入聲，大凡物體柔軟時必定瘪，因此叫「軟瘪瘪」。「瘪」的音義見《廣韻》：「蒲結切，音撇，枯病也。」

「瘪」讀「蒲結切」（《廣韻》），現代漢語念 biě，粵音 bit⁹，形容枯瘦，釋義見《玉篇》：「瘪，枯病。」例見宋蘇軾《格物粗談》：「香櫞蒂上安上芋片，則不瘪。」和清沈練《廣蠶桑說輯補》卷上：「野桑雖亦可以飼蠶，然葉薄而小且易瘪。」現代漢語用例見魯迅《彷徨‧離婚》：「連尖下巴少爺，也低聲下氣地像一個瘪臭蟲。」

粵語「腍啤啤」念 nam⁴be⁴be⁴，形容軟而爛，例如「豬肉煮到腍啤啤」（豬肉煮得稀爛）；也形容人軟弱可欺，例如「佢份人腍啤啤」（他這人軟弱可欺）。

漢語熟語「乾癟」形容乾而收縮，例見《水滸傳》第四回：「如今教酒家做了和尚，餓得乾癟了。」「乾癟」的強調語氣作「乾癟癟」，「癟癟」是「癟」的重言，形容很乾瘦，現代漢語用例見蕭乾《李媛妣的一生》：「孩子落了地，她的乳頭卻是乾癟癟的。」「癟癟」作連綿詞也形容不飽滿，可單獨使用，例如「癟癟的肚皮」或「癟癟的錢包」；也可與形容詞組合，例如「乾癟癟」或「窩窩癟癟」。四川方言有「蔫癟癟」形容不飽滿或精神不振，前義用例如「這胡豆蔫癟癟的。」後義用例如「你咋個蔫癟癟的，心裏頭有啥子事麼？」

孔氏考粵語「啤啤」本作「癟癟」，不確。粵語連綿詞「啤啤」的本字是「巴巴」。「巴」讀「伯加切」（《廣韻》），現代漢語念 bā，粵音 baa¹，音轉念 be⁴，「巴巴」遂念 be⁴be⁴，注音寫作「啤啤」。

連綿詞「巴巴」作後綴表強調語氣，例見宋汪元量《一剪梅・懷舊》詞：「十年愁眼淚巴巴，今日思家，明日思家，一團燕月照窗紗。」又見元張可久《寨兒今・春情》（越調）：「煙冷香鴨，月淡窗紗，擎着淚眼巴巴。」和清李漁《蜃中樓・雙訂》詞：「若不回他一句，教他沒趣巴巴。」（「巴巴」詳見本書「眼白白」）。

二十一
硬嘣嘣

收聽讀音

《廣東俗語考・釋疊字・弸弸》

「弸」音「肱」，物之硬者曰「硬弸弸」。《說文》：「弸，弓強貌。」「父耕切。」某人詩云：「更有一般堪笑處，衣裳漿得硬弸弸。」

「弸」讀如「肱」，形容物體堅硬叫「硬弸弸」。「弸」的釋義見《說文》：「弸，弓強貌。」讀音見《廣韻》：「父耕切。」例見某人詩：「更有一般堪笑處，衣裳漿得硬弸弸。」

《廣州語本字・卷三十三・硬弸弸》

「弸弸」者，強硬之極也，俗讀「弸」若桂林語之「邦」。《說文》：「弸，弓強貌。」《廣韻》：「父耕切。」

　　「弸弸」形容強硬之極，廣府人說話時將「弸」讀若桂林話的「邦」。「弸」的釋義見《說文》：「弸，弓強貌。」讀音見《廣韻》：「父耕切。」

　　「弸」讀「薄萌切」（《廣韻》），現代漢語念 péng，粵語切讀如「崩[4]」。詹憲慈和孔仲南注「弸」讀「父耕切」是輕唇音，應用中按《集韻》「悲陵切，音崩」的讀音，形容弓強勁，釋義見《說文》：「弸，弓彊貌。」例見南北朝庾信《馬射賦》：「弓如明月對弸。」

　　「弸弸」也寫作「繃繃」（bēngbēng）或「幫幫」（bāngbāng），形容堅硬。「繃繃」例見孔仲南引明黃溥《閑中今古錄摘抄》的「某人詩」；「幫幫」例見元王仲文《救孝子》第二折：「粗滾滾的黃桑杖腿筋，硬幫幫的竹簽著指痕。」現代漢語用例見魏巍《東方》：「沒有走出多遠，在呼嘯的北風裏，棉褲就凍得硬梆梆（「幫幫」的異體）的，打不過彎來。」

　　「繃繃」的粵音轉念 bang¹bang⁴，注音寫作「嗙嗙」，與「硬」構成熟語「硬嗙嗙」。其可形容堅硬，例如「個餅硬嗙嗙」（這個餅子很硬）。也可形容性格倔強或態度生硬，前義例如「佢份人硬嗙嗙」（他這人很倔強），後義例如「佢講嘢硬嗙嗙」（他說話語氣生硬）。「嗙」是粵方言字，正音念 baang⁶。

「弸弸」是連綿詞,明代作「綳綳」,元代作「幫幫」,近代口語作「梆梆」,粵語作「嗙嗙」,它們與「硬」構成複合詞形容極硬。

孔氏本條「某人詩云」的掌故見明黃溥《閑中今古錄摘抄》:「奉化應方伯履平 ……題詩部門之前云:『為官不用好文章,只要鬍鬚及胖長。更有一般堪笑處,衣裳糨得硬綳綳。』」

熟語「硬幫幫」除了形容堅硬尚有以下意義:1. 形容態度或手段強硬,例見元李致遠《還牢末》第三折:「他把我死羊般拖奔入牢房,依舊硬幫幫匣定在囚牀。」和清孔尚任《桃花扇·截磯》:「硬幫幫敢要君的渠首,亂紛紛不服王的羣寇。」現代漢語用例見孫犁《白洋淀紀事》:「『你是病人,我是看護,誰也不能壓迫誰!』劉蘭硬梆梆的說。」2. 形容難以化解,現代漢語用例見克非《春潮急》:「一連串硬梆梆的問題,傾頭蓋腦潑向李春山。」

現代漢語應用中「綳綳」只與「緊」構成複合詞,義一形容結實。例見葉聖陶《友誼》:「她按摩兩條胳膊,是比以前瘦了些,以前皮膚和肌肉是緊綳綳的。」和吳組緗《山洪》:「新娘穿着褐色布的短棉襖罩褂,把身子束的緊綳綳的。」義二形容神情嚴肅,例見徐懷中《阮氏丁香·＜西線軼事＞續篇九》:「衛生員緊綳綳的面部神經一下鬆弛下來了,如同聽到解除了颱風警報。」和《花城》1981 年第 4 期:「他決不輕饒犯紀律的人,大家也沒有想到他會輕饒,思想上的弦都拉得緊綳綳的。」

粵語有熟語「繃繃緊」，「繃」在粵語音轉念 maang¹，注音寫作「繃」。形容緊繃繃，例如「件衫繃繃緊」（衣服緊繃繃的），引申指剛剛夠，例如「時間繃繃緊」。「繃」的粵語正音念 bang¹，maang¹ 是粵方言音。

收聽讀音

二十二

水汪汪

《廣東俗語考・釋疊字・汪汪》

《說文》：「汪，深廣也。」《漢書》：「黃叔度汪汪千頃波。」俗語之言「水汪汪」者，謂作事浮泛，不切實也。

《說文》：「汪，深廣也。」「汪汪」的用例見《後漢書・黃憲傳》：「黃叔度汪汪千頃波。」廣府俚語所謂「水汪汪」，指做事浮誇而不實際。

「汪」讀「烏光切」（《廣韻》），現代漢語念 wāng，形容水深而廣。其釋義見孔氏本條引《說文》，例見《國語·晉語二》：「汪是土也，苟違其違，誰能懼之！」韋昭注：「汪，大貌。」和《淮南子·俶真訓》：「汪然平靜，寂然清澄。」

連綿詞「汪汪」形容浩瀚，用例見孔仲南引《漢書》句，又見漢班固《典引》：「汪汪乎丕天之大律，其疇能互之哉。」和晉陶潛《感士不遇賦》：「山嶷嶷而懷影，川汪汪而藏聲。」

漢語熟語「水汪汪」意義如下：1. 形容水多，例見《太平天國故事歌謠選·隨天軍》：「太陽天邊掛，田裏水汪汪。」現代漢語用例見冰心《寄小讀者》：「等我醒來，一切的玩具、小人小馬，都當做船飄浮在臉盆水裏，地下已是水汪汪的。」2. 形容眼睛清澈靈動，例見《紅樓夢》第七十七回：「（那媳婦）兩隻眼兒水汪汪的，招蜂的賴大家人如蠅逐臭，漸漸做出風流勾當來。」和《官場現形記》第三十六回：「（九姨太太）兩個水汪汪的眼睛，模樣兒倒還長得不錯。」現代漢語用例見茅盾《子夜》：「聽我的夥計說，一個是圓臉兒，不長不短，水汪汪的一對眼睛，皮肉黑一點兒。」

粵語「水汪汪」的「汪」念 wong¹。「水汪汪」形容水分充盈，例如「一双眼水汪汪」。後也因水分多而缺乏實質內容這層意義，來比喻不可靠或低劣、差勁，例如「呢條友做野水汪汪」（這傢伙辦事不牢）。簡作「水汪」，例如「呢條友做嘢好水汪」。

一

連綿詞「汪汪」除形容水勢浩瀚外，尚有以下意義：1. 形容液體聚積、充盈，例見唐盧綸《與張擢對酌》詩：「張老聞此詞，汪汪淚盈目。」和宋蘇軾《和子由木山引水》之一：「遙想納涼清夜永，窗前微月照汪汪。」現代漢語用例見巴金《英雄的故事‧軍長的心》：「那位頭髮花白的老大娘坐在矮凳上眼淚汪汪望着他，有時低聲問一句話。」2. 作象聲詞模擬狗吠聲，例見金董解元《西廂記諸宮調》卷六：「汪汪的狗兒吠。」和元范康《竹葉舟》第三折：「我這裏將半橛孤椿船纜住，則聽得汪汪犬吠竹林幽。」現代漢語用例見姚雪垠《李自成》：「倘若有生人推開大門，總會驚動一條看家的老黃狗，立刻『汪汪』地狂叫着。」

「汪汪」也作「汪洸」或「汪洋」，形容水大且深。「汪洸」例見宋王質《雞頭詩》：「我取友兮得雞頭，漪瀾汪洸兮不肯流。」「汪漾」例見司馬遷《史記‧老子李耳莊周申不害列傳》：「其言洸洋自恣以適己，故自王公大人不能器之。」此處「洸洋」同「汪洋」。「汪洋」例見唐柳宗元《直城縣開國伯柳公行狀》：「凡為文，去藻飾之華靡，汪洋自肆，以適己為用。」成語作「汪洋恣肆」。

二

孔仲南引《後漢書‧黃憲傳》「黃叔度汪汪若（孔氏原文漏『若』字）千頃波」句，其整段原文是「叔度汪汪若千頃陂，澄之

不清，淆之不濁，不可量也。」

黃叔度名憲，東漢賢士，汝南慎陽（今河南省正陽縣）人。他出身貧賤，父為牛醫，其學問和操守為世所重。當時與黃憲同郡的戴良很有才華但性格高傲，但他每次遇到黃憲都不敢怠慢。有一天他回到家裏，心裏若有所失，母親問他：「你又從牛醫那個兒子處回來麼（汝復從牛醫兒來邪）？」戴良回答說：「良兒不見叔度，並不覺得不如他。但見了他，只覺得他一回兒在前，一回兒在後，簡直深不可測（良不見叔度，不自以為不及；既睹其人，則瞻之在前，忽焉在後，固難得而測矣）。」

《後漢書》中黃憲「汪汪若千頃波」句用水勢浩瀚比喻黃憲胸懷寬廣，不是粵語「水汪汪」的典故。

二十三
散收收

收聽讀音

《廣州語本字·卷三十三·散搜搜》

「散搜搜」者，形容物散處而眾多也。《說文》：「搜，眾意也。」《詩》曰：「束矢其搜。」桂馥曰：「詩傳云：『搜，眾意也。』」

73

　　「散搜搜」形容許多事物散亂地放置。「搜」的釋義見《說文》：「搜，眾意也。」例見《詩經・魯頌・泮水》：「角弓其觩，束矢其搜。」桂馥注：「《詩經》注：『搜，眾意也。』」

　　「搜」讀「所鳩切」（《廣韻》），現代漢語念 sōu，猶聚集，例見晉郭璞《山海經圖贊》：「巫咸所統，經技是搜，術藝是綜，採藥靈山，隨時登降。」「搜」重言作「搜搜」。詹氏本條「散搜搜」中「散」即「散」，「散搜搜」形容眾多而分散。

　　「搜搜」在粵語作「收收」，粵音 sau¹sau¹。「散收收」形容東西散亂，例如「啲嘢散收收噉，唔該執下佢啦」（東西七零八落的，麻煩你收拾好）。「散收收」也作「收收散」，例如「啲嘢收收散噉」。

新識

一

　　詹憲慈引《詩經》「角弓其觩，束矢其搜」句的意思是獸角鑲嵌飾弓梢，束束利箭捆紮牢。這個「搜」指「眾意也」，「眾意」的釋義見《說文解字注》：「其意為眾。……《魯頌・泮水》曰：『束矢其搜。』傳曰：『五十矢為束搜。眾意也。』此古義也。與《考工記》注之『藪』略同。鄭司農（玄）云：『藪讀為蜂藪之藪。』後鄭云：『蜂藪者，眾輻之所趨也。』」可見「搜」所謂「眾意」指

聚集而不是形容眾多，故「束矢其搜」在現代漢語對譯作捆紮。

但「搜搜」不宜分訓，其作象聲詞沒有實際的意義，只是模擬迅疾的聲音，例見《西遊記》第六十一回：「胡亂嚷，苦相求，三般冰刃響搜搜。」和《封神演義》第五十一回：「搜搜刀舉，好似金睛怪獸吐征雲。」也引申形容寒冷，例見《宋書・樂志》：「風瑟瑟，木搜搜，思念公子徒以憂。」和宋蘇舜欽《哭尹師魯》：「君欲舉拔萃，聲譽日搜搜。」應用中多作「嗖嗖」。

可見粵語「收收」與漢語「搜搜」無關。

二

「收收」本作「蕭蕭」。「蕭」讀「蘇雕切」（《廣韻》），現代漢語念 xiāo。「蕭蕭」意義如下：1. 作象聲詞模擬馬鳴、風聲、雨聲或流水聲，模擬馬鳴的用例見《詩・小雅・車攻》：「蕭蕭馬鳴，悠悠旆旌。」模擬風聲的用例見《史記・刺客列傳》：「風蕭蕭兮易水寒，壯士一去兮不復還！」模擬雨聲的用例見宋蔡楠《鳳棲梧・寄賀司戶》：「別後作書頻寄語，無忘林下蕭蕭雨。」模擬流水聲的用例見元耶律楚材《和南質張學士敏之見贈七首》之五：「雲飄飄，水蕭蕭，一燈香火過閑宵。」2. 形容稀疏，例見唐牟融《遊報本寺》詩：「茶煙嫋嫋籠禪榻，竹影蕭蕭掃徑苔。」和宋李綱《摘鬢間白髮有感》：「蕭蕭不勝梳，擾擾僅盈掬。」3. 形容瀟灑，例見《世說新語・容止》：「嵇康身長七尺八寸，風姿特秀，見者歎曰：『蕭蕭肅肅，爽朗高舉。』或云：『蕭蕭如松下風，高而徐引。』」4. 形容淒清，例見晉陶潛《祭程氏妹文》：「黯黯高雲，蕭蕭冬月，白雪掩晨，長風悲節。」5. 形容蕭條，例見

唐王勃《出境遊山二首》之二：「蕭蕭離俗影，擾擾望鄉心。」6.
形容簡陋，例見元鄭光祖《倩女離魂》第五折：「行李蕭蕭倦修
整，甘歲月滯留帝京。」

「蕭」的粵音念 siu[1]，音轉念 sau[1]，注音寫作「收」，可見粵
語「收收」乃漢語連綿詞「蕭蕭」的粵語異體，作連綿詞僅用於
「散收收」。廣府俚語又有「收收併併」(指藏匿，現常用作「收收
埋埋」)，這個「收收」是動詞「收」的重言。

收聽讀音

二十四

密質質

《廣東俗語考・釋疊字・斟斟》

「斟」讀若「質」，「斟斟」言其密也。《說文》：「斟斟，盛也。
音蟄。汝南名蠶盛曰『斟』。」蠶盛則密，故以斟形容之。

　　「斟」讀若「質」，「斟斟」形容密密麻麻，釋義見《說
文》：「斟斟，盛也。音蟄。汝南名蠶盛曰斟。」蠶繁殖良好
便多而擠擁，因此用「斟」來形容密密麻麻。

《廣州語本字・卷三十三・密卙卙》

「卙卙」者，盛多也，俗讀「卙」若「質」。《說文》：「卙，盛也。」廣州形容人物盛多而相逼曰「密卙卙」，《集韻》：「卙，子入切，音蟄。」

　　「卙卙」形容濃密，廣府人說話時將「卙」讀若「質」。「卙」的釋義見《說文》：「卙，盛也。」廣州形容人物眾多而擠擁叫「密卙卙」，「卙」的讀音見《集韻》：「卙，子入切，音蟄。」

　　「卙」讀「子入切」(《集韻》)，現代漢語念 jí，粵語切讀如「蟄」，典籍無單獨使用的用例。

　　「卙卙」形容繁盛，釋義見《說文》：「卙，卙卙，盛也。」徐鍇繫傳：「詩曰：『宜爾子孫蟄蟄兮。』『蟄』，眾也。此『卙』義近之也。」

　　粵語寫作「質質」，粵音 dzat⁷dzat⁷，與「密」連用作「密質質」。其義一形容濃密，例如「頭髮密質質」；義二引申形容眾多，例如「哪人密質質」。

粵語「質質」本作「濟濟」。「濟濟」在古漢語應用中很活躍而且有多個異體例如「蟄蟄」、「籍籍」或「戢戢」等。

「濟濟」的「濟」讀「子禮切」(《廣韻》),現代漢語念 jǐ,粵音 dzai³。其義一形容眾多,例見《詩・大雅・文王》:「濟濟多士,文王以寧。」和《文選・潘岳＜閒居賦＞》:「祁祁生徒,濟濟儒術。」義二形容威儀,例見《詩・齊風・載驅》:「四驪濟濟,垂轡沵沵。」和《禮記・曲禮》:「諸侯皇皇,大夫濟濟。」義三形容整齊美好,例見元戴善夫《風光好》第二折:「空那般衣冠濟濟,狀貌堂堂,卻為甚偏嫌俺妓女。」

「濟濟」有異體「蟄蟄」,也形容眾多,例見《詩・周南・螽斯》:「螽斯羽,揖揖兮。宜爾子孫,蟄蟄兮。」和唐李賀《感諷》之五:「侵衣野竹香,蟄蟄垂葉厚。」

又有異體「戡戡」、「籍籍」或「戢戢」等。「戡戡」的掌故見朱駿聲《説文通訓定聲》:「《廣雅・釋訓》:『戡戡,甚,盛也。』《詩・螽斯》:『蟄蟄兮』,以蟄為之。皆重言形況字 (按:即疊字)。」可見「戡戡」形容草木茂盛。

「籍籍」的「籍」讀「秦昔切」(《廣韻》),現代漢語念 jí,粵音 dzak⁹。義一形容紛紜,例見晉葛洪《抱朴子・塞難》:「該河洛之籍籍,博百氏之云云。」王明注:「籍籍,紛紛貌。」和《晉書・天文志中》:「赤地千里,枯骨藉藉 (按:『籍籍』的異體)。」義二形容縱橫交錯,例見《樂府詩集・華容夫人歌》:「髮紛紛兮寶渠,骨籍籍兮亡居。」

「戢戢」也作「濈濈」，現代漢語念 jíjí，粵音 jap⁷jap⁷，形容叢生聚集。「戢戢」例見唐于鵠詩句：「戢戢亂峯裏，一峯獨淩天。」「濈濈」例見唐末五代前蜀的詩僧貫休和尚之《嵩裏》：「所以嵩裏，墳出濈濈。氣淩雲天，龍騰鳳集。」

「戢戢」也作「揖揖」，現代漢語念 yīyī，粵音 jap⁷jap⁷。其用例見《詩·周南·螽斯》：「螽斯羽，揖揖兮。」毛傳：「揖揖，會聚也。」和宋歐陽修《別後奉寄聖俞二十五兄》詩：「我年雖少君，白髮已揖揖。」粵語用例如廣東陽江諺語：「十個雞仔齊揖揖，數來數去得五雙」。

「戢戢」在粵語又轉念 dzat⁷dzat⁷，注音寫作「質質」，例如「密質質」；又轉念 tsap⁷tsap⁷，注音寫作「葺葺」。例如「齊葺葺」，形容多而完整，例如「一班人齊葺葺坐喺課室度」（全班人整整齊齊地坐在課室裏）。但坊間不詳「齊葺葺」的意義，故也有人會說「嗰男仔頭髮剪到齊葺葺好似屎塔蓋」（那男孩的劉海剪得一字兒像馬桶蓋似的），該句中「齊葺葺」轉指齊而平整。

二十五
立立亂

《廣州語本字‧卷三十三‧歷歷亂》

「歷歷亂」者,形容亂之詞也,俗讀「歷歷」若「立立」。《大戴禮》:「歷者,亂之所由生。」注:「歷,歷亂也。」鮑照詩:「黃絲歷亂不可治。」

　　「歷歷亂」是形容亂的詞,廣府人說話時將「歷歷」讀若「立立」。「歷」的釋義見《大戴禮記》:「歷歷者,獄之所由生。」(詹憲慈引文誤將「獄」作「亂」)注:「歷,歷亂也。」例見鮑照詩:「黃絲歷亂不可治。」

《廣東俗語考‧釋情狀‧亂》

「歷」讀若「立」,亂也,亦曰「歷歷亂」。《大戴禮》:「歷者,獄之所由生。」注:「歷歷亂也。」鮑照詩:「黃絲歷亂不可治。」

「歷」讀若「立」，形容亂，也可說「歷歷亂」。「歷」的釋義見《大戴禮》：「歷者，獄之所由生。」注：「歷，歷亂也。」例見鮑照詩：「黃絲歷亂不可治。」

「歷」讀「郎擊切」（《廣韻》），現代漢語念 lì，作動詞猶經歷，釋義見《說文》：「歷，過也。」又見《廣韻》：「歷，經歷。」例見《書‧畢命》：「既歷三紀，世變風移。」引申指擾亂，例見《大戴禮記‧子張問入官》：「（子曰）歷者，獄之所由生（觸犯法律的行為，肯定有其根源）。」盧辯注：「歷，歷亂也。」例見《三國志‧吳志‧呂蒙傳》：「（蒙）約令軍中不得干歷人家，有所求取。」和《文選‧揚雄〈羽獵賦〉》：「立歷天之旌，曳捎星之旃。」李善注引韋昭曰：「歷，幹（犯）也。」可見詹氏所謂「歷猶亂」指干犯法律或公序良俗的行為。

「歷歷」形容散亂零落，例見清錢謙益《東歸漫興》詩：「招魂倘有巫陽在，歷歷殘棋忍重看。」和清查慎行《朝發景德鎮，夜抵饒州，舟中即事三首》之一：「江行好，歷歷亂帆時。」

「歷」音轉念 lap[9]，注音寫作「立」。粵語「立立亂」念 lap[9]lap[2*]lyn[6]。其形容環境時指亂七八糟，例如「間屋立立亂」（屋子亂七八糟），也可形容心情紛亂，例如「嗰心立立亂」（心亂如麻）。「立」的粵語用文讀念 laap[9]，但「立立」中第一個「立」用白讀音念 lap[9]，第二個「立」用連綿詞讀音念 lap[2*]。

「歷歷亂」由連綿詞「歷歷」和形容詞「亂」組成複合詞，形容散亂。

「歷歷」尚有以下意義：1. 形容清晰，例見《古詩十九首・明月皎夜光》：「玉衡指孟冬，眾星何歷歷。」和唐杜甫《歷歷》詩：「歷歷開元事，分明在眼前。」現代漢語用例見朱自清《溫州的蹤跡》：「花正盛開，紅豔欲流；黃色的雄蕊歷歷的，閃閃的。」2. 形容排列成行，例見《樂府詩集・相和歌辭十二・隴西行》：「天上何所有，歷歷種白榆。」和《楚辭・劉向＜九歎・惜賢＞》：「登長陵而四望兮，覽芷圃之蠱蠱。」漢王逸注：「蠱蠱猶歷歷，行列貌也。」3. 作象聲詞，例見唐曹唐《贈南嶽馮處士》詩：「穿廚歷歷泉聲細，繞屋悠悠樹影斜。」和元耶律楚材《再用張敏之韻》：「悲歌聲歷歷，雅調韻洋洋。」

詹憲慈和孔仲南均考粵語「立立亂」本作「歷歷亂」，是。

文若稚《廣州方言古語選釋・歷亂》：「『歷亂』原是南北朝時長江中下游地區的民間口語。常見於六朝民歌，如《新樂府・讀曲歌》：『紅藍與芙蓉，我色與歡敵。莫按石榴花，歷亂聽儂摘。』和《華山畿》：『開門枕水渚，三刀治一魚，歷亂殺傷汝。』」後來被書面語吸收，例見鮑照《擬行路難》：『剉蘗染黃絲，黃絲歷亂不可治。』」

從粵語「立立亂」義同「立亂」可見，文說忽略了「歷亂」是連綿詞「歷歷」與「亂」構成複合詞，應用中簡略作「歷亂」。

空框框

收聽讀音

*****

《廣州語本字・卷三十三・空廎廎》

「廎廎」者,形容寬而空之詞也,俗讀「廎」若北語之「況」。《說文》:「廎,闊也。一曰空也。從心從廣。」「廣」亦聲。

　　「廎廎」形容寬廣空曠,廣府人說話時將「廎」讀若北方話的「況」。「廎」的釋義見《說文》:「廎,闊也。一曰空也。從心從廣。」「廣」也讀如「廣」。

　　「廎」讀「苦朗切」(《廣韻》),現代漢語念 kuàng,形容廣闊,釋義見《說文》:「廎,闊也。從心從廣,廣亦聲。一曰廣也、大也,一曰寬也。」例見《詩・魯頌・泮水》:「憬彼淮夷,來獻其琛。」陸德明釋文:「憬彼,遠行貌。又,《說文》作『廎』云:『闊也,一曰廣大也。』」又形容空虛,釋義見《正字通》:「廎,虛也。」例見《漢書・元帝紀》:「眾僚久廎,未得其人。」顏師古注:「廎,古曠字。曠,空也。」

粤語「空框框」念 hung¹kwaang¹kwaang¹（kwaang¹ 是白讀，
文讀念 hong¹），形容空蕩蕩，例如「間屋空框框」（房子空蕩蕩）。

《辭通》和《連綿詞大詞典》均無「廕廕」，只錄「曠曠」和「廣
廣」。掌故見王念孫《讀書雜誌・漢書九》：「『廣』與『曠』同。
『曠』，空也……『曠曠』者，虛無人之貌。」例見《淮南子・繆
稱訓》：「言之用者，昭昭乎小哉；不言之用者，曠曠乎大哉。」
和漢枚乘《七發》：「浩瀚瀷兮，慌曠曠兮，秉意乎南山，通望乎
東海。」引申形容廣大空闊，例見《史記・褚少孫補・日者列
傳》：「天地曠曠，物之熙熙。」

「曠曠」也作「廣廣」，例見《莊子・天道》：「夫道，於大不
終，於小不遺，故萬物備。廣廣乎其無不容也，淵乎其不可測
也。」又見《荀子・非十二子》：「恢恢然，廣廣然，昭昭然，蕩
蕩然，是父兄之容也。」楊倞注：「恢恢，廣廣，皆容眾貌。」和
宋葉適《著作佐郎錢君墓誌銘》：「天高高兮地廣廣，詔無窮兮靈
勿爽。」

「曠曠」在粤語音轉念 kwaang¹kwaang¹，注音寫作「框框」。

「框框」單獨使用時指限制性的條條框框，例見粤語歌《晴
空》歌詞：「框框不要箍緊我，錯亦儘量讓我錯」。其與「空」構
成熟語「空框框」，形容空無一物，例見粤語歌《老夫子過聖誕》
歌詞：「周街躝，空框框，打的落海灘，深水灣加淺水灣，香港
仔食茶餐。」

雖然廣府人愛用「空框框」來形容空無一物的室內，但也偶爾用於形容室外環境，例如形容沒有任何配套設施的場地「呢個場空框框乜都無」（這個場地空空如也甚麼都沒有），暗指所有器材設施都要自己準備。

二十七

撩刁

收聽讀音

《廣東俗語考・釋性質・嬲嬈》

「嬲嬈」讀若「料跳」，性情不定曰「嬲嬈」。《廣韻》：「嬲嬈，不仁也。」

「嬲嬈」讀若「料跳」，形容性情不定叫「嬲嬈」。「嬲嬈」的釋義見《廣韻》：「嬲嬈，不仁也。」

《廣州語本字・卷五・了秒》

「了秒」者，特出之意，人之身裁特高者謂之「了秒」，俗讀「了秒」若「料跳」。《說文》：「秒，禾危穗也。」徐鍇曰：「危謂獨出之穗。」今言「了秒」也。桂馥曰：「秒，禾穗之高出者也。」《唐韻》：「秒，音都了切。」「了秒」又作「陷掫」。《廣雅》：「陷掫，高也。」

　　「了秒」形容特出，人的身材特別高叫「了秒」，廣府人說話時將「了秒」讀若「料跳」。「秒」的釋義見《說文》：「秒，禾危穗也。」徐鍇注云：「危謂獨出之穗。今言了秒也。」桂馥注云：「秒，禾穗之高出者也。」「秒」的讀音見《唐韻》：「秒音都了切。」「了秒」又作「陷掫」，釋義見《廣雅》：「陷掫，高也。」

　　孔仲南本條「㜮嬈」的「㜮」讀「徒弔切」，「嬈」讀「而沼切」（《廣韻》），現代漢語念 tiǎorǎo，指不講仁德，釋義見《廣韻》：「㜮，㜮嬈，不仁。」典籍無用例。

　　詹憲慈本條「了秒」的「了」讀「盧鳥切」，「秒」讀「都了切」（《廣韻》），現代漢語念 liǎodiǎo，形容懸掛的情狀，釋義見《說文》，典籍無用例。

　　粵語連綿詞「撩刁」念 liu⁴diu¹，形容惹是生非，例見老粵語兒歌：「細蚊仔，莫撩刁。」

《說文解字注》釋「了釳」:「郭樸曰:『了乚,懸物貌。丁小反。』按:玄應書(即《一切經音義》)及《集韻》所引《方言》皆如是。今本《方言》作『佻』,妄人所改耳。王延壽《王孫賦》:『乚,瓜懸而瓠垂。』『乚』者象形字,『釳』者諧聲字。從『禾』,『勺』聲,『都了切』。」

　　詹氏本條的「了釳」雖然形容懸掛的情狀,但其異體「了鳥」或是連綿詞主條。「了鳥」念 liǎodiǎo,形容懸掛的情狀,引申為顛倒或不整潔,例見裴松之注《三國志‧魏志‧明帝紀》引《魏略》:「面目垢黑,沾體塗足,衣冠了鳥。」和清平步青《霞外攟屑‧里事‧前後輩》:「衣冠了鳥,芙裳蘿帶,不堪褻侍貴人。」「了鳥」在粵語由形容顛倒引申為形容行為不循常理,生出惹是生非的意義。

　　孔仲南考「撩刁」的本字是「嬥嬈」,由於沒有典籍用例,不詳其具體意義和應用,存疑。

　　據《連綿詞大詞典》記錄,「撩刁」僅流行於廣府地區。其實它在古口語作「流丟」,例見《西遊記》第四十六回:「當駕官即開了,捧出丹盤來看,果然是件破爛流丟一口鐘。」和「這和尚無禮!敢笑我國中無寶,猜甚麼流丟一口鐘!」這兩段文字中的「流丟」指不整潔,「破爛流丟」形容又破又髒。客家話也有「撩刁」,例見客家兒歌《撩撩篤篤》:「撩撩刁刁,屎朏生毛。」

該熟語現在雖然不是很活躍，但廣府人尚識其義，會說會用，可惜沒有錄入《香港粵語大詞典》和《廣州話方言詞典》，本書按《廣州方言詞典》寫作「撩刁」。

收聽讀音

二十八

一仆一碌

舊　說

《廣東俗語考・釋動作下・趰趷》

（趰趷）上讀若「碌」，下讀若「仆」，一路行一路跌曰「趰趷」。《集韻》：「趰趷，倒地。」《博雅》：「偃也。」《玉篇》：「僵仆。」

白話譯文

　　「趰趷」的上字讀若「碌」，下字讀若「仆」，一路行走一路跌跌撞撞叫「趰趷」。「趰趷」的釋義見《集韻》：「趰趷，倒地。」又見《博雅》：「偃也。」和《玉篇》：「僵仆。」

《廣東俗語考‧釋動作下‧赴》

「赴」讀若「鋪」，如「赴倒去」，「成個身赴落去」，皆奮勇趨前之意。按：《廣韻》：「芳遇切」，《韻補》：「直祐切」，《說文》：「赴，趨也。」

> 「赴」讀若「鋪」，例如如「赴倒去」，「成個身赴落去」，俱形容奮勇前進。按：「赴」的讀音見《廣韻》：「芳遇切」，又見《韻補》：「直祐切」，釋義見《說文》：「赴，趨也。」

《廣州語本字‧卷七‧快的馺去》

「馺」者，行促迫也，俗讀「馺」若「撲」。《說文》：「馺，行馺馺也。讀若僕。」《集韻》：「馺，行促迫也。」《廣韻》：「馺，皮蔔切。」

> 「馺」形容行走急促，廣府人說話時將「馺」讀若「撲」。「馺」的音義見《說文》：「馺，行馺馺也。讀若僕。」釋義又見《集韻》：「馺，行促迫也。」讀音又見《廣韻》：「馺，皮蔔切。」

「趍」讀「胡格切」,「趡」讀「七亂切」(《廣韻》)。「趍趡」現代漢語念 hécuàn,《康熙字典》錄作「趍趡」,「趡」讀「轄格切,音烙。」粵語按《康熙字典》注音切讀如「挖洛」,釋義見《集韻》:「趍趡,倒地。」又見《博雅》:「趍趡,僵也。」和《玉篇》:「狂走也。」典籍無用例。

「赴」讀「步木切」(《廣韻》),現代漢語念 pú,粵語切讀如「仆」,指行走急促。其釋義見詹氏引《說文》內容,桂馥義證:「『行赴赴也』者,《集韻》:『赴,行促迫也。』讀若『僕』者,所謂僕僕道途也。」

粵語「仆」念 puk^7,義一猶趴下,例如「畀人打到一仆一碌」(被打得連滾帶爬),又如廣府人將半圓銼叫「仆竹銼」,其截面如倒伏的半邊竹子;義二猶向前跌倒,例如「仆低」(趴下)或「仆街」(在路上倒斃);義三指奔赴,例如「你琴日仆咗去邊(你昨天跑哪去了)?」

粵語「一仆一碌」即「又仆又碌」,形容連滾帶爬,用例見上引;又比喻情狀狼狽,例如「唔識生就一仆一轆」(不會生孩子便忙得滿天神佛)。

一

　詹氏考粵語指奔赴的「仆」本字是「赴」,猶奔赴,典籍無「赴」的用例。存疑。

粵語「仆」指奔赴時本字應是「赴」,《廣韻》注「赴」讀「芳遇切」,但古音讀如「仆」,音義見《説文》:「赴,趨也。僕省聲。」「赴」指前往,現代漢語念 fù,粵音 fu⁶,例見《史記・滑稽列傳》:「欲赴佗國奔亡,痛吾兩主使不通。」和《樂府詩集・焦仲卿妻》:「且暫還家去,吾今且赴府。」「仆」又通「訃」,指急走報喪,見《説文解字注》:「『赴』,古文『訃告』字只作『赴』者,取急速之意,今文從『言』,急疾意轉隱矣。」即「訃告」本作「赴告」,乃急速往報的意思,後世作「訃告」。綜合前往和急速的意義,「赴」還可以指奔赴,例見《楚辭・漁父》:「寧赴江流,葬於江魚之腹中。」和《呂氏春秋・知分》:「(次非) 於是赴江刺蛟,殺之而復上船。」「赴」還與「仆」通假,猶倒仆,例見《管子・輕重甲》:「窮而無子者,靡得相鬻而養之,勿使赴於溝澮之中。」

粵語「仆」指向前跌倒或趴下時是本字,釋義見《説文》:「仆,頓也。」朱駿聲曰:「前覆曰仆,後仰曰偃。」例見《史記・項羽本紀》:「交戟之衛士欲止不內,樊噲側其盾以撞,衛士仆地。」和《漢書・梁孝王傳》:「貪生畏死,即詐僵仆陽病,僥倖得逾於須臾。」引申猶倒伏,例見唐韓愈《祭湘君夫人文》:「舊碑斷折,其半仆地。」和宋王安石《遊褒禪山記》:「有碑仆道,其文漫滅。」粵語用「仆」這層意義時,見「仆低」或「仆街」等詞。坊間傳説「仆街」的掌故是舊時廣州的英商稱碼頭工人叫「poor guy」(可憐的傢伙),廣府人遂用其譯音「仆街」罵人。該掌故雖然説得通,但不如直接按「仆」的意義考證「仆街」,無需畫蛇添足。

二

從桂馥義證可見，《廣州語本字・快的屐去》中「屐屐」本作「僕僕」。其義一形容煩瑣，例見《孟子・萬章下》：「子思以為鼎肉使己僕僕爾亟拜也，非養君子之道也。」趙岐注：「僕僕，煩猥貌。」義二形容奔走勞頓，例見宋范成大《醉江月・嚴子陵釣台》詞：「富貴功名皆由命，何必區區僕僕。」和清方苞《七思・兄百川先生》：「長饑驅兮僕僕，痛乖分兮苦相勖。」現代漢語用例見鄒韜奮《抗戰以來・自動奮發的千萬青年》：「他們很辛勤地僕僕於前後方途中救護運輸傷兵。」

「撲撲」是「僕僕」的異體。其義一形容繁盛，例見唐吳融《綿竹四十韻》詩：「霜空正沉寥，濃翠靄撲撲。」和宋高觀國《玉樓春・擬宮詞》：「春風剪草碧纖纖，春雨浥花紅撲撲。」義二形容芳香濃郁，例見宋王之道《減字木蘭花》詞：「緩唱何妨，貼體衫兒撲撲香。」和宋楊炎正《點絳唇》詞：「近前相勸，撲撲清香滿。」義三形容塵土飛揚，例見宋張孝祥《清平樂・殿廬有作》：「光塵撲撲，宮柳低迷綠。」和宋趙師俠《鷓鴣天・湘江舟中應叔索賦》：「漁火細，釣絲輕，黃塵撲撲謾爭榮。」

從以上釋義可見，「屐」雖然讀若「僕」，但該字是連綿詞表音的語素，不能作單獨的字詞考證，也不是粵語動詞「仆」的本字。

三

詹氏認為「仆轆」的本字是「趙趨」，不確。

「仆轆」本作「匍匐」,「匍」讀「薄胡切」,「匐」讀「房六切」(《廣韻》),現代漢語念 púfú,粵音 pou⁴fuk⁹。「匐」音轉念 luk⁷,粵語注音寫作「轆」。

　　「匍匐」意義如下:1. 猶爬行,釋義見《玉篇》:「匍,匍匐,手行。」例見《楚辭・九思・哀歲》:「潛藏兮山澤,匍匐兮叢攢。」和唐于鵠《送唐大夫讓節歸山》詩:「年老功成乞罷兵,玉階匍匐進雙旌。」2. 猶趴伏,釋義見《玉篇》:「匍,匍匐,伏也。」例見《禮記・問喪》:「孝子親死,悲哀志懣,故匍匐而哭之。」和《後漢書・董卓傳》:「餘人或匍匐岸側,或從上自投,死亡傷殘,不復相知。」3. 形容奔波勞碌,例見唐元積《寄吳士矩端公五十韻》:「強起相維持,翻成兩匍匐。」和宋文天祥《集杜詩・杜大卿諝序》:「匍匐淮甸,衛護艱虞。」4. 形容盡力,例見《詩・大雅・生民》:「誕實匍匐,克岐克嶷。」和宋蘇軾《祭歐陽文忠公文一首》:「聞公之喪,義當匍匐往救。」

　　粵語「仆轆」用「匍匐」猶爬行或趴伏的意義,又引申形容狼狽,生出俚語「仆轆」(puk⁷luk⁷),強調語氣作「一仆一轆」。這個「一」義同「又」,例見唐封演《封氏聞見記・蜀無兔鴿》:「娑羅樹一名菩提……黃桃一名金桃。」「一仆一轆」即「又仆又轆」,比喻毫無招架之力或情狀狼狽。例如「畀人打到一仆一轆」(被打得毫無招架之力);又如「識生就梅花間竹,唔識生就一仆一轆」,意指若婦人生孩子生得好,就是一男一女間隔着生,若生得不好——專指連續生育兒子或女兒,便會忙得脫不開身,十分辛勞。

四

　　粵語「仆街」是「仆街死」(在路上倒斃) 的縮腳語，是個極富市井色彩的詈語，在粵語應用中十分活躍而且惡搞的花樣很多，意義如下：1. 指橫屍街頭，例如「仆街啦你」(你去死吧)。2. 猶混蛋，例如「嗰條仆街死咗去邊」(那王八蛋跑哪去了)，又如舊時港媒報導元朗械鬥的標題《一聲「仆街」，元朗兩村幾釀械鬥》。3. 猶糟糕，「呢次仆街嘞，出門唔記得帶銀包」(這回真糟糕，出門忘記帶錢包)。4. 網路熱語「仆街」猶失敗，例如早年的粵語流行曲《I don't wanna say 仆街》。這個標題的粵譯是「我唔想講仆街」(我永不言敗)，由於「say」與「死」是諧音，所以這句標題可理解為「我唔想仆街死」(我不想失敗)。5. 港人將「仆街」用英語音寫作「PKAY」或「PK」。但多年前中國內地湖南衛視主辦了一個紅遍大江南北的選秀節目——《超級女聲》，其決賽環節叫《超級女聲終極 PK》。由於節目的影響力太大，「PK」這個字母組合便逐漸有了指終極決鬥的含義。

二十九

拳弓

收聽讀音

《廣東俗語考・釋情狀・拳蜷》

「拳」讀若「戀」平聲,「蜷」讀若「拳」上平聲,屈曲曰「拳蜷」。《說文》:「拳,係也。」凡拘牽連繫皆曰「拳」。《類篇》:「拳,蟲行詰屈也。」前漢作「拳拘」,《甘泉賦》作「拳蜷」,《莊子》作「臠卷」,不舒申也。

「拳」讀若「戀」的平聲,「蜷」讀若「拳」的上平聲,「拳蜷」形容屈曲。「拳」的釋義見《說文》:「拳,係也。」大凡形容勾牽連繫都叫「拳」,又見《類篇》:「拳,蟲行詰屈也。」《漢書》作「拳拘」,漢揚雄《甘泉賦》作「拳蜷」,《莊子》作「臠卷」,均指不舒展。

《廣州語本字・卷三十・拳拳》

「拳拳」者,物曲而不伸也,俗讀「拳」若拳毛之「拳」,讀「拳」若「捐」。《釋名》:「攣,拳也。其體上曲曰攣拳。」然也。

「孿拳」形容物體彎曲而不舒展，廣府人說話時將「孿」讀若孿毛（按：粵語「孿毛」指毛髮捲曲）的「孿」，將「拳」讀若「捐」。「孿」的釋義見《釋名》：「孿，攣也。其體上曲曰孿拳。」的確如此。

孔仲南的「攣蜷」和詹憲慈的「孿拳」音義相同，猶蜷曲。

「攣蜷」的「攣」讀「呂具切」，「蜷」讀「巨員切」（《廣韻》），現代漢語念 luánquán，形容彎曲，例見明嚴嵩《伐園中木》詩：「葉大苦蒙翳，材枉空攣蜷。」和明項利侯《咏布》：「殘縕董京資覆體，敝練元道拯攣蜷。」又是醫家術語，例見明李中梓《傷寒括要》卷下：「（栝蔞竹皮湯）主（治）陰陽易，熱氣上沖，胸中煩悶，手足攣蜷。」

「孿拳」的「拳」讀「巨員切」（《廣韻》），現代漢語念 quán，形容蜷曲，例見宋蘇軾《淨因院畫記》：「如是而孿拳瘠蹙，如是而條達遂茂。」和宋張孝祥《賦王唐卿廬山所得靈壁石》詩：「青虯赤虎遭縛纏，蹙筋怒爪身孿拳。」

「攣蜷」或「孿拳」在粵語音轉念 lyn¹gung¹，注音寫作「孿弓」，形容彎曲，例如「孿弓蝦米」（彎曲如蝦米）。

一

「攣蜷」本作「攣卷」，現代漢語念 luánquán。「攣」讀「呂圓切」，「卷」讀「巨員切」（《廣韻》）。「卷」的釋義見《釋名》：

「不申舒貌」，例見《莊子・在宥》：「乃始臠卷獊囊而亂天下也。」「攣蜷」例見明嚴嵩《伐園中木》：「葉大苦蒙翳，材枉空攣蜷。」

「攣卷」又有異體「連蜷」、「連拳」或「連娟」等。「連蜷」用例見《楚辭・九歌・雲中君》：「靈連蜷兮既留，爛昭昭兮未央。」「連拳」用例見漢王延壽《魯靈光殿賦》：「連拳偃蹇，崘菌踡嶐。」「連娟」用例見《史記・司馬相如列傳》：「長眉連娟，微睇綿邈，色授魂與，心愉於側。」

「攣卷」還有異體作「輪困」（lúnqūn）或「輪菌」（lúnjūn），前詞例見《史記・天官書》：「若煙非煙，若雲非雲，鬱鬱紛紛，蕭索輪困，是謂卿雲。」和唐韓愈《送惠師》詩：「怪氣或紫赤，敲磨共輪困。」後詞例見《文選・枚乘〈七發〉》：「中鬱結之輪菌，根扶疏以分離。」和元耶律楚材《用張道亭韻》詩：「卿云輪菌自紛鬱，妖星不復侵天街。」

二

詹憲慈在同書中提出「攣」作動詞時本字是「趢」，是。

「趢」讀「巨員切」（《廣韻》），現代漢語念 quán，粵語切讀如「眷」，釋義見《説文》：「趢，行趢趨也。一曰行曲脊貌。」王筠句讀：「《玉篇》無『行』字。《廣韻》：『趢，曲走貌。』《眾經音義》卷二十三『蜷踹』云：『蜷，《説文》作趢。』」典籍無用例，從讀音和釋義可見，「趢」的意義同「蜷」。

由於「攣」單獨使用時有蜷曲義，釋義見《集韻》：「攣，手足曲病。」因此粵語作動詞猶屈曲，例如「攣埋條腰」（弓着身），這個「攣」用本字；也形容彎曲，例如「攣毛勾鼻」，但這個「攣」

97

是連綿詞「孿弓」的簡略，並非漢語「孿」有彎曲義。

香港背語（暗語）中「孿」另指男同性戀者，例如「佢兩個係孿嘅」（他們倆是男同性戀者）。

三十
瘦蜢蜢

《廣東俗語考・釋疊字・蜢蜢》

物之至瘦者莫如蜢，故以「蜢」形容之。諺有「一隻蜢咁瘦」。

動物中最瘦的莫過於蜢，所以廣府人用「蜢」形容瘦。民諺有「一隻蜢咁瘦」的說法。

《廣州語本字・卷五・瘦顟顟》

「顟顟」者,形容極瘦之詞,俗讀「顟」若「粵人裙揎自己腳」之「粵」,或若「猛」。《說文》:「顟,面瘦淺顟顟也。」《唐韻》:「顟,郎丁切。」

　　「顟顟」是形容極瘦的詞,廣府人說話時將「顟」讀若「粵人裙揎自己腳」的「粵」,也有人讀若「猛」。「顟」的釋義見《說文》:「顟,面瘦淺顟顟也。」讀音見《唐韻》:「顟,郎丁切。」

「蟊」讀「莫杏切」(《廣韻》),現代漢語念 měng,釋義見《說文新附》:「蟊,蚘(蚱)蟊也。」和《正韻》:「(蟊)音猛。蚱蟊,蝗類,似螽而小。」

「顟」讀「郎丁切」(《廣韻》),現代漢語念 líng,形容臉瘦而長,釋義見詹氏本條引《說文》內容,又見《玉篇》:「顟,面瘦淺貌。」泛指瘦,亦見《切韻》:「顟,瘦。」典籍無用例。

粵語「瘦蟊蟊」念 sau³maang²maang²,形容瘦長,例如「佢生得瘦蟊蟊」(他長得又高又瘦)。

「蝱蝱」本作「曼曼」，現代漢語念 mànmàn，粵音 maan⁶maan⁶，形容距離遙遠或時間漫長，例見《楚辭・離騷》：「路曼曼其脩遠兮，吾將上下而求索。」和《文選・司馬相如＜長門賦＞》：「夜曼曼其若歲兮，懷鬱鬱其不可再更。」李善注：「曼曼，長也。」

典籍多作「漫漫」，現代漢語與粵語讀音同「曼曼」，意義如下：1. 形容時間長久或空間廣遠，例見三國魏曹丕《雜詩》之一：「漫漫秋夜長，烈烈北風涼。」和宋范成大《題山水橫看》詩之一：「煙山漠漠水漫漫，老柳知秋渡口寒。」現代漢語用例見曹禺《北京人》第一幕：「她想起日後這漫漫的歲月，有時痛不欲生，幾要自殺。」2. 形容平緩，釋義見《廣雅・釋訓》：「漫漫，平也。」例見南朝梁沈約《早發定山》詩：「歸海流漫漫，出浦水濺濺。」和宋王安石《寄韓持國》詩：「淥遶宮城漫漫流，鵝黃小蝶弄春柔。」3. 猶遍佈，例見《太平御覽》卷八引《尚書大傳》：「舜歌曰：『卿雲爛兮，糺漫漫兮。日月光華，旦復旦兮。』」和《白雪遺音・八角鼓・春雲淡淡》：「春雲淡淡，春霧漫漫。」4. 形容眾多，例見宋玉《釣賦》：「漫漫羣生，孰非吾有。」和唐柳宗元《始得西山宴遊記》：「其隟也，則施施而行，漫漫而遊。」5. 形容昏憒糊塗，例見《太平御覽》卷二二六引漢應劭《風俗通》：「里（俚）語曰：『縣官漫漫，冤死者半。』」和南朝梁江淹《泣賦》：「心濛濛兮恍惚，魄漫漫兮西東。」6. 同慢慢，例見元康進之《李逵負荊》第一折：「太僕停嗔息怒，聽老漢漫漫的說與你聽。」和清袁于

100

令《雙鶯》第五折：「我們且漫漫的傍了垂楊，一路訪去。」現代漢語用例見張天翼《兒女們》：「耳朵裏聽着他們哇啦哇啦吵着的聲音漫漫的遠下去遠下去。」

「瘦曼曼」形容瘦長，「曼曼」在粵語音轉念 maang²maang²，注音寫作「蜢蜢」。

詹憲慈考這個詞的本字是「頸頸」，不確。「頸」讀「郎丁切」，與「蜢蜢」音訓不合，且無用例。

三十一

浪蕩

收聽讀音

《廣東俗語考・釋情狀・浪宕》

「浪宕」讀若「朗蕩」，行止無定曰「流離浪宕」。「流離」見《詩經》：「流離之子。」「浪宕」見《五燈會元》：「不平山善道禪師有『浪浪宕宕』之語。」

「浪宕」讀若「朗蕩」，廣府人形容行止無定叫「流離浪宕」。「流離」見《詩經‧邶風‧旄丘》：「瑣兮尾兮，流離之子。」「浪宕」見《五燈會元》：「木（原文誤作『不』）平山善道禪師有『浪浪宕宕』之語。」

《廣州語本字‧卷七‧閒遊越趤》

　　「越趤」者，無事閒遊也，俗讀「越趤」若「塱蕩」。《類篇》：「越趤，逸遊也。」《集韻》：「越，郎宕切，音浪」，「趤，大浪切，音宕」。

　　「越趤」的意思是遊手好閒，廣府人說話時將「越趤」讀若「塱蕩」。「越趤」的釋義見《類篇》：「越趤，逸遊也。」讀音見《集韻》：「越，郎宕切，音浪」，「趤，大浪切，音宕」。

　　「浪」讀「來宕切」，「宕」讀「徒浪切」（《廣韻》）。「浪宕」現代漢語念 làngdàng，形容行止無定，例見明馮夢龍《掛枝兒‧花》曲詞：「好似水面上的楊花也，浪宕沒定準。」和明孫樓《黃鶯兒‧嘲妓》曲詞：「煙花浪宕，錯認是鴛鴦。」
　　「越趤」的「越」讀「郎宕切」，「趤」讀「大浪切」（《集韻》）。這個詞現代漢語念 làngdàng，義同「浪蕩」，形容遊手好閒，釋義見《集韻》：「趤，越趤，逸遊。」典籍無用例。

粵語「浪蕩」念 long⁵dong⁶，指無所事事地遊逛，例如「佢一世人流離浪蕩」（他一生四處漂泊）；也比喻遊手好閒，例如「佢成日流離浪蕩」（他整天遊手好閒）。

孔氏的「浪宕」或詹氏的「趤趤」本作「浪蕩」，現代漢語念 làngdàng，形容遊手好閒，是漢語和粵語共用的熟語。

除了上述的含義外，「浪蕩」的意義也很豐富：1. 形容廣大，例見元李文蔚《燕青博魚》第一折：「清平世界，浪蕩乾坤，你怎麼當街裏打人？」和元關漢卿《竇娥冤》第二折：「浪蕩乾坤，怎敢行兇撒潑，擅自勒死平民！」2. 猶到處遊逛，例見宋姜夔《契丹歌》詩：「一春浪蕩不歸家，自有穹廬障風雨。」和明屠隆《綵毫記・妻子・哭別》：「你本是王堂仙迴翔赤墀，翻做了路傍兒浪蕩天涯。」3. 形容敗落，例見清那振興《那張氏墓碑》：「（那顯宗妻）久飄泊於鄉外，弗得歸故土以整家風，以致家務浪蕩。」4. 現代漢語形容遊手好閒，例見浩然《豔陽天》：「頭好幾年前我就勸她，總是當耳旁風，那孩子，從小就浪蕩慣了。」和陳殘雲《山谷風煙》：「（文盛嫂）無可奈何地解釋說：『那倒是受了人家的招惹，變得浪蕩了。』」5. 現代漢語指行為不檢點，例見楊沫《青春之歌》：「搖晃着身子吹着口哨，像個浪蕩公子，乘着黃昏時的騷亂，走出了北大三院的大門。」

「浪宕」或「趤趤」是「浪蕩」的連綿詞附條，猶遊蕩。「浪宕」例見明馮夢龍《掛枝兒・花》曲：「好似水面上的楊花也，浪

宕沒定準。」「趑趄」釋義見《集韻》:「趑,趑趄,逸遊。」典籍
無用例。

收聽讀音

三十二

趑車轉

《廣東俗語考・釋性質・踟躕》

「踟躕」讀若「治謝」,瞻顧遲疑欲行又止之意,《詩經》:「搔
首踟躕。」

「踟躕」讀若「治謝」,形容瞻前顧後欲行又止的情態,
例見《詩・邶風・靜女》:「愛而不見,搔首踟躕。」

《廣州語本字・卷二十四・穿梭轉》

「梭」者，織布之器也，俗讀「梭」若「初」；「轉」者，人之轉動不止，狀如梭轉也。《正韻》：「機杼之屬，所以行緯者也。」「梭，桑何切。」

「梭」是織布机之部件，廣府人說話時將「梭」讀若「初」；「轉」指人不停轉動時狀如織布時梭的活動。「梭」的意義見《正韻》：「機杼之屬，所以行緯者也。」同書注音作「梭，桑何切。」

「踟躕」的「踟」讀「直離切」，「躕」讀「直誅切」（《廣韻》）。該詞現代漢語念 chíchù，粵音 tsi⁴tsy⁴，猶徘徊，例見孔氏引《詩・邶風・靜女》句。又見三國魏曹植《贈白馬王彪》詩：「欲還絕無蹊，攬轡止踟躕。」和漢樂府《陌上桑》：「使君從南來，五馬立踟躕。」

「穿梭」是複合詞，「穿」讀「昌緣切」（《廣韻》），現代漢語念 chuān，粵音 tsyn¹；「梭」讀「蘇禾切」（《廣韻》），現代漢語念 suō，粵音 so¹。「穿梭」原指梭子織布時來回運動，比喻頻繁往來，例見《水滸傳》第十回：「小二獨自一個穿梭也似伏侍不暇。」現代漢語用例見沙汀《丁跛公》：「（他）肩頭上搭着藍布裌褲，『掃蕩』似的在這山溝裏穿梭着，整有七年之久。」

粵語「趑趄轉」念 tsi¹tse¹dzyn³，有兩層意義：1. 形容內心猶疑行路徘徊，例如「佢一味趑趄轉」（他一直徘徊不已）；2. 比喻川流不息，例如「超級市場啲人趑趄轉」（超級市場的顧客川流不息）。

一

「踟躕」尚有以下意義：1. 猶歇息，例見晉陶潛《搜神後記》卷三：「欲退卻相謂曰：『公在此。』因踟躕良久。」和唐鄭世翼《登北邙還望京洛》詩：「步登北邙阪，踟躕聊寫望。」2. 形容緩慢，例見唐賀知章《望人家桃李花》詩：「棄置千金輕不顧，踟躕五馬謝相逢。」和唐李隆基《過晉陽宮》詩：「艱難安可忘，欲去良踟躕。」3. 形容猶疑，例見宋康與之《洞仙歌令》詞：「遣踟躕，騷客意，千里綿綿。」和宋佚名《臨江仙·壽石首》詞：「琳宮昨下鳳凰書，金閨班趣綴，禁路莫踟躕。」

「踟躕」的異體作「趑趄」。「趑」讀「取私切」，「趄」讀「七餘切」（《廣韻》）。「趑趄」現代漢語念 zījū，粵音 dzi^{1}dzoey^1，其意義如下：1. 形容猶疑徘徊，例見《文選·張載<劍閣銘>》：「一人荷戟，萬夫趑趄。」和唐柳宗元《咏荊軻》：「造端何其銳，臨事竟趑趄。」2. 猶滯留，例見唐柳宗元《答韋珩示韓愈相推以文墨事書》：「（僕）卒無所為，但趑趄文墨筆硯淺事。」和《太平廣記·嗤鄙三·元載常袞》：「非良金重寶，趑趄左道，不得出入於朝廷。」

二

穿梭的「梭」是織布機的關鍵部件，形狀是兩端為圓錐形的長方體，體腔中空。梭的功能是往來快速活動牽引經線和緯線

交織成布。漢語遂用「梭」比喻來往頻繁或快速，例見宋蘇軾《滿庭芳》詞：「人生底事，來往如梭。待閑看秋風，洛水清波。」和金元好問《驟雨打新荷・綠葉陰濃》詞：「且酩酊，任他兩輪日月，來往如梭。」

熟語有「穿梭」，例見《水滸傳》第十回：「小二獨自一個穿梭也似伏侍不暇。」現代漢語用例如「蜜蜂在花叢穿梭」。又如專有名詞「穿梭機」(時空穿梭機)，原指科幻小説中一種可以來往於不同時間空間的機器。而在今天的生活中用電子彩色屏、動畫數碼和高保真音響系統等高科技手段製成的一種娛樂產品，也被喚作穿梭機。

三

粵語「趑車轉」形容內心猶疑或行路徘徊，也形容川流不息。

「趑車」形容內心猶疑或行路徘徊時本作「踟躕」，形容川流不息時本作「穿梭」。詹氏記錄「穿梭」在老粵語讀如「穿初」，應用中讀音又向「踟躕」靠攏，其意義遂併入粵語連綿詞「趑車」中，令「趑車轉」生出人流如鯽的意義。

三十三
薄切切

《廣州語本字・卷三十三・薄竊竊》

「竊」者淺也，俗讀「竊」音近「徹」。《說文》「虦」下云：「虎竊毛謂之虦苗。竊，淺也。」

「竊」形容淺，廣府人說話時「竊」的讀音近「徹」。「竊」的釋義見《說文・虦》：「虎竊毛謂之虦苗。竊，淺也。」

《廣州語本字・卷三十三・薄移移》

「移移」者，薄也，俗讀「移移」若「衣衣」，或若「英英」。《廣雅》：「移，薄也。」重言「移移」，形容其極薄也。

　　「移移」形容薄，廣府人說話時將「移移」讀若「衣衣」，有人讀若「英英」。「移」的釋義見《廣雅》：「移，薄也。」重言作「移移」，形容極薄。

◆箋◆注◆

　　「竊」讀「千結切」（《廣韻》），現代漢語念 qiè。其作形容詞意義同「淺」，例見《爾雅》：「虎竊毛，謂之虦貓。」郭璞注：「竊，淺也。」《說文通訓定聲》：「竊假借為淺。」例見杜預注《左傳・昭公十七年》「九扈為九農正」句：「夏扈，竊玄；秋扈，竊藍；冬扈，竊黃；春扈，竊丹。」孔穎達疏：「竊即古之淺字。」

　　「移」讀「弋支切」（《廣韻》），現代漢語念 yí，初義形容禾柔弱，釋義見《說文》：「移，禾相倚移也。」也可形容薄，釋義見《廣雅》：「移，褍也。」王念孫疏證：「褍，經傳皆通作薄。」

　　粵語「薄切切」念 bok⁹tsit⁷tsit⁷，形容又薄又輕，例如「張被薄切切」（被子薄薄的）。

一

　　「竊竊」猶「淺淺」，「淺淺」意義如下：1. 形容水淺，例見宋梅堯臣《和資政湖亭雜咏・稻畦》：「淺淺碧水平，青青稻苗長。」和宋王安石《與微之同賦梅花》詩之三：「淺淺池塘短短牆，年年為爾惜流芳。」2. 形容淺短，例見唐溫庭筠《春野行》：「草

109

淺淺，春如舊。」和《再生緣》第二十一回：「簷草春生青淺淺，瓶花吐豔媚娟娟。」3. 形容微微或淡淡，例見唐方干《牡丹》詩：「花分淺淺胭脂臉，葉墮殷殷膩粉腮。」和宋王安石《石竹花》詩之二：「春歸幽谷始成叢，地面勞敷淺淺紅。」現代漢語用例見郭澄清《大刀記》第十一章：「永生淺淺一笑：『我不算一個？』」4. 形容細小，例見宋李綱《上淵聖皇帝實封言事奏狀》：「冒寵尸祿，無補國家；嘿默不言，致危宗社。其罪豈淺淺哉！」和宋陳亮《與王季海丞相》：「一輩無賴不得羣起而誤國，其為天下國家之福，豈淺淺哉！」5. 形容淺薄，例見元劉祁《歸潛志》卷三：「劉琢伯成，……作詩甚工。有云：『吳蠶絲就方成繭，楚柳綿飛又作萍。』非淺淺者所能道也。」6. 形容巧言，通「諓」，例見漢桓寬《鹽鐵論·論誹》：「疾小人淺淺面從，以成人之過也。」張之象注：「淺、諓同字。」和漢王符《潛夫論·救邊》：「淺淺善靖，俾君子怠。」

二

漢語無熟語「移移」。從應用可見，本作「竊竊」，粵語在應用中也作「葉葉」，例如「薄葉葉」。「葉」讀「與涉切」（《廣韻》），現代漢語念 yè，粵音 jip[9]。但在「薄葉葉」中用連綿詞讀音念jip[1*]。漢語中「葉葉」指片片，例見唐王建《宮詞》之十七：「羅衫葉葉繡重重，金鳳銀鵝各一叢。」和宋晏殊《清平樂》詞：「金風細細，葉葉梧桐墜。」

粵語「薄葉葉」中「葉葉」是「竊竊」音轉後的注音字，《香港粵語大詞典》和《廣州話方言詞典》均沒有收錄該詞條。但實

際上，現在廣府人的日常生活中這個詞的使用頻率仍然很高，使用中往往帶有一點嫌棄或不滿的意味，例如「本書薄葉葉」（這本書薄薄的）或「啲魚片切到薄葉葉」（那些魚片切得薄薄的）。

三十四
短切切

收聽讀音

《廣州語本字・卷三十三・短叕叕》

「叕叕」者，形容物之短也，俗讀「叕」音近「徹」。《淮南・人間訓》：「人之思叕。」注：「叕，短也。」《唐韻》：「叕，陟劣切。」

《廣東俗語考·釋疊字·妯妯》

「妯」讀若「斜」去聲，凡物短者曰「短妯妯」。《博雅》：「妯，短小貌。」

「妯」讀若「斜」去聲，凡物短叫「短妯妯」。「妯」的釋義見《博雅》：「妯，短小貌。」

◇箋◆注◇

「叕」讀「陟劣切」（《廣韻》），現代漢語念 zhuó，粵語切讀如「拙」，形容短。其用例見詹氏引《淮南子》句，釋義見高誘注。「聖人之思脩，愚人之思叕」的意思是聖人考慮長遠，愚人見識短淺。

「妯」讀「祖稽切，音齋」（《廣韻》），現代漢語念 jī，粵語切讀如「直」，形容短小，釋義見《博雅》：「妯，短小貌。」連綿詞「妯妯」，形容短小，釋義見《玉篇》：「妯」的釋義也見《玉篇》：「𤲃，𤲃妯，短也。」典籍無用例。

「妯」重言作「妯妯」，形容甚短，與「短」構成複合詞「短妯妯」，粵音轉念 dyn²tsit⁷tsit⁷，注音寫作「短切切」，形容短短的，例如「件衫短切切」（衣服短短的）。

一

《説文解字注》:「(叕) 綴聯也。以綴釋叕,猶以糸釋幺也。聯者,連也。象形。陟劣切。」「叕」的主音項念 zhuó,猶聯綴,也作「綴」,釋義見《集韻》:「叕,《説文》:『綴聯也。』或從糸。」典籍無用例。「叕叕」不是連綿詞主條。

「妠妠」釋義見本條箋注。

二

粵語有「短切切」和「薄切切」,這兩個熟語中「切切」的讀音相同,但前詞中「切切」的連綿詞主條是「妠妠」,後詞中「切切」的連綿詞主條是「竊竊」。

「竊竊」同「切切」,朱起鳳按:「竊、切同音通假。」

「竊竊」在現代漢語念 qièqiè,作象聲詞形容聲音輕細,例見《莊子・庚桑楚》:「庚桑子曰:『今以畏壘之細民,而竊竊焉欲俎豆予於賢人之間,我其杓之人邪。』」釋文:「司馬云:『細語也。』」和成語「竊竊私語」。

「切切」形容聲音輕細,例見《後漢書・竇武傳》:「外間切切,請出禦德陽前殿。」和唐白居易《琵琶行》詩:「大弦嘈嘈如急雨,小弦切切如私語。」現代漢語用例見魯迅《彷徨・祝福》:「她走近兩步,放低了聲音,極祕密似的切切的説:『一個人死了之後,究竟有沒有魂靈的?』」或形容聲音淒切,例見南朝齊謝

朓《宣城郡內登望》詩:「切切陰風暮,桑柘起寒煙。」和唐皇甫冉《魏十六還蘇州》詩:「秋夜沉沉此送君,陰蟲切切不堪聞。」

三

陳雄根、張錦少《粵語詞匯溯源》(香港商務印書館 2019 年第 1 版)考「薄切切」本作「薄設設」,形容單薄,例見元無名氏《云窗夢》第三折:「薄設設衾寒枕冷,愁易感好夢難成。」和元石君寶《李亞仙花酒曲江池》第一折:「我將這骨刺刺小車兒輾得蒼苔碎,薄設設汗衫兒惹得游絲細。」

文若稚《廣州方言古語選釋‧薄設設》:考「設設」更早見金董解元《西廂記諸宮調》:「(法聰和尚)把破設設地偏衫揭將起,手提着戒刀三尺⋯⋯」文氏認為「破設設」即「薄設設」。

可見「竊竊」在宋元時期作「設設」,今粵語作「切切」。

三十五

闊落

收聽讀音

《廣州語本字‧卷三十三‧闊離闊奓》

「闊離闊奓」者，形容物之不密而寬也，俗讀「奓」若北語挐車之「挐」。成公綏《天地賦》：「偉二儀之奓闊。」《廣韻》：「奓，陟加切。張也，開也。」古言「奓闊」，今言「闊奓」，倒文也。

「闊離闊奓」形容物體結構松散體積庞大，廣府人說話時將「奓」讀若北方話挐車的「挐」（按：同「拿」）。西晉成公綏《天地賦》：「何陰陽之難測，偉二儀之奓闊。」《廣韻》：「奓，陟加切。張也，開也。」古人說「奓闊」，今人說「闊奓」，乃逆序。

「奓闊」的「奓」讀「陟加切」（《廣韻》），現代漢語念 shē，粵語切讀如「揸」。「闊」讀「苦括切」（《廣韻》），現代漢語念 kuò，形容寬廣遼闊。該詞用例見《晉書‧文苑傳‧成公綏》：「何陰陽之難測，偉二儀之奓闊！」

粵語「闊落」念 fut[8]lok[9]，形容空間廣闊，例如「間屋好闊落」
（房子空間很大）。

一

　　廣府人形容空間寬敞叫「闊落」。「闊落」念 kuòluò，粵語
「闊」按「苦括切」念 fut[8]，是漢語和粵語共用的熟語。其義一形
容寬敞，例見宋蘇軾《次韻子由論書》：「書成輒棄去，謬被旁人
裹。體勢本闊落，結束入細麼。」和《儒林外史》第十回：「依弟
愚見，這廳事也太闊落，意欲借尊齋，只須一席酒，我四人促膝
談心，方才暢快。」義二形容豁達開朗，例見《兒女英雄傳》第
三十一回：「何玉鳳又是個闊落大方不為世態所拘的。」

二

　　詹憲慈本條形容物疏而寬的「闊夸」應作「夸闊」。「夸」
念 shē 時同「奢」，念 chǐ 時同「侈」，「夸闊」僅形容寬廣，用例
見本條箋注引《晉書》句。詹氏疊訓「闊夸」猶「廓落」，音義同
「闊落」，未免疊牀架屋，不如直接考「闊落」是其連綿詞主條「廓
落」的異體。

　　「廓落」(kuòluò) 的意義如下：1. 形容空闊，例見《莊子·逍
遙遊》：「剖之以為瓢，則瓠落無所容。」陸德明釋文：「簡文云：
瓠落猶廓落也。」和唐陳陶《蒲門戍觀海作》詩：「廓落溟漲曉，

116

蒲門鬱蒼蒼。」義二形容孤寂，例見《文選・宋玉＜九辯＞》：「廓落兮羈旅而無友生，惆悵兮而私自憐。」和《楚辭・莊忌＜哀時命＞》：「廓落寂而無友兮，誰可與玩此遺芳。」3. 形容豁達，例見漢焦贛《易林・訟之否》：「數窮廓落，困於歷室。」和《晉書・姚萇載記》：「廓落任率，不修行業。」「廓落」俗寫作「闊落」，但粵語只保留寬敞義。

三十六

蔫靭

收聽讀音

《廣東俗語考・釋情狀・㜘》

「㜘」音「朒」，靭也。《玉篇》：「堅也。」《博雅》：「固確，㜘也。」

「㜘」讀如「朒」，形容堅靭。「㜘」的釋義見《玉篇》：「堅也。」又見《博雅》：「固確，堅也。」

117

「掔」讀「苦閑切」(《廣韻》),現代漢語念 qiān,粵語切讀如「凡」(由於粵語中沒有複合韻母 ian,故按韻母 an 切讀如「凡」),形容堅固,釋義見《廣雅》:「掔,堅也。」典籍無用例。「韌」讀「而振切」(《廣韻》),現代漢語念 rèn,形容柔軟結實,釋義見《篇海類編》:「韌,堅柔難斷也。」「堅韌」形容堅固柔韌,例見宋朱弁《曲洧舊聞》卷五:「其材產西北者至良,名黃松,堅韌冠百木。」現代漢語用例見《<許地山選集>編後記》:「作者善於創造性格堅韌的人物。」

「堅韌」在粵語音轉念 jin¹ngan⁶,注音寫作「蔫韌」,坊間俗寫作「煙韌」,例如歇後語「濕柴煲老鴨——夠晒蔫韌」。其掌故是用潮濕的柴慢火煮老鴨子,吃起來很堅韌,人們用來比喻一對男女形影不離。

粵語「韌」的文讀念 jan⁶,白讀念 ngan⁶。

一

孔仲南謂「掔」形容韌,不確。

「掔」同「堅」,「堅」讀「苦賢切」(《廣韻》),現代漢語念 jiān,粵音 gin¹。其義一形容堅硬,釋義見《説文》:「堅,剛也。」例見《易·坤》:「履霜堅冰至。」和《呂氏春秋·誠廉》:「石可破也,而不可奪堅;丹可磨也,而不可奪赤。」義二形容牢固,釋義見《爾雅》:「堅,固也。」釋義又見《一切經音義》卷三引《字

書》:「堅,謂堅牢。」例見《論語‧子罕》:「仰之彌高,鑽之彌堅。」和宋陸游《鏡湖》詩:「增卑以為高,培薄使之堅。」義三形容強硬不可動搖,釋義見《廣雅》:「堅,強也。」例見《孫子‧謀攻》:「故小敵之堅,大敵之擒也。」和《楚辭‧九章‧惜誦》:「欲橫奔而失路兮,堅志而不忍。」

二

「堅韌」念 jiānrèn,粵音 gin¹jan⁶,形容堅固柔韌,例見宋朱弁《曲洧舊聞》卷五:「其材產西北者至良,名黃松,堅韌冠百木。」和清鄭板橋《竹石》詩:「千磨萬擊還堅韌,任爾東西南北風。」現代漢語用例見《<許地山選集>編後記》:「作者善於創造性格堅韌的人物。」也作「堅刃」,例見《後漢書‧郡國志‧東萊郡》「不其侯國」注:「《三齊記》曰:『(草)葉長一尺餘,堅刃異常。』」

「堅韌」也作「堅忍」,現代漢語念 jiānrěn,粵音 gin¹jan²,形容堅固或堅持。前義例見《國語‧晉語一》:「使之出征,先以觀之,故告之以離心,而示之以堅忍之權,則必惡其心而害其身矣。」後義例見《史記‧張丞相列傳》:「御史大夫周昌,其人堅忍質直。」和宋蘇轍《七代論》:「英雄之士常因其隙而出於其間,堅忍而不變,是以天下之勢遂成而不可解。」現代漢語用例見郭沫若《血的幻影》:「像這樣豬狗不如的生涯也能夠泰然,我實在也佩服我們同胞的堅忍。」

「堅」在粵語音轉念 jin¹,注音寫作「蔫」。「蔫」讀「於乾切」(《廣韻》),現代漢語念 yān 或 niān,粵音即孔仲南所謂讀如「胭」。

119

「蔫」形容枯萎，釋義見《韻會》：「物不鮮也。」俗義形容下垂，例見元曾瑞《哨遍・羊訴冤》：「我如今刺搭着兩個蔫耳朵。」但粵語「蔫韌」的「蔫」是「堅」音轉後的注音字，「蔫韌」是粵語連綿詞。

收聽讀音

三十七

揦西

《廣州語本字・卷二十三・俹箷》

「俹箷」者，作事苟且而不精細也，俗讀「俹」若北語臘月之「臘」。「俹箷」本作「倚箷」，《釋名》：「倚箷，伎也。箷作清箷也。言人多伎巧尚輕細如箷也。」孫詒讓曰：「作清箷者，清謂清酒也。」《說文》：「箷箄，竹器也。」《急就篇》顏注：「箷，所以去粗取細者也。」蓋箷亦可以用漉酒之槽取其清。古之所謂「倚箷」，乃取精細之意，今以不精細為「倚箷」，反言之也。「倚箷」所以改作「俹箷」者，「倚」、「俹」義同也。《集韻》：「俹，倚也。衣駕切，音亞。」今讀若北語之「臘」，音之轉也。「箷」即「篩」字。

「偓促」指辦事苟且而不精細，廣府人說話時將「偓」讀若北方話臘月的「臘」。「偓促」本作「倚筷」，釋義見《釋名》：「倚筷，伎也。筷作清筷也。言人多伎巧尚輕細如筷也。」孫詒讓注：「作清筷者，清謂清酒也。」「筷」的釋義見《說文》：「筷，筷箄，竹器也。」又見《急就篇》顏注：「筷，所以去粗取細者也。」蓋筷（即篩）亦可以用漉酒的槽過濾酒液使其清澈。古人所謂「倚筷」，是用其形容精細的意義，如今將不精細叫「倚筷」，是正話反說。而「倚筷」所以改為「偓促」，是由於「倚」與「偓」同義，《集韻》：「偓，倚也。衣駕切，音亞。」今讀若北方話的「臘」，是音轉的緣故；「筷」即「篩」。

　　「偓」讀「依嫁切」，「筷」讀「所宜切」（《廣韻》），現代漢語念 yàshāi，粵語切讀如「亞曬」。「偓」猶倚靠，釋義見《一切經音義》：「偓，烏訝切。《字書》：『偓，倚也。』今言『偓息』、『偓臥』，皆是也。」「筷」作名詞指篩子，釋義見詹憲慈引《說文》句；作動詞猶過濾，釋義見詹憲慈引《急就篇》顏師古注。詹氏認為「偓筷」猶「倚筷」，形容精細，廣府人正話反說，遂將不精細叫「偓促」。

　　粵語「捼西」念 la²sai¹，形容馬虎，例如「佢做嘢好捼西」（他辦事很馬虎）或「佢份人好捼西」（他這人很吊兒郎當）。

一

　　詹氏謂「偃」猶倚靠，「筵」同「篩」指篩酒（古人篩酒的方法是喝酒時用篩子過濾去糟粕得到酒液），「偃篩」形容精細，但古漢語也沒有熟語「偃篩」。

　　粵語「捼西」本作「偃息」，「偃息」也寫作「惡臥」。近人徐復注：「『惡臥』，辭書謂睡相不好，用仇注（清仇兆鼇《杜詩詳注》）第一義。考古籍『惡』與『亞』通，字亦作『偃』。」可見「偃息」或「惡臥」均指睡覺不安生，「偃息」有詞無例，「惡臥」用例見唐杜甫《茅屋為秋風所破歌》：「布衾多年冷似鐵，嬌兒惡臥踏裏裂。」和元馬致遠《陳摶高臥》：「白酒樽旁，閑慰眼金釵十二行，誤了我清風嶺上，不翻身惡臥一千場。」也作「惡睡」，例見唐鄭谷《贈劉神童》詩：「燈前猶惡睡，寱語讀書聲。」和宋蘇軾《紙帳》詩：「但恐嬌兒還惡睡，夜深踏裂不成眠。」

　　可見「偃息」雖無用例，但從「惡臥」的應用可窺見其原本形容睡覺不安生，在粵語作「捼西」。「捼西」是用「惡臥」形容睡覺不安生的意義，引申為形容馬虎、辦事苟且而不精細。

二

　　「反言」指字詞在應用中情景意義與文本意義不一致，掌故見南朝梁劉勰《文心雕龍・定勢》：「正文明白，而常務反言者，適俗故也。」典型例子是「臭」，初義指用鼻子辨別氣味，釋義見

《說文》:「臭,禽走臭而知其跡者,犬也。」例見《書·盤庚》:「無起穢以自臭。」泛指氣味,例見《孟子·盡心下》:「口之於味也,目之於色也,耳之於聲也,鼻之於臭也,四肢之於安佚也,性也。」和漢仲長統《昌言·論天道》:「性類純美,臭味芬香。」《書·盤庚》疏:「古者香氣穢氣皆名之臭。」具體形容香氣芬芳的用例見《易·繫辭傳》:「其臭如蘭。」和清姚鼐《祭林編修澍蕃文》:「臭若蕙兮玉有輝,朝吾室兮暮予帷,君愛予兮不忍歸。」但由於《孔子家語》記孔子語錄有「與善人居,如入芝蘭之室,久而不聞其香,即與之化矣。與不善人居,如入鮑魚之肆,久而不聞其臭,亦與之化矣。」這個句子和它比喻的道理深入人心,「臭」後來在應用中多指穢惡之氣,與「香」相對,例見漢桓寬《鹽鐵論·論災》:「故不知味者,以芬香為臭。」

　　詹氏本條所稱的「反言」也是這個意思,除本條外尚見《廣州語本字·卷二十·真正譑》考「傻」的本字:「『譑』者,愚也,俗讀『譑』若『莎』。《方言》:『虔儇,慧也。楚或謂之譑。』注:『譑,他和反』。『譑』本慧也。今謂愚若『譑』,反言之也。」即「譑」本指聰慧,由於實際意義與字面意義相反而形容愚笨。

三十八

林攠

《廣州語本字・卷十一・諤譀》

「諤譀」者，言不確定也，俗讀「諤譀」若「廩妗」。《集韻》：「諤譀，言不定也。」言不定曰「諤譀」，引申之，事不確定亦曰「諤譀」。《集韻》：「諤，他感切」，「譀，火禁切」。

「諤譀」指話語的意思不明確，廣府人說話時將「諤譀」讀若「廩妗」。「諤譀」的釋義見《集韻》：「諤譀，言不定也。」話語意思不明確叫「諤譀」，引申指辦事的結果不確定也叫「諤譀」。「諤譀」的注音見《集韻》：「諤，他感切」，「譀，火禁切」。

「諤」讀「他感切」，「譀」讀「胡紺切」(《集韻》)，現代漢語念 tǎnhàn，粵語切讀如「癱彎」，形容說話的意思不明確，釋義見《集韻》：「諤，諤譀，言不定。」典籍無用例。

粵語「林擒」念 lam⁴kam⁴，形容倉促，例如「食野使乜咁林擒」（吃東西幹嘛這樣狼吞虎咽），又如「做野唔好咁林擒」（辦事不要這麼倉促）。

一

本條讀若「廩妗」的廣府俚語是「林擒」。詹憲慈謂本字是「譖譀」，指說話或事實不確定，不確。

粵語「林擒」本作「坎壈」，「坎」讀「苦感切」，「壈」讀「盧感切」（《廣韻》），現代漢語念 kǎnlǎn，形容困頓不得志。其釋義見《一切經音義》：「坎壈，《考聲》云：『契闊貌也。』」例見《楚辭·劉向〈九歎·怨思〉》：「志坎壈而不違。」王逸注：「坎壈，不遇貌也。」和《東觀漢記·馮衍傳》：「（衍）遂坎壈失志，以素終於家。」逆序作「壈坎」，義一同「坎壈」；義二形容崎嶇，例見宋司馬光《上許州吳給事書》：「東南西北，崎嶇壈坎。」

「壈坎」尚有「契闊」猶辛苦努力的意義。「契闊」意義如下：1. 猶勤苦或勞苦，例見《詩·邶風·擊鼓》：「死生契闊，與子成說。」毛傳：「契闊，勤苦也。」和唐韓愈《合江亭》詩：「蕭條縣歲時，契闊繼庸懦。」2. 猶久別，例見《後漢書·獨行傳·范冉》：「奐曰：『行路倉卒，非陳契闊之所，可共到前亭宿息，以敍分隔。』」和宋梅堯臣《淮南遇楚才上人》詩：「契闊十五年，尚謂臥巖庵。」現代漢語用例見郭沫若《歸去來·在轟炸中來

125

去》：「葉是北伐時代的老友，我和他的契闊也整整地十年了。」

3. 猶相交或相約，例見《梁書・蕭琛傳》：「上答曰：『雖云早契闊，乃自非同志；勿談興運初，且道狂奴異。』」和清陳夢雷《黃叔威以古詩八首見贈擬古妾薄命以答之》：「君子聽非偏，契闊信無徵。」

二

「壈坎」在粵語音轉念 lam⁴kam⁴，注音寫作「林擒」，形容匆忙，用例見本條箋注；又轉念 lam³dam²，注音寫作「凜扰」（《廣州話方言詞典》），《連綿詞大詞典》據白宛如《廣州方言詞典》作「淋㳸」，漢語注音念 lǐndān，猶陸續，例見粵語詩《垓下弔古》句。該詩寫楚霸王項羽自刎事跡，全詩如下：「又高又大又嵯峨，臨死唔知仲唱歌。三尺咁長鋒利劍，八千靚溜後生哥。既然廩砰（扰）爭皇帝，何必頻輪殺老婆（既然當初爭先恐後要當皇帝，如今何必手忙腳亂殺掉老婆）。若使烏江唔割頸，漢兵追到屎難屙。」該詩中「廩砰」又作「禀薹」，同「淋㳸」。

三十九

知微

收聽讀音

《廣東俗語考・釋性質・錙銖》

今俗謂慳吝之人曰「資微」，當作「錙銖」，言其計較也。

現在廣府人俗稱吝惜的人叫「資微」，應當寫作「錙銖」，形容斤斤計較。

「錙銖」的「錙」「讀「側持切」」（《廣韻》），現代漢語念 zī，粵音 dzi¹。「銖」讀「市朱切」（《廣韻》），現代漢語念 zhū，粵音 dzy¹。

錙與銖都是計量單位，錙是兩的四分之一，銖是錙的六分之一。「錙銖」在漢語中是複合詞，比喻極其細微，例見《莊子・達生》：「累丸二而不墜，則失者錙銖。」又見《淮南子・兵略訓》：「能分人之兵，疑人之心，則錙銖有餘。」和唐柳宗元《披沙揀金賦》：「觀其振拔污塗，積以錙銖，碎清光而競出，耀直

質而特殊。」比喻細微的利益，例見清梁章鉅《歸田瑣記・曼雲先生家傳》：「余常謂公平生有數反。家無常物，而用財如泥沙，不計有無，至錙銖之入，輒相顧動色，不苟取。」又見清許秋垞《聞見異辭・一錢致富》：「夫云：『奈無錙銖何？』」和清王應奎《柳南隨筆》：「近妻東某人詩有『題無軒冕詩方貴，囊絕錙銖手亦香』之句。」

粵語「知微」念 dzi¹mei¹。「微」的正音念 mei⁴，但在粵語中，「知微」卻是連綿詞，「微」就念 mei¹。「知微」形容斤斤計較，例如「呢條友好知微」（這傢伙很斤斤計較）。

廣府人用「錙銖」形容計較是將其作為「錙銖計較」的縮略。

「錙銖」在粵語作「知微」，因此「佢份人好知微」的意思是「他這人錙銖必較」。「微」的正音念 mei⁴，粵語連綿詞讀音念 mei¹*。

成語「錙銖計較」形容一分一厘也要計較，典故出自南北朝北齊顏之推《顏氏家訓》：「近世嫁娶，遂有賣女納財，買婦輸絹，比量父祖，計較錙銖，責多還少，市井無異。」後作「錙銖必較」，例見宋陳文蔚《朱先生敘述》：「先生造理精微，見於處事，權衡輕重，錙銖必較。」和《二刻拍案驚奇・行孝子到底不簡屍》：「就是族中支派，不論親疏，但與他財利交關，錙銖必較，一些面情也沒有的。」現代漢語用例見魯迅《華蓋集續編・廈門通信》：「然而這裏對於教員的薪水，有時是錙銖必較的，離開學校十來天也想扣。」

揦鮓

收聽讀音

《廣東俗語考・釋性質・鱶礃》

「鱶」音「挙」上聲，「礃」音「渣」上聲，不潔也。《玉篇》：「鱶礃，不中貌。」《鶴林玉露》：安子文自贊，有「面目鄒溲，行步鱶礃」句。

「鱶」讀如「挙」上聲，「礃」讀如「渣」上聲，形容不清潔。「鱶礃」的釋義見《玉篇》：「鱶礃，不中貌。」例見《鶴林玉露》安子文自贊中有「面目鄒溲，行步鱶礃」句。

《廣州語本字・卷四・土苴》

「土苴」者，猶言污垢也，俗讀「土苴」音近「虘乍」。《莊子・讓王篇》：「其土苴以治天下。」郭注：「土，敕雅反」，又，「片賈」、「行賈」二反。「苴，側雅反」，又，「資雅反」，司馬云：「土苴如糞土也。」

白話譯文

「土苴」猶如污垢，廣府人說話時「土苴」讀音近「齟（『齣』的訛字）乍」。「土苴」的用例見《莊子・讓王篇》：「其土苴以治天下。」郭璞注：「土，敕雅反。」又讀「片賈」、「行賈」二个切音；「苴」又讀「側雅反」或「資雅反。」司馬遷云：「土苴如糞土也。」

箋注

「蠚蓙」的「蠚」讀「呂下切」（《廣韻》），現代漢語念 lǎ；「蓙」讀「竹下切」（《集韻》）現代漢語念 zhǎ，粵語切讀如「炸」。連綿詞「蠚蓙」指未開墾的土地，多雜以荒草、碎石或牲畜糞便等。

「土苴」現代漢語念 tǔjū，粵音 tou²dzaa²，指渣滓或糟粕，例見《莊子・讓王》：「道之真以治身，其緒餘以為國家，其土苴以治天下。」陸德明釋文：「司馬云：『土苴，如糞草也。』李云：『土苴，糟魄也，皆不真物也。』」

「蠚蓙」在粵語注音寫作「揦鮓」，義一形容骯髒，例如「地方好揦鮓」（地方很髒）；義二形容不光明正大，例如「佢份人好揦鮓」（他這人很陰險）或「招數好揦鮓」（手段很骯髒）。

新識

一

詹氏考證的「土苴」與孔氏考證的「蠚蓙」不約而同地指向滿布砂石和亂草的荒地，即《類篇》所謂「泥不熟」（未開墾的荒地）。

「矗磋」本作「矗苴」，掌故見《康熙字典》：「《類篇》：『矗苴，泥不熟貌。』《正字通》：『矗字之訛。』按：《集韻》《玉篇》諸書，『矗』與『矗』文義各別，唯《唐韻》：『矗磋』之『矗』，文從三『若』，而仍引《玉篇》『矗』字訓注，是借『矗』為『矗』，非『矗』即『矗』也。《正字通》論非，今從《字彙》。」

　本書按《連綿詞大字典》收錄的詞條「矗苴」作考證。「矗苴」的「矗」讀「盧下切」，「苴」讀「側下切」（《廣韻》）。該詞現代漢語念 lǎzhǎ，義一形容殘破，例見宋楊萬里《野薔薇》：「矗苴餘春還子細，燕脂濃抹野薔薇。」和明湯顯祖《邯鄲記‧入夢》：「三十無家，邯鄲縣偶然存筍，坐酸寒衣衫矗苴。」義二形容不端莊或不利落，例見宋《普覺宗杲禪師語錄‧布袋和尚贊》：「矗苴全無儀軌，亦無將將濟濟。」和宋釋慧遠《禪人寫師真請贊》：「好時十分瀟灑，惡時一味矗苴。」

　粵語連綿詞「揦鮓」本作「矗苴」，也即孔氏本條的「矗磋」，「揦鮓」是漢語和粵語共用的熟語，形容環境骯髒或性格行為有失磊落。

二

　「矗苴」又作「拉雜」，現代漢語念 lāzá，形容雜亂，例見《樂府詩集‧鼓吹曲辭一‧有所思》：「聞君有他心，拉雜摧燒之。」和《封神演義》第八十六回：「只殺得刮地寒風聲拉雜，蕩起征塵非鎧甲。」現代漢語用例見冰心《六一姊》：「我一路拉雜寫來，寫到此淚已盈睫。」

　「拉雜」的粵音轉念 lap⁹dzaap⁹，注音寫作「立雜」，例如「呢

個羣立立雜雜，乜嘢人都有」（這個羣體很複雜，甚麼人都有），又如「佢食嘢好立雜」（他甚麼古裏古怪的東西都吃）。

三

詹氏本條考「捇鮓」的本字作「土苴」。雖然郭璞注「土」讀「敕雅反」，又有「片賈」、「行賈」兩個切音，但《集韻》詳注「土」的讀音是「醜下切，音姹」，而且該讀音用於「土苴」時指「不眞物。一曰查（渣）滓，糞草、糟粕之類」，即「土苴」的「土」在現代漢語和粵語可切讀如「查」，而「齟」讀「存故切」（《集韻》），現代漢語念 zù，粵語切讀如「畜」，按音訓不是本字。

又，詹氏注「苴」讀「片賈切」和「行賈切」有誤。《説文》「苴」讀「子余切，音沮。」指草編的鞋墊，即《説文》的「履中艸」；「苴」念 a 韻的切音是「鋤加切，音槎」（《廣韻》）現代漢語念 chá，指水中浮草；或讀「側下切，音鮓」（《集韻》），現代漢語念 zhǎ，粵音 dzaa^2，例如「土苴」。

由於「苴」可形容粗劣，例見《墨子・兼愛下》：「昔者晉文公好苴服。」粵語又將「苴」注音寫作「鮓」，例如廣府人用「鮓斗」或「鮓皮」形容差勁。

四十一

污糟

收聽讀音

《廣東俗語考・釋性質・齷齪》

「齷齪」者，「阿糟」之轉音，不潔也。《說文》:「猥瑣齷齪」，《史記》作「委瑣握齪。」

「齷齪」是「阿糟」之音轉，形容不潔。「齷齪」《說文》:「猥瑣齷齪」，《史記》作「委瑣握齪。」

◆箋◆注◆

「齷齪」的「齷」讀「於角切」，「齪」讀「側角切」(《廣韻》)，現代漢語念 wòchuò，粵音 ak⁷tsuk⁷，形容骯髒，例見元高文秀《黑旋風》第一折:「他見我風吹的齷齪，是這鼻凹裏黑。」和《古今小說・沈小霞相會出師表》:「賃房盡有，只是齷齪低窪，急切難得中意的。」現代漢語用例見魯迅《故事新編・補天》:「低頭是齷齪破爛的地。」

133

「污糟」是漢語（西南官話）和粵語共用的熟語，現代漢語念 wūzāo，粵音 wu¹dzou¹，形容骯髒。其現代漢語用例見瞿秋白《餓鄉紀程》：「然而他們下等社會靜止的生活卻依舊漠然不動，即使稍受同化，卻又是俄國式鄉下人的污糟生活。」粵語用例如「隻手好污糟」（手很髒），又如廣府人謔稱不愛清潔的人叫「污糟貓」。

一

　　「污糟」本作「齷齪」。「污糟」是口語詞，古漢語和今書面語作「齷齪」，形容骯髒。

　　清雷俊《說文外篇》卷十二：「《說文》無齷、齪字，……偓促、握齪，皆即握齪。」「齷齪」形旁從「齒」，故《廣韻》釋義是「齷齪，齒相近。」而《六書故》則注釋說：「齷齪，齒細密也。」由此可見，「齷齪」形容「齒相近」或「齒細密」，引申形容心胸狹窄，釋義見《六書故》：「人之曲謹者亦曰齷齪。」例見《文選·張衡＜西京賦＞》：「獨儉嗇以齷齪，忘蟋蟀之謂何。」李善注引薛綜曰：「《漢書》注曰：『齷齪，小節也。』」和南朝宋鮑照《代放歌行》：「小人自齷齪，安知曠士懷？」又形容侷促，釋義見《集韻》：「齷齪，迫也。」例見唐李白《大獵賦·序》：「迨今觀之，何齷齪之甚也。」和唐孟郊《登科後》：「昔日齷齪不足誇，今朝放蕩思無涯。」

「齷齪」還形容骯髒、卑鄙或醜惡。形容骯髒的用例見本條箋注，形容卑鄙醜惡的用例見宋方勺《青溪寇軌》：「當軸者皆齷齪邪佞之徒，但知以聲色土木淫蠱上心耳。」和明歸有光《亡友方思曾墓表》：「與其客飲酒放歌，絕不與豪貴人通。間與之相涉，視其齷齪，必以氣陵之。」現代漢語用例見茅盾《清明前後》第一幕：「這些政治社會上的黑暗齷齪，使得趙自芳近來更加常常動感情，更加躁急。」

二

孔氏謂「『齷齪』者『阿糟』之音轉」，但《辭通》「齷齪」這個詞族中沒有通假詞「阿糟」。

「阿糟」應作「鏖糟」。「鏖」讀「於刀切，音鏖」（《廣韻》），現代漢語念 āo，義一形容骯髒，例見《朱子語類》卷七十二：「某嘗說，須是盡吐瀉出那肚裏許多鏖糟惡濁底見識，方略有進處。」和元岳伯川《鐵拐李》第四折：「一個鏖糟叫化頭，出去！」義二形容不識時務，例見宋孫升《孫公談圃》卷上：「子瞻戲曰：『頤可謂鏖糟鄙俚孫叔通。』聞者笑之。」義三形容煩惱，例見明湯顯祖《紫釵記·醉俠閒評》：「你窮暴的不鏖糟，忖沙恁還俏。」和《堅瓠五集·館師歎》引明文徵明《嘲學究》詩之三：「勸人切莫做先生，滿肚鏖糟氣不平。」

「鏖糟」的「鏖」粵語按《廣韻》切音讀如「敖」，音轉念 e¹，老粵語注音作「阿」，「鏖糟」在老粵語作「阿糟」，義同污糟。因此孔氏謂「『齷齪』者『阿糟』之音轉」，但考析「污糟」時，其連綿詞主條應是「齷齪」。

《香港話大詞典》和《廣州話方言詞典》均沒有收錄「阿糟」，但老粵語確有此說。

收聽讀音

四十二

核突

****

《廣州語本字・卷三十四・糊塗》

「糊塗」者，敝漫而不潔也，俗讀「糊塗」若「核凸」。《金壺字考》:「糊塗音忽突，糊塗者，漫也。」

「糊塗」形容破敗不潔，廣府人說話時將「糊塗」讀若「核凸」。「糊塗」音義見宋釋適之《金壺字考》:「『糊塗』音『忽突』，『糊塗』者，漫也。」

「糊塗」的「糊」讀「戶吳切」，「塗」讀「同都切」(《廣韻》)。該詞現代漢語念 hútú，粵音 wu⁴tou⁴，形容認識模糊混亂，例

136

見《宋史·呂端傳》：「太宗欲相端，或曰：『端為人糊塗。』太宗曰：『端小事糊塗，大事不糊塗。』」和金元好問《送高信卿》詩：「萬事糊塗酒一壺，別時聊為鼓嚨胡。」現代漢語用例見聞一多《「一二·一」運動始末記》：「每一個糊塗的人都清醒起來。」

　　「糊塗」又作「鶻突」，「鶻突」（hútū）的粵音轉念 wat⁹dat⁹，注音寫作「核突」，引申形容令人噁心或情狀不堪入目，例如「呢野咁鶻突㗎」（這東西怎麼這樣令人噁心），又如「佢兩個當街攬埋一堆，認真核突」（他們倆在街上摟摟抱抱，情狀真是不堪入目）。

一

　　粵語「核突」本作「鶻突」。「核突」或「鶻突」均是「糊塗」的異體，用「糊塗」形容模糊混亂的意義引申指令人噁心或不堪入目。

　　「鶻突」的「鶻」讀「盧骨切」，「突」讀「陀骨切」（《廣韻》），現代漢語念 hútū。「鶻突」的意義如下：1. 形容認識模糊混亂，例見唐孟郊《邊城吟》：「何處鶻突夢，歸思寄抑眠。」和《醒世姻緣傳》第八回回目：「長舌妾狐媚惑主，昏監生鶻突休妻」。2. 形容不明事理，例見宋曾布《曾公遺錄》卷七：「葉祖洽嘗云：『章惇為勘當他孫子理親民，差遣不明，罵他作「鶻突尚書」。』祖洽云：『此固不敢避，但恐三省鶻突更甚爾。』」和《二刻拍案驚奇》卷十九：「（莫繼）心裏鶻突，如醉如癡，生出病來。」現

代漢語用例見嚴復《原強》:「以是為學，又何怪制科人十九鶻突於人情物理，轉不若農工商賈之有時而當也。」3. 猶疑惑，例見《英烈傳》第十五回:「(太祖)心中正起鶻突，只見得帳門外呀的一聲響，太祖便跳將起來，閃在一處。」4. 形容不尋常，例見《明史・劉宗周傳》:「誅闖定案，前後詔書鶻突。」和清捧花生《畫舫餘譚》:「如某姬者，凌人傲物，施之同輩，真為鶻突。」現代漢語用例見魯迅《中國小說史略》第二十二篇:「(《聊齋誌異》)使花妖狐魅，多具人情，和易可親，忘為異類，而又偶見鶻突，知復非人。」5. 猶驚慌，例見《隋唐演義》第十九回:「(隋文帝賓天)這些宮主嬪妃都猜疑。惟有陳夫人他心中鶻突的道:『這分明是太子怕聖上害他，所以先下手為強。』」6. 指食物猶餛飩，掌故見《通雅・飲食》:「餛飩近時又名鶻突。」

　　「鶻突」俗寫作「糊突」(hútū)，意義收窄，義一形容模糊混亂，例見元關漢卿《竇娥冤》第四折:「這等糊突的官，也讓他升去。」和《水滸全傳》第二十三回:「那婦人罵道:『糊突桶，有甚麼難見處！……』」義二猶混淆，例見元關漢卿《竇娥冤》第三折:「天地只合把清濁分辨，卻怎生糊突了盜跖顏淵。」和元王實甫《西廂記》第三本第一折:「如今都廢卻成親事，一個價糊突了胸中錦繡。」

二

　　朱起鳳按:「『糊塗』，『鶻突』之轉音也。」即先有「鶻突」，通假作「糊塗」，但徐振邦認為「糊塗」是主條，本書從徐說。

　　「糊塗」尚有以下意義:1. 形容模糊，例見《京本通俗小說・

138

拗相公》：「(荊公) 將寫底向土牆上抹得字迹糊塗，方纔罷手。」
和明唐寅《出塞》詩之二：「功成築京觀，萬里血糊塗。」2. 猶使
模糊，例見元喬吉《揚州夢》第四折：「因此上落魄江湖載酒行，
糊塗了黃粱夢境。」和元張可久《紅繡鞋·西湖雨》：「刪抹了東
坡詩句，糊塗了西子妝梳。」3. 形容混亂，例見《三國演義》第
五十九回：「書上如何都改抹糊塗？」和《水滸全傳》第十四回：
「如今該官司沒甚分曉，一片糊塗！」4. 指漿糊狀的東西，例見
《中國歌謠資料·山東臨沂民歌·要吃元亨飯》：「煎餅粗，糊塗
薄，肚子吃不飽，怎麼能幹活。」現代漢語用例見柯岩《奇異的
書簡·追趕太陽的人》：「河南農村有個習慣，一到飯時就好拿
着饃，端着糊塗到飯場圪蹴着，三個一群，兩個一夥，連説話帶
喝湯。」

　　「糊塗」和強調語氣的「糊裏糊塗」在粵語中均有使用，形容
頭腦不清。其作名詞指糊狀的食物時，粵語簡略作「糊」，粵音
wu^2，例如「糊仔」。

三

　　詹憲慈引宋釋適之《金壺字考》所提「『糊塗』者漫也」，即
「糊塗」形容敝漫不潔 (破敗而不乾淨)。

　　《金壺字考》是宋僧人釋適之編撰的筆記，其所謂「『糊塗』
者漫也」的意思是「糊塗」猶模糊。「漫」用模糊義的例子見《後
漢書·文苑傳·禰衡》：「既而無所之適，至於刺字漫滅。」和宋
王安石《酬微之梅暑新句》詩：「江梅落盡雨紛紛，去馬來牛漫不
分。」「漫」也有污染義，釋義見《字彙》：「漫，污也。」例見《莊

139

子・讓王》：「吾生乎亂世，而無道之人再來漫我以其辱行，吾不忍數聞也。」

　　詹氏謂「鶻突」或「糊塗」形容「敝漫不潔」，是《金壺字考》記錄「糊塗」在宋代口語的衍義。

收聽讀音

四十三

邋遢

《廣東俗語考・釋性質・邋遢》

　　「邋遢」讀若「辣撻」，地方不潔曰「邋遢」。《廣韻》音「臘榻」：「邋遢，不謹事也。」事既不謹，即不修潔之謂。《敬止錄》：「俗謂不潔曰邋遢。」

　　「邋遢」讀若「辣撻」，地方不清潔叫「邋遢」。《廣韻》注音讀如「臘榻」，釋云：「邋遢，不謹事也。」辦事不謹慎即不整潔，「邋遢」的掌故又見明高宇泰《敬止錄》：「俗謂不潔曰邋遢。」

　　「邋遢」的「邋」讀「戶盍切」,「遢」讀「吐盍切」(《廣韻》)。其現代漢語念 lātā,粵語切讀如「糊佗」。其義一形容不整潔,釋義見《金壺字考》:「邋遢,不整貌。」掌故見《俗語考源》引《敬止錄》:「邋遢,俗謂不潔曰邋遢。」例見《明史‧方伎傳》:「(張三丰)不飾邊幅,又號張邋遢。」和清錢德蒼增補《綴白裘‧癡夢》:「只是我形齷齪,身邋遢,衣衫襤褸把人嚇殺。」現代漢語用例見老舍《四世同堂》:「他若是有个太太招呼着他,他必定不能再那么邋遢了。」義二指行為不檢點,釋義見《廣韻》:「邋遢,不謹事也。」掌故見明郎瑛《七修類稿‧辯證五‧諺語解》:「邋遢,《海篇》(按:即明字書《海篇直音》)云:『行歪貌,借為人鄙猥糊塗意也。』」例見明梁辰魚《紅線女》第三折:「好笑那田家翁做人來真邋遢,困騰騰像半死的蝦蟆。」

　　粵語「邋遢」念 laat⁹taat⁸,形容東西或環境不整潔或行為不檢點,前義例如「啲嘢好邋遢」(東西很骯髒)和廣府民諺「年廿八,洗邋遢」,後義例如「佢份人好邋遢」(他這人很壞)或「噉嘅作為好邋遢」(這樣的行為很下流)。

　　「邋遢」是漢語和粵語共用的熟語,形容不整潔或行為不檢點。

　　「邋遢」尚有以下意義:1. 猶奔波,例見元王子一《誤入桃源》第一折:「眼見得路遙遙,芒鞋邋遢,抵多少古道西風瘦馬。」和明屠隆《曇花記‧從師學道》:「我兩人邋遢雲遊,從師

學道，止求衣食，豈能度人？」2. 指鄙陋糊塗，例見《醒世姻緣傳》第二十七回：「若只論他皮相，必然是個邋遢歪人，麻布裙衫不整。」和同書第九十四回：「憑你是個龔遂、黃霸這等是循良，也沒處顯你的善政，把那邋遢貨薦盡了，也薦不到你跟前。」

《詞通》記「邋遢」在兩晉時期作「拉荅」，例見《晉書・王忱傳》：「拉荅者有沉重之譽。」朱起鳳按：「《漢書》云：『以行污穢不進』，『邋遢』即行污穢之義。《晉書》作『拉荅』，乃同音通用。」

可見「邋遢」是連綿詞主條，形容不整潔，異體作「拉荅」(làdá) 或「辣闒」(làtà)。「拉荅」例見上引《晉書》句，「辣闒」例見《宋詩紀事》卷五十四項安世《釣台》詩：「辣闒山頭破草亭，只須此地了生平。」和清朱彝尊《弋陽》詩：「辣闒山無樹，崢嶸石滿瀧。」也作「剌塔」(làtǎ)，例見元朱庭玉《青杏子・歸隱》曲：「拖藜杖芒鞋剌塔，穿布袍麻絛搭撒。」

四十四

矕莫

收聽讀音

《廣州語本字‧卷二十六‧文莫》

「文莫」者，猶言僅及也，俗讀「文莫」若「敏膜」，《論語》：「文莫，吾猶人也。」《晉書‧樂肇》：「《論語》曰：『燕齊謂勉強為文莫。』」今之所謂「文莫」亦言勉強也，如裁衣而材料勉強敷用，則曰「文莫夠裁」是也。

「文莫」猶如說僅僅夠，廣府人說話時將「文莫」讀若「敏膜」。「文莫」的用例見《論語》：「文莫吾猶人也。」掌故見《晉書‧樂肇》：「《論語》曰：『燕齊謂勉強為文莫。』」如今所謂「文莫」也指勉強，例如裁衣服時布料剛剛夠叫「文莫夠裁」。

「文」讀「無分切」，「莫」讀「慕各切」（《廣韻》）。該詞現代漢語念 wénmò，猶勉強，掌故見明楊慎《升庵經說‧文莫解》：「《晉書‧樂肇‧論語駁曰》：『燕齊謂勉強為文莫。』」陳騤《雜

一

　　古人對《論語》「文莫吾猶人也」全段文字的斷句有兩種：1.
按《論語駁曰》的方式斷句作「文莫，吾猶人也；躬行君子，則
吾未之有也（按：《詞通》『也』作『得』）」，意思是「論能力我勉
強及得上別人，但要做到身體力行，我還沒達到這個境界」。詹
氏和朱起鳳皆用這種斷句。但明朱熹《論語集注》認為：「莫，疑
詞。猶人言不能過人，而尚可以及人。未之有得，則全未有得。
皆自謙之詞。」所以古人也斷句為「文，莫吾猶人也；躬行君子，
則吾未之有得」，意思是「理論中的學問我或者和別人差不多，
但要在實踐中身體力行，我還做不到」。本書按前一種斷句將「文
莫」視作連綿詞展開討論。

144

二

「文莫」本作「黽勉」，掌故見《通雅・釋詁》：「閔勉、閔免、僶勉，一也。轉為密勿、疆沒，又轉為侔莫、文莫。」和清陳启源《毛詩稽古編・小雅・十月之交》：「匪勉、密勿、伴莫、文莫，皆自勉之意……四者音相似，義亦通矣。」朱起鳳將「黽勉」列為正詞，因通假生成的轉語有「僶俛」、「瞖勉」等，又有「侔莫」、「文莫」等。

「黽勉」猶努力，例見《詩・邶風・谷風》：「黽勉同心，不宜有怒。」和宋蘇軾《屈原廟賦》：「黽勉於亂世而不能去兮，又或為之臣佐。」又猶勉強，例見晉葛洪《抱朴子・自序》：「乃表請（葛）洪為參軍，雖非所樂，然利避地於南，故黽勉就焉。」

典籍多作「僶俛」，釋義見《一切經音義》卷九六：「僶俛，《考聲》：『僶俛謂不倦息也。』《毛詩》傳云：『僶俛，勉也。』」「不倦息」即努力，例見漢賈誼《新書・勸學》：「然則舜僶俛而加志，我儃僈而弗省耳。」和《文選・潘岳〈悼亡詩〉》：「僶俛恭朝命，迴心反初役。」又猶勉強，釋義見《一切經音義》卷四六：「僶俛，謂自強力也，強為之也。」例見《文選・陸機〈文賦〉》：「在有無而僶俛，當淺深而不止。」李善注：「猶勉強也。」和唐白居易《為宰相謝官表為微之作》：「若又僶俛安懷，因循保位，不惟恩德是負，實亦軍國可憂。」

三

「文莫」進入粵語後只保留勉強的意義，《香港話大詞典》錄作「甿莫」，《廣州話方言詞典》錄作「吱莫」，成為頗活躍的廣府

145

俚語。由於「莫」音轉念 maa³，還生出粵語異體「矗馬」。

　　「矗莫」可簡略作「矗」。粵語中有歇後語「瓦簷獅子 —— 叻到矗」，說的就是傳統建築在屋脊上放置瑞獸鎮邪，其中獅子安放在最外邊，因此「叻到矗」的字面意義是威武而站在最靠邊的位置，引申為形容岌岌可危。後又因這個掌故生出俚語「矗尾」，形容時間或位置靠在最後，例如「矗尾先輪到我」（最後才輪到我）。

收聽讀音

大拿拿

舊　說

《廣州語本字・卷三十三・大奆奆》

「奆奆」者，形容物之大也，俗讀「奆」若「拿」。《集韻》：「奆，大也。披巳切。」常語有曰：「一個銀錢大奆奆」。

白話譯文

　　「奆奆」形容事物的大，廣府人說話時將「奆」讀若「拿」。「奆」的音義見《集韻》：「奆，音妣。大也。披巳切。」例如廣府人常說：「一個銀錢大奆奆」。

　　「奋」的音義見《集韻》:「披巴切,音妣。大也。」,現代漢
語念 pā,典籍無用例,又音 bā,例如今北京有地名「奋奋屯」。

　　「大奋奋」在粵語作「大拿拿」,念 daai⁶na⁴na⁴,形容大大咧
咧,例如「大拿拿坐喺主席台度」(大大咧咧地坐在主席台上);
又強調完整的一個,例如「大拿拿唔見咗成皮嘢」(整個兒一萬
元全沒了),這個句子將熟語「大拿拿」前置在動詞前,原語序
應是「唔見咗大拿拿成皮嘢」。

一

　　詹氏考「大拿拿」本作「大奋奋」,不確,應是「大剌剌」。

　　「剌」在現代漢語念 là,粵語正音念 laa¹,粵語連綿詞讀音
念 na⁴*,注音寫作「拿」,應用中還有多個讀音。

　　「剌剌」在粵語又作「嗱嗱」,粵音 naa¹naa¹,例如「無嗱嗱」
(無端端);或作「炳炳」,粵音 naat⁸naat⁸,例如「熱炳炳」(熱烘
烘);或作「烚烚」,粵音 hap⁹hap⁹,例如「熱烚烚」,義同「熱炳
炳」;或作「辣辣」,粵音 laat⁸laat⁸,例如「熱辣辣」。

　　「大剌剌」形容大大咧咧,「剌剌」表強調語氣,例見元無名
氏《桃花女》第三折:「倒做這等魘鎮事,欺心剌剌的,我不去。」
又見《金瓶梅詞話》第四十一回:「身上有數那兩件舊片子,怎麼
好穿,少去見人的,倒沒的羞剌剌的。」和《水滸傳》第九回:「你

這個賊配軍，見我如何不下拜？……還是大剌剌的。」現代漢語用例見茅盾《霜葉紅似二月花》：「城隍廟前那個活神仙相面的，大剌剌地，我瞧着也不順眼。」粵語「大剌剌」形容大大咧咧，又指大大的，或整個兒。

連綿詞「剌剌」尚有以下意義：1. 作象聲詞模擬風聲，例見唐李商隱《送李千牛李將軍越闕五十韻》詩：「去程風剌剌，別夜漏丁丁。」和宋秦觀《田居》詩之四：「悠悠燈火暗，剌剌風飈射。」2. 作象聲詞模擬拍擊或破裂聲，例見元喬吉《梁州第七·射雁》套曲：「諕得這鸀鳿兒連忙向敗荷裏串，血模糊翅搧，撲剌剌可憐。」和《醒世姻緣傳》第二十六回：「麻從吾發恨，咬得牙關剌剌作響。」3. 作單音節象聲詞的後綴，例見元王實甫《西廂記》：「腳踏得赤力力地軸搖，手搬得忽剌剌天關撼。」和《西遊記》第三十七回：「只聽得門外撲剌剌一聲響亮，淅零零颭陣狂風。」

二

「剌剌」又作「辣辣」，例如「熱辣辣」，乃漢語和粵語共用的熟語。其義一猶剛剛，例見《孽海花》第二十六回：「二位伯伯想，熱辣辣不滿百天的新喪，怎麼能把死者心愛的人讓她出這門呢！」粵語無用例。義二形容滾燙，例見柳青《創業史》第一部：「改霞的嫩臉皮唰地通紅，熱辣辣地發起燒來。」粵語用例如「碗湯仲熱辣辣」（那碗湯還是滾燙的）；又作「嗲嗲」或「炳炳」，構成粵語熟語「無嗲嗲」（無端端）或「熒炳炳」（熱烘烘）。

四十六

懵盛盛

收聽讀音

「儚儚」形容懵而糊塗，廣府人說話時「儚」的讀音與「層」相近。「儚」的釋義見《說文》：「儚，惛也。」「儚儚」的釋義見《爾雅》：「儚儚，惛也。」讀音見《唐韻》：「儚，呼肱切。」

「儚儚」讀「呼肱切」（《廣韻》），現代漢語念 hōng，粵語切讀如「馮」，猶昏迷。其釋義見《說文》，音義見《唐韻》：「呼肱切，音薨。惛也。」但「儚」讀如「薨」時粵音念 gwang¹，釋義又見《玉篇》：「儚，迷惛也。」典籍無用例。

詹氏本條的「儚儚」粵語今作「盛盛」，粵音 sing⁶sing⁶，例如「懵盛盛」形容頭腦不清或認識模糊。

一

詹氏考「盛盛」的本字是「儮儮」，不確。雖然「儮儮」義同「昏昏」時與「憻盛盛」的「盛盛」在義訓上貼合，但按音訓「儮」的粵音不可能近「層」，自然不可能音轉讀如「盛」。

「盛盛」的「盛」讀「承政切」（《廣韻》），現代漢語念shèngshèng，粵音 sing⁶sing⁶，形容亢盛，例見《素問·五常政大論》：「無盛盛，無虛虛，則遺人夭殃。」可見「憻盛盛」的「盛盛」也不是連綿詞主條而是粵語注音字。

二

粵語「憻盛盛」本作「憻沉沉」。

漢語連綿詞「沉沉」與「盛盛」音近，「沉」讀「真深切」（《廣韻》），現代漢語念 chén，粵音 tsam⁴。其意義如下：1. 形容繁盛，例見《淮南子·俶真訓》：「茫茫沉沉，是謂大治。」高誘注：「茫茫沉沉，盛貌。」和《文選·謝朓〈始出尚書省〉詩》：「衰柳尚沉沉，凝露方泥泥。」李善注：「沉沉，茂盛之貌也。」2. 形容水深或雨大，例見《文選·司馬相如〈上林賦〉》：「沉沉隱隱，砰磅訇礚。」李善注：「沉沉，深貌也。」和南朝宋鮑照《觀漏賦》：「波沉沉而東注，日滔滔而西屬。」3. 形容宮室深邃，例見《史記·陳涉世家》：「客曰：『夥頤！涉之為王沉沉者！』」裴駰集解引應劭曰：「沉沉，宮室深邃之貌也。」和宋洪邁《夷堅丁志·

150

張敦夢醫》：「（張敦）嘗僑寓潮州，夢人邀去，大屋沉沉如王居，立俟門左，吏導之使入。」4. 形容深沉，例見南朝宋鮑照《代夜坐吟》：「冬夜沉沉《夜坐吟》（按：樂府歌辭名），含聲未發已知心。」和唐羅隱《秋夜寄進士顧榮》詩：「秋河耿耿夜沉沉，往事三更盡到心。」5. 形容心事沉重，例見唐王建《將歸故山留別杜侍御》詩：「沉沉百憂中，一日如一生。」和清龔自珍《夜坐》詩：「沉沉心事北南東，一睨人材海內空。」現代漢語用例見冰心《寄小讀者》三：「我心沉沉如死，倒覺得廓然。」6. 形容沉重，例見清蒲松齡《聊齋志異・青梅》：「（程生）自外歸，緩其束帶，覺帶端沉沉，若有物墮。」和《花月痕》第四十六回：「（仲池）臨行，肇受取個沉沉的包裹，納入仲池袖裏。」現代漢語用例見曹禺《北京人》第三幕：「橙黃的縠子仍舊沉沉地垂下來，但顏色已不十分鮮明，蜘蛛在上面結了網。」7. 形容寂靜無聲或聲音悠遠隱約，例見唐柳宗元《遊黃溪記》：「（溪水）黛蓄膏淳，來若白虹，沉沉無聲，有魚數百尾，方來會石下。」和唐李商隱《河內詩二首其一樓上》：「鼉鼓沉沉虬水咽，秦絲不上蠻弦絕。」8、形容音信杳茫，例見唐杜牧《月》詩：「三十六宮秋夜深，昭陽歌斷信沉沉。」和明湯顯祖《紫簫記・下定》：「鮑四娘為何音信沉沉，沒些定奪。」

「沉沉」在粵語音轉念 sing⁶sing⁶，注音寫作「盛盛」。

收聽讀音

四十七
屋企

《廣州語本字・卷三・屋裏》

「屋裏」者，家內也，俗讀「裏」若「企」。

白話譯文

「屋裏」指家裏，廣府人說話時將「裏」讀若「企」。

◆箋注◆

　　「屋」讀「烏穀切」（《廣韻》），現代漢語念 wū，「裏」讀「良士切」（《廣韻》），現代漢語念 lǐ。「屋裏」指屋子裏，例見北周庾信《春賦》：「池中水影懸勝鏡，屋裏衣香不如花。」和唐杜甫《見螢火》詩：「忽驚屋裏琴書冷，復亂簷前星宿稀。」也指家裏，例見元薩都剌《過嘉興》詩：「吳中過客莫思家，江南畫船如屋裏。」現代漢語用例見柳青《一九五五年秋天在皇甫村》：「娃在縣中上學，我和老伴在屋裏。」

「裏」的粵音念 lei⁵，音轉念 kei⁵，注音寫作「企」，廣府人遂將「屋裏」寫作「屋企」，指家，例如「返屋企」（回家）或「佢屋企裝修得好靚」（他的家裝修得很漂亮）。粵語「企」的正音念 kei⁵，「屋企」的「企」用連綿詞讀音念 kei²*。

漢語「企」只作動詞，指跂起腳跟，釋義見《説文解字》：「舉踵也。」例見《漢書‧高帝紀》：「日夜企而望歸。」

「屋企」的「企」是粵語「裏」音轉後的注音字。「屋企」是粵語獨有的熟語，義一猶屋子，例如「佢屋企又大又靚」（他的家又大又漂亮）；義二猶家裏，例如「屋企人」（家裏人）。

「屋企人」猶漢語的「屋裏人」，義一指家裏人，例見《朱子語類》：「卻使出屋裏人，自做出這一場大疏脱。」和唐來鵠《蠶婦》：「若教解愛繁華事，凍殺黃金屋裏人。」義二特指女性家眷，例見《紅樓夢》第十六回：「（香菱）竟給薛大傻子作了屋裏人。」（按：封建大家庭中屋裏人不包括婢僕，但香菱是通房丫頭，屬準主子身份）現代漢語用例見姚雪垠《差半車麥秸》：「沒有聽隊長説俺的屋裏人跟小孩子到哪兒啦？」

舊時廣府人多娶妾，妾和婢的身份不分明，有「有仔係妾，冇仔係婢」的説法，因此婢女有了兒子也算是「屋企人」。

153

四十八
企理

《廣州語本字・卷四・打掃得治理》

「治理」者，整理也，俗讀「治」若企立之「企」。《釋名》：「治，值也。」物皆值其所也。蘇輿曰：「值，當也。」言物皆當其所，蓋凡事治則條理秩然，物得其所矣。《荀子・儒效篇》：「井井兮其有理也。」注：「有條理也。」「治理」云者，物各得所而有條理也，俗又謂衣服整齊曰「治理」。

「治理」猶整理，廣府人說話時將「治」讀若企立的「企」。「治」的釋義見《釋名》：「治，值也。」指東西都放在該放的位置上。蘇輿（清末民初學者）注：「值，當也。」形容物得其所，因為凡事必須治理才能有條有理，發揮作用。「治理」的掌故見《荀子・儒效篇》：「井井兮其有理也。」注：「有條理也。」可見「治理」的意思是讓事物各得其所整整有序，口語又形容衣服整齊叫「治理」。

「治」讀「直利切」(《廣韻》)，現代漢語念 zhì，「理」讀「良士切」(《廣韻》)，現代漢語念 lǐ。「治」的初義是整治，例如「大禹治水」，「理」指順着玉石的紋理進行加工。「治理」指將事物安排得井井有條，做到物盡其用，例見《荀子・君道》:「明分職，序事業，材技官能，莫不治理，則公道達而私門塞矣，公義明而私事息矣。」和《漢書・趙廣漢傳》:「一切治理，威名遠聞。」

詹氏認為「治」在粵語音轉念 kei[5]，「治理」在粵語遂寫作「企理」，形容整齊美好，例如「着得好企理」(衣着整齊美好)或「間屋執得好企理」(房子收拾得很整齊乾淨)。

一

「治」是多義詞，相關義項包括處理、經營或整頓。

其意指處理的用例見《漢書・酷吏傳・尹賞》:「皆尚威嚴，有治辦名。」和《後漢書・廉範傳》:「後頻歷武威二郡太守，隨俗化導，各得治宜。」

其意指經營的用例見《史記・越王勾踐世家》:「父子治產，居無幾何，致產數十萬。」指整頓的用例見《周禮・大宗伯》:「治其大禮。」和《三國志・吳主傳》裴松之注引《江表傳》:「今治水軍八十萬眾，方與將軍會獵於吳。」複合詞「治理」猶管治，例見上引《荀子・君道》和《孔子家語・賢君》:「吾欲使官府治

理，為之奈何？」現代漢語用例見瞿秋白《亂彈・水陸道場》：「然而阿斗有自知之明，自己知道昏庸無用，所以就把全權交給諸葛亮，由他去治理國家。」

詹氏認為粵語將「治理」的詞性轉換成形容詞，指整齊有序。不確。

二

粵語「企理」本作「綺麗」，「綺」讀「墟彼切」(《廣韻》)，現代漢語念 qǐ，形容精美，「麗」讀「郎計切」(《廣韻》)，現代漢語念 lì，形容美麗。「綺」在粵語按《集韻》「語綺切」念 ji^2，音轉念 kei^5，「麗」的正音念 lai^6，音轉念 lei^5，粵語「企理」保留「綺麗」形容鮮明美好的意義，例如「佢好企理」(他的形象整齊美好)。

在漢語中，複合詞「綺麗」義一形容鮮明美好，例見三國魏曹丕《善哉行》之一：「感心動耳，綺麗難忘。」又見《晉書・何曾傳》：「帷帳車服，窮極綺麗。」和唐沈既濟《枕中記》：「性頗奢蕩，甚好佚樂，後庭聲色，皆第一綺麗。」現代漢語用例見峻青《秋色賦・海濱仲夏夜》：「說到風景，它雖沒有特別令人觸目的綺麗景色，但在平凡中卻顯示出偉大。」義二形容辭藻華麗，例見漢劉楨《公宴》詩：「投翰長歎息，綺麗不可忘。」和唐李白《古風》之一：「自從建安來，綺麗不足珍。」現代漢語用例見朱光潛《文藝雜談・談書牘》：「唐朝古文運動是對六朝綺麗的一種反動。」

粵語「企理」保留「綺麗」形容鮮明美好的意義，但因兩字不能分訓，故其在粵語中是連綿詞。

四十九

熱辣辣

收聽讀音

《廣州語本字・卷二・熱㘔㘔》

「㘔㘔」者，熱甚也，俗讀「㘔」若「辣」。《玉篇》：「㘔，熱也。」《集韻》：「㘔，都合切。音㧺。」

「㘔㘔」形容很熱，廣府人說話時將「㘔」讀若「辣」，釋義見《玉篇》：「㘔，熱也。」讀音見《集韻》：「㘔，都合切。音㧺。」

「㘔」讀「都榼切」（《廣韻》），現代漢語念 dā，粵音 taap[8]。「㘔」作名詞指皮衣，釋義見《集韻》：「皮衣也」。

連綿詞「㘔㘔」作後綴時強調情狀之甚，例如「熱㘔㘔的，五黃六月的穿上個皮褲，不嫌難活也。」

詹氏認為「熱㘔㘔」在粵語寫作「熱辣辣」。「辣」讀「郎達切」（《篇海類編》），現代漢語念 là，粵音 laat[6]。「辣辣」形容滾燙，例如「天氣熱辣辣」（天氣很熱）或「呢碗湯仲熱辣辣」（這碗湯還很熱）。

一

詹氏考「辣辣」本作「鞑鞑」,不确。

「鞑鞑」俗寫作「答答」,「答」讀「都合切」(《廣韻》),現代漢語念 dá,粵音 daap[8],形容情狀之甚。例如「羞答答」形容很害羞,例見元王實甫《西廂記》:「他急攘攘卻才來,我羞答答怎生覷。」和《兒女英雄傳》第八回:「那張金鳳也羞答答的還了一個萬福。」

「答答」亦可以作象聲詞模擬「的答的答」的聲音,例見宋蔡襄《荔枝譜》:「破竹五、七尺,搖之答答然。」和辛棄疾《哭㘚十五章》之十一:「足音答答來,多在雪樓下。」

二

「辣辣」可模擬響聲,例見《醒世姻緣傳》第十三回:「(晁源)咬恨得牙辣辣響。」和同書第七十七回:「劈臉一個巴掌,括辣辣通像似打了一個霹靂。」現代漢語指令人產生灼痛的感覺,例見葉紫《豐收》二:「太陽曬在他的身上,只有那麼一點兒(熱)辣辣的難熬。」

「熱辣辣」是漢語和粵語共用的熟語,意義如下:1. 形容為時不久,例見《孽海花》第二十六回:「二位伯伯想,熱辣辣不滿百天的新喪,怎麼能把死者心愛的人讓她出這門呢!」2. 形容滾燙,現代漢語用例見張天翼《羅文應的故事》:「劉叔叔問羅

文應為甚麼還不入隊，羅文應臉上熱辣辣的。」粵語用例如「碗湯仲熱辣辣」。3. 現代漢語形容心情激動，例見巴金《新生・四月八日》：「但我底心還是熱辣辣的。」和姚雪垠《長夜》：「他老人家可真哭了，哭得我的心裏也熱辣辣的。」粵語作「熒烚烚」（hing³laap³laap³）。4. 現代漢語形容感情熱烈，例見阮章競《漳河水》詩：「恩情話兒熱辣辣，說起它來把人羞煞！」5. 現代漢語形容氣味強烈，例見老舍《正紅旗下》：「十成的新褲褂呢，褲子太長，褂子太短，可是一致地發出熱辣辣的藍靛味兒。」和《十月》1981 年第 1 期：「炎熱的、乾燥的風……帶着一股熱辣辣的香味。」

「辣辣」指令人產生灼痛的感覺時本作「剌剌」。「剌剌」是表加強語氣的連綿詞，例如漢語和粵語共用的熟語「熱辣辣」本作「熱剌剌」，北方口語也作「熱呼呼」，粵語也作「熒烚烚」（詳見本書「大拿拿」條）。

五十

揗揗震

《廣州語本字・卷二十四・盪盪踬》

「盪盪踬」者，動而不定也；俗讀「盪」音近「倘」，「踬」音近「塵」，或讀「盪盪」若「堂堂」，「踬」若打倒襯之「襯」。《廣韻》：「盪，動也。」《說文》：「踬，動也。」言「踬」而加以「盪盪」者，形容其極動也。《唐韻》：「踬，側鄰切。」「盪」、「蕩」通。

　　「盪盪踬」形容運動沒有規律，廣府人說話時「盪」的讀音近「倘」，「踬」的讀音近「塵」，有人將「盪盪」讀若「堂堂」，將「踬」讀若打倒襯的「襯」。「盪」的釋義見《廣韻》：「盪，動也。」「踬」的釋義見《說文》：「踬，動也。」廣府人說「踬」而加上「盪盪」，是形容運動之甚。「盪」的讀音見《唐韻》：「盪，側鄰切。」又，「盪」通「蕩」。

　　「盪」讀「待朗切」(《集韻》)，現代漢語念 dàng，粵語切讀如「蕩」，猶搖動，釋義見《廣雅》：「盪，動也。」王念孫疏證：「經傳通作盪，又作蕩。」典籍無用例。「跩」讀「章刃切」(《廣韻》)，現代漢語念 zhèn，粵語切讀如「震」，猶震動，釋義見《說文》：「跩，動也。」段玉裁注：「與《口部》唇，《雨部》震，《手部》振，音義略同。」典籍無用例。

　　「盪盪跩」粵語作「揗揗震」，粵音 tan⁴tan²dzam³，形容抖個不停，例如「凍到揗揗震」(冷得篩篩發抖)。

一

　　詹憲慈認為「揗揗」本字作「盪盪」，不確。

　　王念孫認為「(盪) 經傳通作盪，又作蕩。」「蕩」讀「徒郎切」(《廣韻》)，現代漢語念 dàng，粵音 dong⁶。連綿詞「蕩蕩」，意義如下：1. 形容空曠，例見《漢書・郊祀志下》：「聽其言，洋洋滿耳，若將可遇；求之，盪盪如繫風捕景，終不可得。」顏師古注：「盪盪 (即蕩蕩)，空曠之貌也。」粵語用例如「空蕩蕩」。2. 形容博大，例見《論語・述而》：「君子坦蕩蕩，小人長戚戚。」顏師古注：「蕩蕩，廣大貌也。」3. 形容水勢奔突洶湧，例見《文選・司馬相如〈上林賦〉》：「蕩蕩乎八川分流，相背異態，東西南北，馳騖往來。」呂延濟注：「蕩蕩，流貌。」4. 形容恣縱無所

約束，例見《詩・大雅・蕩》：「蕩蕩上帝，下民之辟。」5. 形容飄蕩貌，例見《白雪遺音・起字呀呀喲・逛花園》：「和風蕩蕩春日暖，碧桃枝頭鳥聲喧。」6. 形容光亮明淨，例見宋蘇軾《廬山二勝・開先漱玉亭》詩：「蕩蕩白銀闕，沉沉水精宮。」「蕩蕩」無頻頻或極度的意義，典籍也未見熟語「蕩蕩震」。

二

筆者認為，粵語「揗揗震」中的「揗揗」本作「騰騰」。

「揗揗震」形容身子不住地發抖，第一個「揗」用粵語正音念 tan[4]，第二個「揗」用連綿詞讀音念 tan[2*]。而古語「騰騰」形容情狀達到很厲害的程度，例見唐李紳《憶漢月》：「燕子不藏雷不蟄，燭煙昏霧暗騰騰。」和宋周邦彥《醉桃源》：「情黯黯，悶騰騰，身如秋後蠅。」

「騰騰」的「騰」讀「待登切」（《廣韻》），現代漢語念 tēng／téng，粵音 tang[4]。「騰騰」尚有以下意義：1. 形容升騰，例見唐鮑溶《琴曲歌辭・湘妃列女操》：「目眑眑兮意蹉跎，魂騰騰兮驚秋波。」和元秦簡夫《趙禮讓肥》第二折：「見騰騰的鳥起林梢。」2. 形容旺盛，例見《水滸傳》第一百零八回：「平空地上，騰騰火熾，烈烈煙生。」和《兒女英雄傳》第十六回：「那老頭兒……頭上熱氣騰騰出了黃豆大的一腦門汗珠子。」3. 形容翻滾，例見唐韓偓《倚醉》詩：「抱柱立時風細細，遶廊行處思騰騰。」和《前漢書平話》卷上：「戰塵鬱鬱，殺氣騰騰。」4. 形容舒緩悠閒，例見唐司空圖《柏東》：「冥得機心豈在僧，柏東閑步愛騰騰。」和宋陸游《寓歎》詩：「浮世百年悲冉冉，閑身萬事付騰騰。」5. 形

容朦朧，例見宋歐陽修《蝶戀花》：「半醉騰騰春睡重，綠鬢堆枕香雲擁。」和宋楊萬里《迓使客夜歸》詩：「淨洗紅塵煩碧酒，倦來不覺睡騰騰。」6. 作象聲詞模擬鼓聲，例見唐韓愈《汴泗交流贈張僕射》：「短垣三面繚逶迤，擊鼓騰騰樹赤旗。」和明杜濬《初聞燈船鼓吹歌》：「騰騰便有鼓音來，燈船到處游船開。」7. 作象聲詞模擬心跳聲，例見《兒女英雄傳》第二十七回：「姑娘上了轎子……只把不定心頭的小鹿兒騰騰的亂跳。」

在今天的生活中，「揗揗震」既可以形容手腳顫抖的表現，也被引申形容人受到驚嚇時手足無措的樣子，例如「聽到爸爸俾車撞親，嫲嫲嚇到揗揗震，唔知點算好」（聽到爸爸被車撞到，奶奶嚇得手足無措，不知怎麼辦才好）。

五十一
嗲嗲淰

收聽讀音

《廣州語本字・卷六・口水瀺瀺淰》

「口水瀺瀺淰」者，流涎不止也。俗讀「瀺」若蘇州語明天來之「來」，《妙法蓮華經・卷三・音義》引《通俗文》：「零滴謂之瀺淰。」《集韻》：「瀺，郎計切。」

163

「口水瀝瀝渧」形容口水流個不住。廣府人說話時將「瀝」讀若蘇州話「明天來」之「來」，音義見《妙法蓮華經》引《通俗文》：「零滴謂之 瀝渧。」「瀝」的讀音見《集韻》：「瀝，郎計切。」

《廣東俗語考‧釋地理‧渧》

「渧」音「帝」，粵謂一滴漏為「個渧漏」。按，《廣韻》、《集韻》：「渧，音帝。」《埤蒼》：「滴水也。」《說文》：「本滴字。」梵書省作「渧」，《地藏經》：「一毛、一渧，一沙、一塵。」粵諺有「外母見女婿，口水滴滴渧」之語。

「渧」讀如「帝」，廣府人將一個滴漏叫「個渧漏」。按，「渧」的讀音見《廣韻》、《集韻》：「渧，音帝。」釋義見《埤蒼》：「滴水也。」又見《說文》：「本作滴。」佛經簡寫作「渧」，例見《地藏經》：「一毛、一渧，一沙、一塵。」廣府人有俗諺「外母見女婿，口水滴滴渧」。

◆箋◆注◆

「渧」讀「都計切」（《廣韻》），現代漢語念 dì，粵音 dai³，指水慢慢滲下。其釋義見《廣韻》：「《埤蒼》云：『渧瀝，漉也。一曰滴水。』」也指液體一點一滴地流下，釋義見《集韻》：「渧，滴水。」掌故見《說文解字注》：「（滴）水注也。《埤倉》有『渧』字。讀去聲。卽『滴』字也。」典籍無用例。

漢語「滴」的讀音同「渧」，粵音 dik[9]，指液體一點一滴地流下，釋義見《說文》：「滴，水注也。」例見唐李紳《憫農詩》二首之二：「鋤禾日當午，汗滴禾下土。」

「㵦」的音義見上引《埤蒼》。

連綿詞「滴滴」作象聲詞模擬水滴聲，例見唐令狐楚《賦山》詩：「古岩泉滴滴，幽谷鳥關關。」和唐陸龜蒙《中元夜寄道侶二首》之一：「須臾枕上桐窗曉，露壓千枝滴滴聲。」也形容一點一滴，例見宋李清照《聲聲慢》詞：「梧桐更兼細雨，到黃昏，點點滴滴。」

「嗲」是方言字，無切音，現代漢語念 diǎ，粵音 de[2]，形容嬌媚，例如「個女仔好嗲」。「水嗲嗲」的「嗲」是「滴」的粵語注音字，猶不住地滴下。「嗲」作形容詞正音念 de[2]，作動詞念 de[4]，「嗲嗲」在粵語有兩個讀音：或念 de[4]de[4]，例如「件衫水嗲嗲」（衣服上的水不住地滴下）；或念 de[4]de[2]，例如「口水嗲嗲渧」（口水流個不住）。

一

吳方言「溚溚渧」的「溚」讀「德合切」（《集韻》），現代漢語念 dá，粵語切讀如「耷」(dak[6])，作象聲詞模擬水不斷滴下的聲音，例如「滴滴溚溚」。詹氏和孔氏均考「嗲嗲」本作「渧渧」。該詞有兩層意義而且應用很活躍，義一形容液體一滴一滴地不斷落下，例如「眼淚溚溚渧」；義二形容程度極或甚，例如「窮勒溚溚渧」或「雨天屋內溚溚渧，臉盆地上排排坐」。

從應用可見，「潷潷淅」在粵語作「嗲嗲淅」。粵語中有一句有趣的歇後語——「外母見女婿——口水潷潷淅」，意思就是丈母娘看到女婿覺得非常滿意，連口水一滴滴地流出來都沒察覺。廣府人常用這句歇後語，來說明岳母對女婿的滿意程度極之高，後半句也引申來形容對某樣東西垂涎欲滴或十分滿意。

孔仲南又認為「潷潷」本作「滴滴」，或是。

二

粵語「嗲嗲」和吳語「潷潷」或本作「渫渫」。「渫」讀「達協切」（《集韻》），現代漢語念 dié，粵語切讀如「跌」，形容流個不住，例見《樂府詩集・相和歌辭十三・孤兒行》：「淚下渫渫，清涕累累。」又見明楊基《惜昔行・贈楊仲亨》：「密行細字讀未了，渫渫苦語如蠶繅。」和清毛奇齡《松聲賦》：「緬九州之遙遙，望百川之渫渫。」

「渫渫」的異體「喋喋」更為人們熟悉，但與「嗲嗲」無關。「喋」讀「徒協切」（《廣韻》），現代漢語念 dié，粵音 dip[9]。「喋喋」義一形容嘮叨，例見《史記・匈奴列傳》：「嗟土室之人，顧無多辭，令喋喋而佔佔，冠固何當。」和《漢書・張釋之傳》：「夫絳侯、東陽侯稱為長者，此兩人言事曾不能出口，豈效此嗇夫喋喋利口捷給哉！」又如成語「喋喋不休」形容說話囉唆。義二形容眾多而平凡，例見《魏書・楊森傳》：「抑斗筲喋喋之才，進大雅汪汪之德。」

三

「渧」是「滴」的俗字，釋義見上引《說文解字注》，又見《字彙》：「渧，俗滴字。《說文》本作渧，《梵書》省作渧，水點也。」例見《大木乾連冥間救母變文》：「咽如針孔，渧水不通。」又見《地藏經》：「於佛法中所為善事，一毛、一渧、一沙、一塵，或毫髮許，我漸度脫，使獲大利。」

五十二

撳撳炩

《廣州語本字‧卷四‧銅盤熠熠炩》

「熠熠炩」者，物光可照見人面也，俗讀「熠」若「扱」，讀「炩」音近「令」。《說文》「熠」下云：「盛光也。」「炩」下云：「見也。」《廣韻》：「炩，光也。」今謂碬銅盤使至極光而可照見人面則曰「碬得熠熠炩」。《廣韻》：「熠，為立切。」《集韻》：「炩，俱永切。」

「熠熠炅」形容光可鑒人，廣府人說話時將「熠」讀若「扱」，「炅」的讀音近「令」。「熠」的釋義見《說文》：「盛光也。」「炅」的釋義見同書：「見也。」又見《廣韻》：「炅，光也。」現在形容銅盤硪得光可鑒人叫「硪得熠熠炅」。「熠」的讀音見《廣韻》：「熠，為立切。」「炅」的讀音見《集韻》：「炅，俱永切。」

「熠」讀「羊入切」（《廣韻》），現代漢語念 yì；「炅」讀「古迥切」（《廣韻》），現代漢語念 jiǒng。

「熠」形容鮮明，釋義見《說文》：「熠，盛光也。」例見《詩·豳風·東山》：「倉庚于飛，熠耀其羽。」箋：「羽鮮明也。」和宋王安石《秋熱》：「金流玉震何足怪，鳥焚魚爛可為哀。」

「熠熠」形容色彩鮮明，例見漢無名氏《有鳥西南飛》：「有鳥西南飛，熠熠似蒼鷹。」引申形容閃爍，例見三國魏阮籍《清思賦》：「色熠熠以流爛兮，紛雜錯以葳蕤。」和唐白居易《宣州試射中正鵠賦》：「銀鏑急飛，不夜而流星熠熠。」現代漢語用例見王西彥《鄉下朋友》：「刀刺般凸出的砂石，在猛烈的陽光之下，熠熠發光。」

「炅」形容明亮，釋義見《廣韻》：「炅，光也。」例見唐李白《明堂賦》：「熠乎光明之堂，炅乎瓊華之室。」和唐王利貞《田義起石浮圖頌》：「炅朝日以舒鑒，爍幽霄以放光。」

「熠熠炅」在粵語音轉念 laap⁸laap⁸ling³，寫作「攦攦冷」，形容光可鑒人，例如「硪到攦攦冷」（打磨得閃閃發光），也比喻被人罵得灰頭土臉，例如「畀人硪到攦攦冷」。

一

詹氏認為在流傳過程中「熠」音轉念 kap[7]，然後轉念 laap[8]，注音寫作「攋」。不詳詹氏該說有何根據。

從「熠」在粵語的讀音可見，「熠」的正音念 jap[7]，但廣府人也按《集韻》「席入切，音習」的注音念 saap[9]，生成粵方言字「熠」，意義同「煠」，猶煮，例如「熠熟狗頭」（比喻人笑得咧開嘴巴）。因此「熠」在粵語單獨使用時是動詞，同時是粵方言字，而在連綿詞「熠熠」中則是表音的語素，讀音、意義和詞性與作動詞的「熠」大相徑庭。

按音訓和義訓，「攋攋」本作「剌剌」，「剌剌」表強調語氣（詳見本書「大拿拿」）。「剌剌」的粵語正音念 laa[1]laa[1]，音轉念 laap[8]laap[8]，注音寫作「攋攋」。

二

詹氏考「烎」的本字是「炅」，「炅」的粵音念 guing[2]，形容光亮。其釋義見上引《說文》，段玉裁注：「按：詞篆義不可知，《廣韻》作『光也』，似近之。」例見唐李白《明堂賦》：「熠乎光碧之堂，炅乎瓊華之室。」詹氏訓「烎」的本字是「炅」義訓雖合但音訓不合。

「烎」是粵語注音字，現代漢語念 lìng，音義見《篇海》：「力正切，音令。火也。」典籍無用例。其本字應是「令」，「令」讀「力

政切」(《廣韻》),現代漢語念 lìng,粵音 ling[6],形容美好。其釋義見《爾雅》:「令,善也。」例見《詩・大雅・卷阿》:「如圭如璋,令聞令望。」鄭玄箋:「令,善也。」和《論語・學而》:「巧言令色,鮮矣仁!」集解:「令色,善其顏色。」

「令」在粵語由美好引申形容光鮮亮麗,音轉念 ling[3],注音寫作「烺」,例如「有烺氣」形容有光澤,「烺攞攞」形容很明亮,「閃閃烺」形容閃閃發光。「烺攞攞」逆序作「攞攞烺」。

三

舊時廣府人家使用的器皿以銅器為上品,例如銅臉盆、銅煲、銅盤、銅燙斗等。為了清除銅器上的積垢,廣府人常用麻根蘸上爐灰(燒柴遺留的含鹼性的灰)擦拭銅器表面使其光亮如新,稱為「㧓得攞攞烺」,銅器擦拭後恢復光澤叫「有烺氣」。「攞攞烺」這個熟語被正義反用,引申指灰頭土臉,廣府人謔稱被罵個狗血淋頭叫「(被)㧓到攞攞烺」。後來又據這個掌故生出「搽咗面槽膏」的說法,暗含避免「(被)㧓到攞攞烺」的意思。此句所謂的「面槽膏」是廣府人杜撰的事物,暗示其功效如防曬油一樣,把批評責罵都屏蔽掉。

夜麻麻

收聽讀音

《廣州語本字・卷二・夜甤甤》

「夜甤甤」者，入夜而天黑也，俗讀「甤」若「眊睜」之「眊」。《廣雅》：「甤，夜也。」

　　「夜甤甤」的意思是入夜而天色黑暗，廣府人說話時將「甤」讀若「眊睜」之「眊」，釋義見《廣雅》：「甤，夜也。」

《廣東俗語考・釋疊字・麻麻》

麻色帶黑，故黑曰「麻麻」，目不光明曰「麻睬」。

　　麻的顏色帶黑，因此形容黑叫「麻麻」，形容視力不清叫「麻睬」。

「𪾭」讀「眉耕切」(《廣韻》)，現代漢語念 méng，粵語切讀如「掹¹」。

　　「𪾭」通「冥」，釋義見《說文》：「𪾭，冥也。」「冥」讀「莫經切」(《廣韻》)，現代漢語念 míng，粵音 ming⁴。「𪾭」作名詞時指夜晚，例見唐李白《菩薩蠻》詞：「暝色入高樓，有人樓上愁。」作形容詞形容幽暗，釋義見《說文》：「冥，幽也。」又見《廣雅》：「冥，暗也。」例見《法言・修身》：「擿埴索塗，冥行而已矣。」和枚乘《七發》：「冥火薄天，兵車雷運。」又形容幽深，例見孫綽《遊天台山賦》：「臨萬丈之絕冥。」注：「幽深也。」和唐杜牧《阿房宮賦》：「高低冥迷，不知西東。」

　　「冥冥」形容幽深，例見《詩・小雅・無將大車》：「無將大車，維塵冥冥。」和《楚辭・九章・涉江》：「深林杳以冥冥兮，乃獲狖之所居。」

　　「冥冥」在粵語作「麻麻」，「黑麻麻」形容夜色蒼茫，例如「外邊黑麻麻仲去邊」(外面黑咕隆咚的還去哪)。

一

　　詹憲慈考「𪾭𪾭」本作「冥冥」，音訓義訓雖合，但漢語沒有熟語「夜冥冥」。

　　「麻麻」本作「茫茫」，「茫茫」形容蒼茫，例見白居易《長恨歌》：「上窮碧落下黃泉，兩處茫茫都不見。」「夜茫茫」形容夜色蒼茫，例見宋蘇軾《永遇樂・彭城夜宿燕子樓》：「夜茫茫，重尋

無處，覺來小園行遍。」和越劇《血染深宮》唱詞：「夜茫茫，風蕭蕭，半輪寒月。」

「茫茫」尚有以下意義：1. 形容漫長，例見宋程大昌《念奴嬌》：「往事茫茫十換歲，卻共天涯醽醁。」2. 形容紛繁眾多，例見李白《古風五十九首》之十九：「俯視洛陽川，茫茫走胡兵。」3. 形容茂盛，例見宋王安石《和聖俞農具詩・耕牛》：「朝耕草茫茫，暮耕水濔濔。」4. 形容說不清，例見漢揚雄《法言・重黎》：「神怪茫茫，若存若亡。」和唐李瑞《古別離》：「此地送君還，茫茫似夢間。」

北方口語「麻麻亮」或「麻麻黑」中「麻麻」也本作「茫茫」，用其指說不清的意義，來形容天色將亮未亮或將黑未黑。

「茫」讀「莫郎切」，現代漢語念 máng，粵音 mong⁴，由於韻尾 ng 脫落，粵音轉念 maa¹，注音寫作「麻」。「麻」的正音念 maa⁴，連綿詞讀音念 maa¹*，坊間也寫作「夜孖孖」。

二

詹憲慈謂「廣府人說話時將『夜矖矖』的『矖』讀若『眽眳』之『眽』」，今粵語無「夜矖矖」的說法，另有「黑掹掹」，「掹」是粵方言字，粵音 mang¹，本字另是「蒙」。

「蒙蒙」的「蒙」讀「莫紅切」（《廣韻》），現代漢語念 méng，異體作「濛濛」或「朦朦」，意義如下：1. 形容模糊不清，例見《楚辭・九辯》：「願皓日之顯行兮，雲濛濛而蔽之。」和宋蘇軾《大別方丈銘》：「目之所見，冥冥濛濛。」2. 形容蒙昧，例見漢劉向《說苑・雜言》：「子之比我，濛濛如未視之狗矣。」和晉葛洪《抱

朴子・明本》:「始者濛濛，亦如子耳。」3. 形容煙雨迷蒙，例見唐王昌齡《龍興觀黃道士房問易因題》詩:「仙老言餘鶴飛去，玉清壇上雨濛濛。」和唐白居易《過裴令公宅二絕句》之二:「梁王舊館雪濛濛，愁殺鄒枚二老翁。」4. 形容盛貌，例見《楚辭・七諫・自悲》:「何青雲之流瀾兮，微霜降之濛濛。」和唐蕭穎士《江有楓》詩:「江有楓，其葉濛濛。」

「蒙蒙」在粵語音轉念 mang¹mang¹，注音寫作「掹掹」，用其形容模糊不清的意義，例如「黑掹掹」形容天色或膚色暗黑。這個「掹」即詹氏所謂「俗讀『矇』若『盲睜』之『盲』」。「盲睜」在《香港話大詞典》錄作「瓱癥」，粵音 mang²dzang²。「蒙」的粵語正音念 mung⁴，音轉念 mang¹，注音寫作「掹」。

「蒙蒙」還有異體「曚曚」(méngméng)，形容模糊不清，例見宋梅堯臣《送呂沖之司諫使北》詩:「曚曚白日穿雲出，溙溙黃沙作霧吹。」漢語又有熟語「曚曚光」，例見《隋書・天文志下》:「日曚曚光，士卒內亂。」

「曚曚光」是漢語和粵語共用的熟語，形容天色熹微，例如「個天曚曚光」。

174

五十四

零零林林

《廣州語本字·卷二·鈴鈴轔轔》

「鈴鈴轔轔」者，雷聲也，俗讀「轔」音若「瞵起對眼」之「瞵」。《廣雅》：「鈴鈴，聲也。」《詩·秦風》：「有車鄰鄰」，傳云：「鄰鄰，眾車聲也。」《釋文》：「本亦作轔轔。」《說文》：「霆，雷餘聲也，鈴鈴所以挺出萬物。」今形容雷聲曰「鈴鈴轔轔」，物聲亦曰「鈴鈴轔轔」，或讀「轔轔」若「林林」，音之轉耳。

「鈴鈴轔轔」模擬雷聲，廣府人說話時將「轔」讀若「瞵起對眼」（按：老粵語指瞪着眼，今作「睩起雙眼」）之「瞵」（按：老粵語猶瞪，今作「睩起雙眼」）。「鈴鈴」的釋義見《廣雅》：「鈴鈴，聲也。」又，《詩·秦風·有車鄰鄰》：「有車鄰鄰，有馬白顛。」句，毛傳注：「鄰鄰，眾車聲也。」唐陸德明《經典釋文》注：「本亦作轔轔。」《說文》又釋云：「霆，雷餘聲也。鈴鈴所以挺出萬物。」現在形容雷聲叫「鈴鈴轔轔」，形容物聲也叫「鈴鈴轔轔」，有人將「轔轔」讀若「林林」，乃音轉。

「鈴鈴」的「鈴」讀「郎丁切」(《廣韻》)，現代漢語念 líng，泛指聲音，釋義見《廣雅》:「鈴鈴，聲也。」例見《文選·孫綽〈遊天台山賦〉》:「被毛褐之森森，振金策之鈴鈴。」李善注:「金策，錫杖也。」又注:「鈴鈴，策聲。」

「轔轔」的「轔」讀「力珍切」(《廣韻》)，現代漢語念 lín，粵音 loen⁴。「轔轔」乃模擬車行走的聲音，釋義見《集韻》:「轔，轔轔，眾車聲。」例見《楚辭·九歌·大司命》:「乘龍兮轔轔，高駝兮衝天。」朱熹集注:「轔轔，車聲。」

「鈴鈴轔轔」粵語作「零零林林」，粵音 ling⁴ling⁴lem⁴lem⁴，這個熟語中第一個「零」用粵語正音念 ling⁴，第二個「零」用連綿詞讀音念 ling¹*，形容行動迅捷，例如「零零林林搞掂咗嘅嘢」(迅速將事情辦好)。

「鈴鈴」僅指金屬碰擊的聲音，其異體「玲玲」(línglíng) 意義更豐富:1. 指清越的聲音，例見《木連救母出離地獄昇天寶卷》:「伏願經聲琅琅，上澈穹蒼；梵語鈴鈴，下通幽府。」2. 形容玉聲清脆，例見唐徐凝《七夕》詩:「一道鵲橋橫渺渺，千聲玉珮過鈴鈴。」3. 形容光明潔淨，例見《白雪遺音·馬頭調·石榴開花》:「石榴開花顏色重，玉簪開花白色鈴鈴。」

「轔轔」形容車馬眾多之聲，例見《文選·張衡〈東京賦〉》:「蕭蕭習習，隱隱轔轔。」薛綜注:「隱隱，眾多貌。轔轔，車聲

也。」呂延濟注：「隱隱轔轔，皆車馬聲。言後車未出城，前驅已自郊而反，言車騎之多。」和唐杜甫《兵車行》：「車轔轔，馬蕭蕭，行人弓箭各在腰。」也模擬雷聲，例見漢崔駰《東巡頌》：「天動雷霆，隱隱轔轔。」和宋沈遼《零陵先賢讚‧煙塘老人》：「有頃大風，震電轔轔。」故詹憲慈釋「鈴鈴轔轔」模擬天雷滾滾之聲。

參考「隱隱轔轔」形容車馬眾多而迅捷（例見上文《文選‧張衡＜東京賦＞》中呂延濟注），「鈴鈴轔轔」也強調迅捷。粵語「零零林林」遂用「鈴鈴轔轔」模擬車子疾馳時發出聲音的原義，引申指車子方聞其聲倏然而至，生出疾速的意義。

五十五

奄尖

收聽讀音

《廣東俗語考‧釋情狀‧淹㾕》

「淹㾕」讀若「奄尖」，小病曰「淹㾕」。《揚子方言》：「自關而西秦晉之間，凡病而不甚曰淹㾕。」郭璞注：「淹㾕，病半臥半起也。」今人言身有微病，重言之曰「淹淹㾕㾕」。

　　「殗殜」讀若「奄尖」，小病叫「殗殜」。釋義見《揚子方言》：「自關而西秦晉之間，凡病而不甚曰殗殜。」郭璞注：「殗殜，病半臥半起也。」如今廣府人稱身體有小病叫「殗殜」，重言作「殗殗殜殜」。

　　「殗」讀「於業切」，「殜」讀「直業切」（《廣韻》），現代漢語念 yèdié，粵語切讀如「掖疊」。

　　「殗殜」形容病情時好時壞，例見唐陸龜蒙《幽居賦》：「時牽殗殜，自把渠疏。」又見清袁枚《祭妹文》：「前年余病⋯⋯後雖小差，猶殗殜，无所娛遣。」

　　「殗殜」在粵語作「奄尖」，粵音 jim²dzim¹，形容吹毛求疵，例如「呢條友好奄尖」（這傢伙很挑剔），用例見清佚名《西關集・生仔》：「隱婆熬夜見憸尖（奄尖）。轉頭個陣真難抵，好似生豬扴去醃。」。

　　　　　　　　　　一

　　「殗殜」的釋義見《方言》：「自關而西，秦晉之間，凡病而不甚者曰殗殜。」郭璞注：「病半臥半起也。」例見上引唐陸龜蒙《幽居賦》句和清袁枚《祭妹文》句。

　　「殗殜」的異體作「淹尖」或「淹煎」，現代漢語念 yānjiān，粵音 jim²dzim¹，形容疾病纏綿。「淹尖」例見《全元散曲・無名

178

氏賞花時》：「覷了這淹尖病體，比東陽無異。」「淹煎」同義，例見元無名氏《集賢賓‧秋懷》：「淹煎病何日癒。」和明湯顯祖《牡丹亭‧鬧殤》：「也愁他軟苗條忒恁嬌，誰料他病淹煎真不好。」引申指感到煩惱或難堪，例見同劇：「淹煎，潑殘生，除問天！」和明阮大鋮《燕子箋‧寫箋》：「烏絲一幅金粉箋，春心委的淹煎。」

二

有識者認為粵語「奄尖」本作「醃臢」，不確。

「醃臢」的「醃」讀「烏含切」，「臢」讀「昨含切」（《廣韻》），現代漢語用連綿詞讀音念 āzā，意義如下：1. 形容不乾淨，例見金董解元《西廂記諸宮調》：「鬢邊蟣虱渾如糝，你尋思大小醃臢。」和《紅樓夢》：「破衲芒鞋無住跡，醃臢更有滿頭瘡。」2. 作詈語罵人醜陋卑劣，例見元李行道《灰欄記》第一折：「你養着姦夫，……倒屈陷我醃臢勾當。」和《水滸全傳》第三回：「這個醃臢潑才，投托着俺小種經略相公門下，做肉鋪戶，卻原來這等欺負人。」3. 形容感到煩惱或難堪，例見《西廂記諸宮調》卷五：「自家這一場醃臢病（按：指相思病），病得來蹺蹊，難服湯藥，不停米水，不頭沉，不腦熱，脈兒又沉細。」和元無名氏《雲窗夢》第四折：「沒理會醃臢久病疾，害的來伶仃瘦體。」4. 喻指不愉快的事情，例見《警世通言》卷三：「荊公曉得東坡受了些醃臢，終惜其才，明日奏過神宗天子，復了他翰林學士之職。」

「醃臢」在《正字通》作「媕臢」，連綿詞讀音念 ānzā，釋義是「俗呼物不潔曰媕臢。」掌故見明焦竑考《俗用雜字》：「手不

179

淨曰『婧贓』，有音無字。」朱起鳳按：「物不潔曰『腌臢』，省寫作『臢』（按：即『髒』）。『婧贓』即『腌臢』之轉聲，並後出字。……再轉即『齷齪』矣。」可見「醃臢」與「婧贓」通假，因此「醃臢」吸收「婧贓」的意義。「婧贓」今作「骯髒」。現代漢語念 āngzāng，粵音 ong¹dzong⁶。

雖然「醃臢」也可形容病人感到煩惱或難堪，但其主義項形容骯髒，而且音訓與「奄尖」不合，不是「淹尖」的連綿詞主條。

收聽讀音

五十六

神高神大

《廣州語本字・卷五・岑高岑大》

「岑高岑大」者，言身裁高且大也，俗讀「岑」若「神」。《方言》：「岑，高也。」又云：「岑，𥠖大也。」

「岑高岑大」形容材高大，廣府人說話時將「岑」讀若「神」。「岑」的釋義見《方言》：「岑，高也。」又見同書：「岑，𥠖大也。」

「岑」讀「鋤針切」（《廣韻》），現代漢語念 cén，粵音 sam⁴，形容高，釋義見詹氏本條引《方言》，例見《孟子・告子下》：「方寸之木，可使高於岑樓。」和唐皮日休《三宿神景宮》詩：「古觀岑且直，幽人情自怡。」

連綿詞「岑岑」形容高貌，例見唐白居易《池上作》詩：「華亭雙鶴白矯矯，太湖四石青岑岑。」和宋歐陽修《梅主簿》詩：「玉山高岑岑，映我覺形陋。」

粵語「神高神大」念 san⁴gou¹san⁴daai⁶，既可考「岑」是本字，「岑」形容高；也可考「岑岑」是連綿詞主條，「岑岑」也形容高。粵語將「岑」（sam⁴）音轉念 san⁴，注音寫作「神」。這個詞用於形容身材高大，例如「佢生得神高神大」（他長得人高馬大）。

「岑高岑大」有兩種考證：1. 將「岑」視作形容詞，「岑高岑大」形容高高大大；2. 將「岑岑」視作連綿詞，「岑高岑大」是「岑岑」與「高大」的組合，也形容高高大大。

「岑」的音義見本條箋注。

「岑岑」尚有以下意義：1. 猶沉沉，形容深沉，例見明劉基《蝶戀花》詞：「春夢岑岑呼不起，草綠庭空，日抱嬌鶯睡。」和明夏言《浣溪沙・春暮》詞：「庭院沉沉白日斜，綠陰滿地又飛花，岑岑春夢繞天涯。」2. 形容脹痛，例見《漢書・外戚傳上・孝宣許皇后》：「我頭岑岑也，藥中得無有毒？」顏師古注：「岑

岑，痹悶之意。」和唐劉禹錫《鑑藥》：「逮再餌半旬，厥毒果肆，岑岑周體，如痁作焉。」現代漢語用例見葉聖陶《隔膜・小病》：「周身都像收縮攏來，腦子又岑岑地發脹。」

「岑岑」有異體「涔涔」，意義如下：1. 形容脹痛煩悶。例見唐杜甫《風疾舟中伏枕書懷三十六韻奉呈湖南親友》詩：「轉蓬憂悄悄，行藥病涔涔。」和宋洪邁《夷堅甲志・惠吉異術》：「縣丞江定國母呂氏有眩疾，每發，頭涔涔不可忍。」現代漢語用例見茅盾《虹》：「這種感想便闖到梅女士心裏，使她好久不能成眠；每次是在頭涔涔然發脹以後，被一個咬嘴唇的獰笑趕走。」2. 形容雨不止貌，例見《藝文類聚》卷二引晉潘尼《苦雨賦》：「瞻中塘之浩汗，聽長霤之涔涔。」和唐杜甫《秦州雜詩》之十：「雲氣接崑崙，涔涔塞雨繁。」3. 形容淚、血、汗等液體不斷流出或滲出，例見唐李商隱《自桂林奉使江陵途中感懷寄獻尚書》詩：「江生魂黯黯，泉客淚涔涔。」和清袁枚《新齊諧・水定庵牡丹》：「取所佩刀截之，花未斷而拇指傷，血涔涔下。」現代漢語用例見劉半農《敲冰》詩：「頭上的汗，涔涔的向冰冷的冰上滴。」

瘦婄

《廣東俗語考・釋性質・鎘鏉》

「鎘鏉」音「漏暴」，物相齷齪也。《集韻》:「鎘鏉，鐵生衣也。」鐵生銹則不潔，故不潔曰「鎘鏉」。

　　「鎘鏉」的粵音讀若「漏暴」，形容事物互相污染。釋義見《集韻》:「鎘鏉，鐵生衣也。」鐵生銹則事物不潔，因此形容不潔叫「鎘鏉」。

《廣州語本字・卷二十・婁務》

「婁務」者，愚也，俗讀「婁務」若「漏婄」。《說文》「婁」下云:「一曰婁務也」。桂馥曰:「徐鍇:『一作婁務，愚也。』」

　　「婁務」形容愚蠢，廣府人說話時將「婁務」讀若「漏婄」。《說文》「婁」下云:「一曰婁務也」。桂馥云:「徐鍇:『一作婁務，愚也。』」

「鎘」讀「盧侯切」，現代漢語念 lòu，粵語切讀如「漏」，「鏉」讀「所祐切」（《廣韻》），現代漢語念 shòu，粵語切讀如「銹」。「鎘鏉」也逆序作「鏉鎘」，作名詞指鐵鏽，釋義見《玉篇》：「鏉，鏉鎘，鐵生衣也。」典籍無用例。

「婁」讀「落侯切」（《廣韻》），「務」讀「莫侯切」（《集韻》）。該詞現代漢語念 lóumào，粵音 lau⁴maau⁴，《說文解字注》：「婁務，逗。愚也。務讀如瞀。婁務卽子部之穀瞀。故云愚也。」典籍无用例。

《廣州話方言詞典》錄有「瘺㾆」，粵音 lau⁶bau⁶，義一形容穿着臃腫，例如「佢着得好瘺㾆」（他衣着很臃腫）；義二形容舉止不靈活，例如「佢份人好瘺㾆」（他這人行動不靈活）；義三形容尷尬，例如「間屋滲漏，真系瘺㾆」（房子滲漏，真是狼狽）。

一

「鏉」今作「鏽」，「鏽」讀「息救切」（《集韻》），現代漢語念 xiù，粵音 sau³，指金屬表面的氧化物，釋義見《集韻》：「鏽，鐵器生衣也。或作銹。」「鏽」的用例見宋歐陽修《日本刀歌》詩：「令人感激坐流涕，鏽澀短刀何足云。」

「鏽」也作「銹」，釋義見《集韻》：「銹，鐵上衣也。或作銹。」例見蘇軾《物類相感志‧器用》：「刀子銹用木賊草擦之，則銹自落。」和清周亮工《射烏樓紀事》：「聞道捷書朝夕達，寶刀銹盡

未堪藏。」現代漢語用例見魯迅《彷徨・兄弟》：「一面伸手去揭開了綠銹斑斕的墨水匣蓋。」「銹」也可作動詞指銹蝕，例見《水滸全傳》第四十九回：「這園多時不曾有人來開，敢是鎖簧銹了，因此開不得。」和明方以智《物理小識》：「若百煉之折鐵，自然不銹。」現代漢語用例見董必武《咏雷鋒同志》：「螺絲釘不銹，歷史色常新。」

「鎃鍬」不是「瘸婄」的連綿詞主條，音訓義訓俱不合。

二

詹憲慈《廣州語本字・婁務》引徐鍇注《說文》的論述，其全文是「楚人謂乳曰『穀』，故名（令尹）子文曰『穀於菟』（按：『穀於菟』念 gòuwūtú，意為虎乳哺育）。通作『穀』。」《康熙字典》按：「謂恂瞀無知識也。」《說文解字注》：「『穀』、『瞀』疊韻。……《楚辭・九辯》作『恂愁』。……其字上音『寇』、下音『茂』。其義皆謂愚蒙也。」可見「婁務」是源自楚語的連綿詞，義同「恂愁」（按：即粵語「吽哣」，詳見拙作《廣府俚語字詞考析》），形容愚笨無知，典籍無「婁務」的用例。

雖然粵語連綿詞「瘸婄」形容不靈活或尷尬可視作愚笨的衍義，但詹氏考本字是「婁務」義訓雖合但音訓不合。

三

「瘸婄」本作「狼狽」，「狼」讀「魯當切」，「狽」讀「搏蓋切」（《廣韻》），現代漢語念 lángbèi，粵音 long⁴bui³。

「狼狽」是個很活躍的連綿詞，意義如下：1. 形容匆忙，例

185

見《晉書‧武十三王傳》:「仲堪既知王恭敗死,狼狽西走。」和《隋書‧李密傳》:「世充夜潛濟師,詰朝而陣,(李)密方覺之,狼狽出戰,於是敗績。」2. 形容困頓疲憊,例見《晉書‧殷浩傳》:「身狼狽於山桑。」和唐張祜《傷遷客歿南中》詩:「遠地身狼狽,窮途事果然。」3. 形容尷尬,例見《晉書‧石崇傳》:「惶懼狼狽,靜而思之。」和宋蘇軾《定風波‧序》:「同行皆狼狽,余獨不覺。」現代漢語用例見周而復《上海的早晨》:「他現在感到自己出馬過早,使得處境狼狽,進退不得。」4. 形容破敗,例見唐盧全《月蝕》詩:「不料至神物,有些大狼狽。」5. 喻指惡人,例見唐舒元輿《坊州按獄》詩:「門牆見狼狽,案牘聞腥臊。」6. 猶互相勾結,例見清黃鈞宰《金壺浪墨‧漕弊》:「(鹽漕)及到江南,挑米色,促兌期,互為狼狽,又旗丁之羽翼也。」和《辛亥革命前十年間時論選集‧紳士為平民之公敵》:「彼欲為最有權力之紳士,必先利用此兩種人,夫然後上可以狼狽政府,假公濟私,下可以把持社會,淆黑亂白。」7. 猶竭力,例見《南史‧劉敳傳》:「母意有所須,口未及言,敳已先知,手自營辦,狼狽供奉。」和《英烈傳》第十一回:「太祖日視湯藥,十分狼狽。」8、現代漢語形容邋遢,例見沈從文《大小阮》:「他見小阮衣着顯得有點狼狽,就問小阮到了北京多久,住在甚麼地方。」和老舍《駱駝祥子》:「他也能看到自己身上的一切,雖然是那麼破爛狼狽,可是能以相信自己確是還活着呢。」

「狼狽」有多個異體,其中「狼跋」的「跋」讀「蒲撥切」(《廣韻》),現代漢語念 bá,粵音 bat⁶,形容進退維艱,例見《詩‧豳風‧狼跋》:「狼跋其胡,載疐其尾。」和唐司馬貞《索隱述贊》

中關於《史記‧管蔡世家》的論述：「狼跋致艱，鴟鴞討惡。」

「狼狽」在粵語保留尷尬的意義，引申形容衣着臃腫或行動不靈活，音轉念 lau⁶bau⁶，《廣州話方言詞典》錄作「瘦婄」，《香港話大詞典》錄作「瘺口（有音無字）」。

四

「狼狽」有一個寓言色彩濃厚的掌故出自唐段成式《酉陽雜俎‧廣動植之一‧毛篇》：「或言狼、狽是兩物，狽前足絕短，每行常駕兩狼，失狼則不能動，故世言事乖者稱『狼狽』。」其後關於狽的記錄見李時珍《本草綱目》引《食物本草》：「狽足前短，能知食所在。狼足後短，負之而行，故曰狼狽。」和《康熙字典》：「狽，獸名，狼屬也。生子或欠一足二足者。相附而行，離則顛。」從該掌故可見，狽不但負責觀察和決策，還用後足負責動力。

由於「狼狽」這個掌故深入人心，導致民間長期將「狼狽」看成自然界真實存在的動物，甚至有學者認為狽是因病導致前足殘疾的狼，也有人認為狽是狼和狐狸雜交的狐狼，因跨物種雜交而先天性殘疾。民間關於狼狽的傳說也不絕如縷。但實際上，自然界既不存在這個典籍中的動物「狽」，也不存在「狼狽為姦」這類共生行為。

收聽讀音

五十八

執笠

《廣州語本字·卷四十·僟偗》

「僟偗」者，商店停業之名詞也，俗讀「僟偗」若「拾笠」。《廣韻》：「僟偗，不任事也。偗，達合切。」今謂商店閉歇曰「僟偗」，言不為貿易之事也。

「僟偗」指商店停業，廣府人說話時將「僟偗」讀若「拾笠」。音義見《廣韻》：「僟偗，不任事也。偗，達合切。」如今將商店停業叫「僟偗」，是說不進行貿易活動。

◆箋◆注◆

「僟」讀「吾含切」（《集韻》），「偗」讀「達合切」（《廣韻》），現代漢語念 àndá，粵語切讀如「吟特」。「僟偗」同「僟儑」，後詞「僟儑」例見皮日休《任詩》：「嘗聞佐浩穰，散性多僟儑。」逆序作「儑僟」，義一形容糊塗，釋義見《集韻》：「僟，儑僟，不着事。」義二形容不安，釋義見《集韻》：「僟，儑僟，不自安。」義三形容不檢點，釋義見《集韻》：「僟，儑僟，無儀檢。」以上

188

意義典籍均無用例，口語用例見關中方言，例如「把他給偪僷兒（胡弄）上了，他還不醒悟。」又如「自己不行還愛給人胡偪僷（瞎折騰）。」

「偪僷」的「偪」在粵語音轉念 dzap^7，「僷」音轉念 lap^2，注音寫作「執笠」。其用「偪僷」指「不着事」的意義，引申指不從事貿易活動，例如「間鋪執笠」（店鋪結業）。

一

坊間傳說「執笠」的掌故如下：其一、「執笠」本指收攤，乃廣府人對倒閉的婉稱。這裏的「笠」在粵語中指疏眼的竹簍，「執」的意思是收拾。舊時嶺南的貿易場所叫「墟」，趕集叫「趁墟」。墟市上的售賣者多以竹簍盛物展銷，日終墟散時售賣者自然要收拾籮筐回家。其二、舊時廣州的店鋪倒閉，為了在轉讓時得到較好的價錢，老闆常常把一些空的竹籮放滿整個店鋪，造成生意興旺的假像。由於一般的店鋪平時很少放有空的籮筐，所以在倒閉之前要搜購該物，「執笠」遂成為倒閉的代名詞。其三、廣州商戶關門結業時，老闆要拿走平時放在店鋪中的斗笠，表示再不回來。

二

詹憲慈考「執笠」本作「偪僷」：「今謂商店閉歇曰『偪僷』，言不為貿易之事也。」這個掌故也可信，「偪僷」指不辦事的意義可引申指不進行經營活動。

從詹氏本條記錄可見，廣府人或由於「㝹」、「濕」字形相似，將「㝹」訛讀如「濕」，音轉讀如「拾」。而「拾」指檢時廣府人叫「執」，例如「地上執到寶，問官攞唔到」（在地上撿到有價值的東西，主人即使打官司也可能拿不回來）；而「㑲」（dá）則音轉念lap²，遂注音寫作「執笠」。

本條掌故中「執笠」指散墟（集市結束）時售賣者收拾籮筐，故此結束營業的掌故也可言之成理。

收聽讀音

五十九

爛渣

《廣州語本字・卷二十二・爛傽》

「爛傽」者，強狡而不畏人也；俗讀「傽」若「氈」。《方言》：「媥，傽也。」注：「爛傽，健狡之貌。」《廣韻》：「傽，音邊。」

「爛傽」形容倔強狡獪而不怕人譏笑。廣府人說話時將「傽」讀若「氈」。釋義見《方言》：「媥，傽也。」注：「爛傽，健狡之貌。」讀音見《廣韻》：「傽，音邊。」

「爛」讀「郎旰切」(《廣韻》)，「傆」讀「卑綿切」(《集韻》)，現代漢語念 lànbiān，粵語切讀如「爛邊」。「傆」形容身體歪斜，釋義見《玉篇》：「傆，足不正也。」又見同書：「傆，身不正也。」典籍無用例。

「爛傆」應該是詹氏的筆誤，實際應為「爛僈」。詹氏引《方言》及注釋的原文見《康熙字典》：「『娚娗，僈也。』注：『爛僈，健狡也。』」

「爛僈」的「僈」讀「莫半切」(《集韻》)，現代漢語念 màn，異體作「爛熳」或「爛漫」，意義如下：1. 形容放蕩，例見南朝梁江淹《贈煉丹法和殷長史》：「身識本爛熳，光曜不可攀。」和唐李白《江南春懷》詩：「身世殊爛漫，田園久蕪沒。」2. 形容散亂，例見《莊子‧在宥》：「大德不同，而性命爛漫矣。」成玄英疏：「爛漫，散亂也。」和東晉王嘉《拾遺記‧晉時事》：「有菜名曰『芸薇』，類有三種，紫色者最繁，味辛，其根爛熳。」現代漢語用例見丁玲《母親》：「白色的野玉簪，爛縵的灑在那些嫩綠的草間。」

從詹氏「強狡而不畏人也」的文意，可推斷「爛僈」即粵語中的「爛渣」，粵音 laan⁴dzaa²。用「爛僈」形容健狡或放蕩的意義引申指撒潑耍賴，例如「發爛渣」指撒潑耍賴，又如「佢唔夠人講唯有發爛渣」（他說不過人只好要蠻撒潑）。

一

「爛傷」應是「爛漫」，在詩文中也常用作「爛熳」。

「爛漫」有如下意義：1. 猶陵替（即衰敗，衰落），例見漢揚雄《大司農箴》：「帝王之盛，咸在農殖，季周爛漫，而東作不勅，膏腴不穫，庶物並荒。」和宋蔡絛《鐵圍山叢談》卷四：「然世事則益爛熳，上志衰矣，非復前日之敦尚考驗者。」2. 形容顏色鮮明亮麗，例見漢王延壽《魯靈光殿賦》：「澔澔涆涆，流離爛漫。」和唐杜甫《追酬故高蜀州人日見寄》詩：「錦裏春光空爛熳，瑤墀侍臣已冥寞。」3. 形容雜亂，例見《文選・馬融〈長笛賦〉》：「詳觀夫曲胤之繁會叢雜，何其富也。紛葩爛漫，誠可喜也。」呂向注：「紛葩爛漫，聲亂而多也。」和南朝齊謝朓《秋夜講解詩》詩：「琴瑟徒爛熳，姱容空滿堂。」4. 形容草木茂盛，例見唐陳子昂《大周受命頌・慶雲章》：「南風既薰，叢芳爛漫，鬱鬱紛紛。」和南宋葉適《祭林叔和文》：「春筍秋花，爛熳揔几。」5. 形容水勢浩蕩，例見南朝宋鮑照《自礪山東望震澤》詩：「爛漫潭洞波，合遝崿嶂雲。」和唐韓愈《別知賦》：「始參差以異序，卒爛漫而同流。」朱熹校：「『爛漫』本或作『爛熳』，或作『瀾漫』，云大水也。」7. 形容淫蕩，例見漢劉向《列女傳・夏桀末喜》：「（夏桀）求美女積之於後宮，收倡優侏儒狎徒能為奇偉戲者，聚之於傍。造爛漫之樂，日夜與末喜及宮女飲酒，無有休時。」和《魏書・樂志》：「三代之衰，邪音間起，則有爛漫靡靡之樂興

焉。」8. 形容散亂，例見《莊子・在宥》:「大德不同，而性命爛漫矣。」成玄英疏:「爛漫，散亂也。」現代漢語用例見丁玲《母親》:「白色的野玉簪，爛縵的灑在那些嫩綠的草間。」9. 猶蔓延或彌漫，例見南朝齊謝朓《咏兔絲》:「爛熳已萬條，連綿復一色。」和唐姚合《和李補闕曲江看蓮花》:「遶行香爛熳，折贈意纏綿。」10. 形容真摯坦率，例見唐杜甫《與鄠縣源大少府宴渼陂 (得寒字)》:「主人情爛熳，持答翠琅玕。」和明末清初顧炎武《桃花溪歌贈陳處士梅》:「有時提壺過比鄰，笑談爛漫皆天真。」

從「爛漫」的應用可見，它不是「爛渣」的連綿詞主條，義訓和音訓俱不合。

二

「爛渣」本作「藞苴」，「藞」讀「盧下切」(《廣韻》)，「苴」讀「側下切」(《集韻》) 現代漢語念 lǎzhǎ，粵音 laa³dzaa²。其義一猶邋遢，形容不整潔、不利落或不端莊，例見宋羅大經《鶴林玉露》:「面目皺瘦，行步藞苴。」義二猶闌珊，例見清曹寅《題柳村墨杏花》詩:「句吳春色自藞苴，多少清霜點鬢華。」

「藞苴」在粵語作「揦鮓」，粵音 laa³dzaa²，形容骯髒，包括環境、事物、手段或品性，形容環境髒污不堪可說「地方好揦鮓」，形容事物不乾淨如「啲嘢好揦鮓」，形容手段卑劣下作可說「佢出手好揦鮓」，形容人品性不端的用例如「佢份人好揦鮓」(詳見本書「揦鮓」)。

「揦鮓」在粵語又音轉念 laan⁶dzaa²，注音寫作「爛渣」，形容態度惡劣或手段骯髒，廣府人遂用「發爛渣」指耍橫撒潑。

詹憲慈考「發爛渣」的「發」本字是「拂」(見《廣州語本字‧卷六‧拂幾拂》),是。「囗」的粵音同「發」,「拂爛渣」的字面意義是攪爛藥渣。「發」在漢語作萬能詞可指感覺,例如「發癢」或「發慌」,粵語例如「發茅」(心裏發毛) 或「發燒」;也指發泄,例如「發脾氣」,粵語同;或指顯露,例如「發怒」或「發猴擒」,粵語例如「發嬲」或「發惡」(均指發怒)。

粵語「發爛渣」的「發」猶顯露,意思是顯露橫蠻的態度,相關意義也指拂爛藥渣。粵語有歇後語「陳年中草藥 —— 發爛渣」。相傳舊時廣州有一家涼茶鋪的涼茶 (傳說是王老吉) 藥效甚好,生意十分興隆。同行欲得到配方,便偷偷研究這家涼茶鋪的藥渣。主人家發現這種情形後每次倒藥渣前都要先「發 (粵方言字,猶『拂』,即搗或攪) 爛藥渣」,以免被同行偷去配方。這個歇後語的原生形態應是「陳年中草藥 —— 囗爛渣」,「囗」(《香港粵語大詞典》有音無字) 的粵音念 faak[8],指攪拌,例如「囗蛋」(蒸水蛋前將雞蛋的蛋清和蛋黃攪和)。

四川方言有俚語「黢醭爛渣」,意義如下:1. 形容陳舊破爛、顏色黯淡或質感很差,例如「張二嫂燻的臘肉,看起來黢醭爛渣的,讓人看着沒有食欲。」2. 比喻天氣陰沉,例如「今天這天氣黢醭爛渣的,哥幾個是不是整點兒酒呢?」3. 比喻長相不招人待見,例如「他長得黢醭爛渣的。」4. 比喻心情不好,例如「他今天嘟個黢醭爛渣的喲?」5. 比喻境況不佳,例如「把個日子過得

「黴醭爛渣的」。「黴醭爛渣」也寫作「黴麩爛渣」或「黴麩爛雜」，四川話「爛渣」也本作「磊苴」。

六十
陰陰笑

《廣州語本字・卷二十一・欦欦嘴笑》

「欦欦」者，含笑貌也，俗讀「欦」若花丏之「丏」。《說文》：「欦，含笑也。」《集韻》：「欦，呼含切。」

「欦欦」形容含笑的情狀，廣府人說話時將「欦」讀若花丏之「丏」。「丏」的釋義見《說文》：「欦，含笑也。」讀音見《集韻》：「欦，呼含切。」

195

《廣東俗語考・釋聲氣・䭵》

「䭵」讀若「音」，聲小也，即柔聲下氣，俗謂細聲曰「䭵聲細氣」。《唐韻》:「恩甘切」,《集韻》:「於金切」, 音「陰」,《說文》:「下徹聲」,《廣韻》:「聲小」,《周禮》:「微聲」, 注:「聲小不成也。」

「䭵」讀若「音」，形容聲音細小，即柔聲下氣，廣府人說話時形容聲音輕細叫「䭵聲細氣」。讀音見《唐韻》:「恩甘切」, 又見《集韻》:「於金切」, 粵音「陰」; 釋義見《說文》:「下徹聲」, 又見《廣韻》:「聲小」, 掌故見《周禮》:「微聲」, 注:「聲小不成也。」

「㰦」又讀「丘嚴切，音厱」(《集韻》), 現代漢語念 ān, 粵語切讀如「嚴」, 形容帶着笑意, 釋義見《說文》:「含笑也。一曰多智也。」典籍無用例。

「䭵」讀「於金切，音陰」(《集韻》), 現代漢語念 yīn, 粵語切讀如「陰」, 形容聲音細微而不清脆, 釋義見《集韻》:「䭵, 鐘病聲。」又見《字彙》:「䭵, 言鐘形微, 則其聲亦微小不越揚也。」例見《周禮・春官・典同》:「微聲䭵, 回聲衍, 侈聲筰。」鄭玄注:「䭵, 聲小不成也。」和清厲鶚《焦山古鼎》:「叩之清越微聲䭵。」

粵語「陰」念 jam¹, 形容輕柔, 例如「陰聲細氣」(輕聲細氣)。

一

詹憲慈考「陰陰」本作「欥欥」，不確。

《集韻》注「欥」讀「丘嚴切」或「呼含切，音峆。」釋義見《説文》：「含笑也。一曰多智也。」「欥」沒有隱約義。

孔仲南考「陰」的本字是「黯」，或是。

「黯」與「黯」（暗）通假，連綿詞「黯黯」意義如下：1. 形容昏暗，例見漢陳琳《遊覽》詩之一：「蕭蕭山谷風，黯黯天路陰。」和宋王安石《望淮口》詩：「白煙彌漫接天涯，黯黯長空一道斜。」當代漢語用例見瞿秋白《餓鄉紀程》十二：「寒夢驚醒，黯黯的燭影，寂寂的風聲，車已停住，聽着窗外輕輕的一陣一陣雪花簌簌的飛轉。」2. 形容隱約，例見元辛文房《唐才子傳·陳上美》：「文稱功業黯黯，則未若腐草之有螢也。」和明歸有光《戴楚望集·序》：「故黯黯以居，未敢列於當世儒者之林。」3. 形容沮喪，例見唐李商隱《自桂林奉使江陵途中感懷寄獻尚書》詩：「江生魂黯黯，泉客淚涔涔。」和清洪昇《長生殿·得信》：「黯黯愁難釋，綿綿病轉成。」當代漢語用例見冰心《寄小讀者》：「只覺得奇愁黯黯，橫空而來。」

「黯黯」俗寫作「暗暗」，意義如下：1. 形容幽暗，例見漢賈誼《新書·修政語下》：「君子既去其職，則其於民也，暗暗然如日之已入也。」和唐杜牧《罷鍾陵幕吏十三年來泊湓浦感舊為詩》：「搖搖遠隄柳，暗暗十程煙。」2. 猶悄悄，例見《水滸傳》

第四十七回：「石秀看了，只暗暗地叫苦。」和金解董元《西廂記諸宮調》：「心頭暗暗猜疑，縱芳年未老，應也頭白。」現代漢語用例見巴金《觀察人》：「他們卻沒有想到我暗暗地在觀察他們。」

「黯」在粵語音轉念 jam¹，注音寫作「陰」，「陰陰」形容隱約或悄悄。

二

「陰陰笑」中「陰陰」也可能是連綿詞主條。「陰陰」現代漢語念 yīnyīn，義一形容幽暗深邃，例見唐李端《送馬尊師》詩：「南入商山松路深，石牀溪水晝陰陰。」和宋蘇軾《李氏園》詩：「陰陰日光淡，黯黯秋氣蓄。」現代漢語用例見沈從文《從文自傳・辛亥革命的一課》：「洗過了臉，我方走出房門，看看天氣陰陰的，像要落雨的神氣，一切皆很黯淡。」義二形容隱隱，例見《素問・咳論》：「脾咳之狀，咳則右脅下痛，陰陰引肩背，甚則不可以動，動則咳劇。」

《素問》中「陰陰」與「隱隱」(yǐnyǐn) 通假，相關義項猶隱約，例見南朝宋鮑照《還都道中》詩之二：「隱隱日沒岫，瑟瑟風發谷。」和唐王昌齡《送萬大歸長沙》詩：「青山隱隱孤舟微，白鶴雙飛忽相見。」現代漢語用例見洪深《香稻米》第二幕：「隔籬遠望，隱隱可見周鄉紳家的祠堂。」

六十一

囉唆

收聽讀音

《廣東俗語考·釋聲氣·囉嗻》

「囉」音「裸」平聲，「嗻」音「疏」，與人爭執言語煩多曰「囉嗻」。《集韻》:「囉嗻，多言也。」

「囉」的粵音讀如「裸」平聲，「嗻」讀如「疏」，與人爭執時說話煩多叫「囉嗻」，釋義見《集韻》:「囉嗻，多言也。」

「囉」讀「魯何切」，「嗻」讀「之夜切」(《廣韻》)，現代漢語念 luózhè，粵音 lo¹dze¹，「囉嗻」猶嘮叨，釋義見《集韻》:「囉，囉嗻，多言。」典籍無用例。

粵語「囉唆」念 lo¹so¹，形容說話冗長反復，例如「講嘢咁囉唆，老人院都唔收你」(說話這麼囉唆，老人院也不接收你)，重言作「囉囉唆唆」或「囉哩囉唆」。

一

「囉嘈」本作「囉唣」，現代漢語念 luózào。義一猶吵鬧，例見《水滸傳》第二回：「這廝們既然大弄，必然早晚要來俺村中囉唣。」和《紅樓夢》第四十九回：「如今春菱正滿心滿意只想作詩，又不敢十分囉唣寶釵。」義二猶調戲，例見《白雪遺音・玉蜻蜓・遊庵》：「大爺好沒正經，怎麼在佛前囉唣。」和《聊齋志異・連瑣》：「又欲視其裙下雙鈎。女俯首笑曰：『狂生太囉唣矣！』」

異體作「囉唆」，現代漢語念 luōsuō，粵音 lo¹so¹，指多言擾人，例見《文明小史》第三十七回：「原是怕他們囉唆的意思，卻被仲翔猜着。」現代漢語用例見魯迅《朝花夕拾・阿長與＜山海經＞》：「總之都是些囉唆之至，至今想起來還覺得非常麻煩的事情。」

二

「囉唣」音轉作「牢騷」。「牢」讀「魯刀切」，「騷」讀「蘇遭切」（《廣韻》），現代漢語念 láosāo，粵音 lou⁴sou¹，指反復言説不滿的情緒，例見明陸世廉《西台記》第四出：「憂焦！知己真難報。牢騷！英雄恨未消。」和《儒林外史》第八回：「那知這兩位公子，因科名蹭蹬，不得早年中鼎元，入翰林，激成了一肚子牢騷不平。」現代漢語用例見李劼人《天魔舞》：「然而他猶滿肚皮

牢騷，認為自己還走了冤枉路。」引申形容鬱悶，例見《花月痕》第五回：「大抵秋菊春蘭，各極其勝，究竟秋菊牢騷，不及春蘭華貴。」

又音轉作「嘮叨」，「嘮」讀「敕交切」，「叨」讀「土刀切」(《廣韻》)，現代漢語念 láodāo，粵音 lou⁴tou¹。其例見《紅樓夢》第五十五回：「李紈急得只管勸，趙姨娘只管還嘮叨。」現代漢語用例見茅盾《春蠶》：「阿多像一個聾子似的不理睬老頭子那早早夜夜的嘮叨。」

三

「囉唆」、「牢騷」、「嘮叨」最早本作「離騷」。

「離」讀「呂支切」，「騷」讀「蘇遭切」(《廣韻》)，現代漢語念 lísāo，粵音 lei⁴sou¹，「離騷」即屈原滲透一把辛酸淚的感言。

但古人對熟語「離騷」的意義聚訟紛紜。東漢王逸《楚辭章句》的解釋是「離，別也；騷，愁也。」即脫離憂愁。而司馬遷《史記·屈原賈生列傳》：「離騷者，猶離憂也……屈平之作《離騷》，蓋自怨生也。」即「離騷」指感遇憂愁。但《漢書》的作者班固認為「離騷」即「牢騷」：「泩騷亦即離騷聲轉，今常語也，謂心中不平之意。」蘇轍也持此論，掌故見其《次韻子瞻見寄》詩：「賈生作傳無封事，屈平憂世多離騷。」例見《北史·儒林傳論》：「孝籍徒離騷其文，尚何救也。」蘇轍與父親蘇洵、兄長蘇軾合稱「三蘇」，與唐韓愈、宋歐陽修、宋王安石、宋曾鞏並稱為「唐宋八大家」，蘇轍此説應反映唐宋時人對「離騷」詞義的認識，有相當的代表性。

201

六十二

胳肋

《廣東俗語考・釋身體・胳肋》

上音「格」，腋下曰「胳」；「脅」，肋也。《博雅》：「胳謂之腋。」《說文》：「肋，脅骨也。」粵謂腋下為「胳肋底」。

「胳肋」的上字「胳」粵音讀如「格」，腋下叫「胳」；下字「肋」即脅。釋義見《博雅》：「胳肋謂之腋。」又，《說文》：「肋，脅骨也。」廣府人將腋下叫「胳肋底」。

《廣州語本字・卷六・胳䐶底》

「胳底」者，腋下也，俗讀「胳」若「格」。《說文》：「胳，腋下也。」《集韻》：「胳，轄格切。」「胳䐶底」，胳底之䐶也，謂胳下微窒處如䐶然也。

　　　「胳䏴底」指腋下，廣府人說話時將「胳」讀若「格」。「胳」的釋義見《說文》：「胳，腋下也。」讀音見《集韻》：「胳，轄格切。」「胳䏴底」指腋下的縫隙（按：「縫隙」指開裂處或接合處），猶如說腋下稍微凹陷處像縫隙一般。

　　「胳」讀「古落切」（《廣韻》），「肋」讀「盧側切」（《廣韻》），用現代漢語念 gēlè。

　　「胳」指腋下，釋義見《說文》：「胳，亦下也。」段玉裁注：「『亦』、『腋』，古今字。……『亦下』謂之『胳』。」例見《禮記·深衣》：「胳之高下可以運肘。」「肋」的釋義見《說文》：「肋，脅骨也。」例見《三國志·魏志·武帝紀》裴松之注引《九州春秋》曰：「時王欲還，出令『雞肋』。」

　　北方口語將腋下叫「胳肢窩」或「夾肢窩」，現代漢語念 gāzhiwō。

　　粵語「胳肋」念 gaak⁸lak⁷，與「底」組成複合詞「胳肋底」，指腋下。

一

　　孔仲南引《博雅》（按：即《廣雅》）「胳肋謂之腋」句有誤，《廣雅》原文為「胳謂之腋」。漢語沒有熟語「胳肋」，而粵語「胳肋」也不能單獨使用，需與「底」構成複合詞，義同北方口語的「胳肢窩」。

「腋」指禽的翅膀或獸腿的內側，前義用例見《莊子・秋水》：「赴水則接腋持頤，蹶泥則沒足滅跗。」和《晉書・江統傳》：「害起肘腋，疢篤難療。」後義例見《史記・商君傳》：「千羊之皮，不如一狐之腋。」和《三國志・蜀志・法正傳》：「主公之在公安也，北畏曹公之強，東憚孫權之逼，近則懼孫夫人生變於肘腋之下，當斯之時，進退狼跋（狽）。」

「腋下」是漢語熟語，例見宋彭乘《墨客揮犀》：「（蛟）見人先以腥涎繞之，既墜水，即於腋下吮其血，血盡乃止。」

「胳肢」指用手指或物品輕輕觸摸別人的身體表面，使其難受或發笑，源自滿語 gejihesembi，意思是搔腋下、腳心或腰間使發癢，例見《紅樓夢》第七十回：「晴雯和麝月兩個人按住溫都里納（芳官）膈（胳）肢。」現代漢語用例見端木蕻良《科爾沁旗草原》：「『你今天怎麼這樣的彆扭！』男的笑着去胳肢女的。」

二

漢語「旮旯」是粵語「胳肋」或「卡罅」的連綿詞主條。

「旮旯」無切音，現代漢語念 gālá，釋義見《連綿詞大詞典・旮旯》：1. 猶角落，例見《兒女英雄傳》第二十七回：「解扣鬆裙，在炕旮旯裏換上。」現代漢語用例見魏巍《東方》：「把我放墻旮旯裏，我也不埋怨。」2. 指狹窄偏僻處，現代漢語用例見李劼人《天魔舞》：「我咋會去那旮旯呢？」3. 泛指處所，現代漢語用例見董均倫、江源《聊齋汉子》：「場上圓旮旯都堆上柴禾。」

「旮旯」在北方話口語很活躍，青島方言將搬弄是非的流言蜚語叫「旮旯淡話」，把拐彎抹角生拉硬扯的親戚叫「旮旯親

戚」，將互不關聯的事混為一談叫「胡旮旯兒」等；也可作動詞指指圍繞或牽扯，例如「把圍巾旮旯在脖子上」，又如顧客到鞋匠那兒去修鞋，師傅正忙着，就會說：「把鞋先放這兒，你到別處去旮旯旮旯吧，一會兒再來！」這個「旮旯旮旯」的意思是轉悠。

「旮旯」的粵音念 kaa¹laa¹，粵語作「卡罅」，義一指偏僻的處所，例如「山卡罅」（深山中偏僻的地方）。義二指相互間雜，粵音 kaa³*laa¹*（按：kaa³*laa¹* 是粵語連綿詞讀音），例如「男仔同女仔卡罅坐」（男孩和女孩相間着坐）。這個「卡罅」義同「胡旮旯兒」，即兩個相關聯的事物混搭。

六十三

嗷嗷聲

收聽讀音

《廣東俗語考・釋聲氣・謷》

「謷」通作「嗷」，讀若「肴」去聲。《說文》:「眾口愁也。」今人謂人多痛苦曰「嗷嗷聲」。《詩經》:「哀鳴嗷嗷。」

　　「謷」一般寫作「嗷」，讀若「敖」去聲。《說文》：「眾口愁也。」如今形容人數眾多齊聲喊苦叫「嗷嗷聲」。「嗷嗷」的用例見《詩‧小雅‧鴻雁》：「鴻雁于飛，哀鳴嗷嗷。」

　　「謷」讀「五勞切」（《廣韻》），現代漢語念 áo，猶詆毀，釋義見《說文》：「不肖人也。」注釋見南朝梁徐摛注：「不肖人，其言煩苛也。」例見《呂氏春秋‧懷寵篇》：「謷醜先王，排訾舊典。」

　　「謷謷」模擬埋怨的聲音，例見《楚辭‧九思》：「令尹兮謷謷，羣司兮讓讓。」王逸注：「不聽話言而妄語也。」和《漢書‧食貨志上》：「制度又不定，吏緣為奸，天下謷謷然，陷刑者眾。」顏師古注：「謷謷，眾口愁聲也，音敖。」

　　「嗷」在粵語文讀念 ngou[4]，白讀念 ngaao[4]，粵語「嗷嗷聲」的第一個「嗷」念白讀音，第二個「嗷」升調念 ngaao[2*]，是連綿詞讀音。「嗷嗷聲」字面意義指發出痛苦或埋怨的聲音，後引申為形容埋怨或喧嘩，例如「做少少野就嗷嗷聲」（幹點活就嗷嗷叫），又如「唔使嗷嗷聲喇」（不用埋怨了）。

　「嗷」單獨使用時作動詞猶眾聲喧嘩地埋怨，釋義見《說文》：「嗷，眾口愁也。」例見《荀子・彊國》：「百姓讙敖，則從而執縛之。」楊倞注：「讙，喧嘩也。敖，喧嘈也。亦讀為嗷，謂叫呼之聲嗷嗷然。」

　連綿詞「嗷嗷」最初模擬鳥兒哀鳴，例見《詩・小雅・鴻雁》：「鴻雁于飛，哀鳴嗸嗸。」陸德明釋文：「嗸，本又作嗷。」高亨注：「嗸同嗷。嗷嗷，雁哀鳴聲。」後泛指鳥兒鳴聲，例見宋魏了翁《滿江紅》：「應為嗷嗷鳥反哺，真成落落蛇安足。」和成語「嗷嗷待哺」。後引申形容埋怨或喧嘩，具體分以下情狀：1. 表示痛苦，例見《漢書・東方朔傳》：「舍人不勝痛，呼謈。朔笑之曰：『咄，口無毛，聲嗷嗷，尻益高。』」和唐杜甫《大雨》：「西蜀冬不雪，春農尚嗷嗷。」2. 表示怨恨，例見《三國志・魏書・董卓傳》：「百姓嗷嗷，道路以目。」和晉葛洪《抱朴子・審舉》：「怨嗟所以嗷嗷也。」3. 形容嘈雜，例見《楚辭・九歎・惜賢》：「聲嗷嗷以寂寥兮，顧僕夫之憔悴。」和《漢書・劉向傳》：「無罪無辜，讒口嗷嗷。」4. 形容高聲呼喊，例見《楚辭・九歎・惜賢》：「聲嗷嗷以寂寥兮，顧僕夫之憔悴。」王逸注：「嗷嗷，呼聲也。」

收聽讀音

六十四

哩哩〔口+謑〕〔口+謑〕

舊說

《廣東俗語考・釋聲氣・謰謱》

「謰謱」讀若「離拏」，言語紛亂曰「謰謱」。《方言》:「謰謱，拏也。」《字彙》:「繁絮也。」《類篇》:「語亂也。」本音「連婁」，「離拏」為「連婁」之聲轉。

白話譯文

「謰謱」讀若「離拏」，語無倫次叫「謰謱」。「謰謱」的釋義見《方言》:「謰謱，拏也。」又見《字彙》:「繁絮也。」和《類篇》:「語亂也。」本音讀若「連婁」，粵語讀如「離拏」，是「連婁」的聲轉。

箋注

「謰」讀「陵延切」(《集韻》)，現代漢語念 lián，「謱」讀「落侯切」(《廣韻》)，現代漢語念 lóu。

連綿詞「謰謱」形容囉哩囉唆或語無倫次，釋義見《方言》:「謰謱，拏也。南楚曰謰謱。」郭璞注:「言譇拏也。」例見《楚辭・王逸〈九思〉》:「嗟此國兮無良，媒女詘兮謰謱。」王逸

注：「謰謱，不正貌。」洪興祖補注：「謰謱，語亂也。」和清王夫之《南嶽賦》：「檻泉沸射，雜以謰謱。」

按孔氏本條所錄之讀音「離拏」，及「言語紛亂」義，可推斷「謰謱」在早期老粵語作「哩啦」，現在作「哩𠾴」。「哩𠾴」念 li[1]loe[1]，形容多言，例如「唔使你哩𠾴」（不用你插嘴），重言作「哩哩𠾴𠾴」，形容說話嘮叨而含糊，例如「佢哩哩𠾴𠾴唔知講乜」（他說話囉唆含糊不知道想說甚麼）。

新識

一

《廣州話方言詞典》錄有「哩啦」，粵音 li[1]la[4]，猶插嘴，該詞條應是「哩𠾴」。《香港粵語大詞典》錄有「脷𠾴𠾴」（lei[6]loe[2]loe[2]），該詞條中「𠾴𠾴」是「哩哩𠾴𠾴」的簡略，形容說話含糊不清。由於這個粵語連綿詞已式微，故《廣州話方言詞典》和《香港粵語大詞典》所錄的詞條不一致。

「𠾴」是粵方言字，念 loe[1] 時猶吐，例如「食人唔𠾴骨」（吃人不吐骨）；念 loe[2] 時猶打滾，例如「𠾴地」（在地上打滾）或「𠾴脷」（舌頭在口腔裏打滾，比喻吐字不清），但「哩哩𠾴𠾴」的「𠾴」用連綿詞讀音念 loe[4*]，是表音的語素。

二

孔仲南謂「『謰謱』讀若『離拏』」，這個「離拏」現代漢語念 línú，在粵語作「哩啦」，粵音 li[4]la[4]，形容俐落。其在應用中重言

作「哩哩啦啦」，粵音 $li^{4*}li^1la^{4*}la^{4*}$。這裏第一個「哩」用連綿詞讀音念 li^{4*}，「啦」則均用連綿詞讀音念 la^{4*}，形容迅速俐落，例如「哩哩啦啦做曬啲嘢」（迅速俐落地把事情辦好）。

「哩啦」本作「俐落」。「俐落」的意義如下：1. 形容靈活敏捷，例如「筆頭很俐落」或「説話很俐落」。2. 形容整齊有條理，例如「穿戴得乾淨俐落」。3. 猶了結，例如「酒還沒喝俐落」。4. 形容爽快，例如「事情辦得真俐落」。

「利落」是「俐落」的異體，意義如下：1. 形容靈活敏捷，例見老舍《四世同堂》：「我的腿腳還利落，還能掙錢。」粵語用例如「佢做嘢好利落」。2. 形容整齊有條理，例見梁斌《紅旗譜》：「張嘉慶穿在身上，渾身上下乾淨利落。」3. 猶完結，例見老舍《犧牲》：「話還沒説利落，他走開了。」4. 形容沒有拖累，例見王統照《華亭鶴》：「您多利落，男花女花沒有，到現在，老兩口，淨找樂子。」

粵語「哩啦」與「哩礫」是兩個意義不同的熟語，各有相應的連綿詞主條。孔氏所記的讀如「離拏」的廣府俚語是「哩啦」，其連綿詞主條實際上是「俐落」而不是「謰謱」。

瀟湘

收聽讀音

《廣州語本字・卷五・㨤削》

「㨤削」者，身材纖削也；俗讀「㨤削」若「瀟湘」。《考工記》：「欲其㨤爾而纖也。」注：「㨤纖，殺小貌也。」「㨤削」本言物之纖削，身材纖削亦曰「㨤削」。《集韻》：「㨤，思遙切，音宵。」

「㨤削」形容身材纖細苗條；廣府人說話時將「㨤削」讀若「瀟湘」。「㨤削」用例見《周禮・考工記》：「欲其㨤爾而纖也。」鄭玄注：「㨤纖，殺小貌也。」「㨤削」原本指物體纖細，引申形容身材纖細；讀音見《集韻》：「㨤，思遙切，音宵」。

箋注

「揱」讀「相邀切」(《廣韻》)，現代漢語念 xiāo，「削」讀「息約切」(《廣韻》)，現代漢語念 xiāo，也讀 xuē。

「揱」形容細長，釋義見《玉篇》:「揱，長也。」例見《周禮・考工記》:「望其輻，欲其揱爾而纖也。」「揱」的音義同「削」，見《集韻》:「(揱)息約切，音削。亦殺小也。」形容消瘦，例見宋張實《流紅記》:「子何清削如此？」和明袁宏道《拙效傳》:「掀鼻削面，藍睛虬鬚，色若鐵銹。」

「揱削」也作「纖削」，後詞現代漢語念 xiānxuē，形容纖細瘦削，例見《太平御覽・工藝部》:「《歷代名畫記》曰:『畫體簡細，筆力困弱，制置單省，婦人最佳；但纖削過差，翻為失真。』」和明袁宏道《遊玉虛岩》詩:「或纖削而清，或高古而怒。」

「揱削」音轉念 siu[1]soeng[1]，粵語注音寫作「瀟湘」，形容瀟灑。例如在三九寒冬，年輕新潮的女孩上身穿皮草羊毛衫圍巾，下身卻只穿短裙絲襪，廣府人稱之為「着得瀟湘」(穿得瀟灑)，又叫「抵冷貪瀟湘，要靚唔要命」(寧願捱凍也要穿得瀟灑，為了好看不要性命)。

新識

詹憲慈考「瀟湘」本作「揱削」，不確。

「瀟湘」原是地理名詞，指湖南省境內湘江和瀟水，例見《山海經・中山經》:「澧沅之風交瀟湘之浦。」又見唐杜甫《去蜀》詩:「如何關塞阻，轉作瀟湘遊？」和宋陸游《予使江西時以詩投

政府丙湖湘一麾會召還不果》詩：「揮毫當得江山助，不到瀟湘豈有詩！」

由於「瀟湘」是娥皇、女英哭舜而投水自盡的地方，「瀟湘」由專有名詞變成名詞，指心有餘恨的愛情。其用例見宋陸游《烏夜啼・金鴨餘香尚暖》詞：「繡屏驚斷瀟湘夢，花外一聲鶯。」又指夢牽魂繞的地方，例見宋柳永《玉蝴蝶》詞：「海闊山遙，未知何處是瀟湘？」「瀟湘」作名詞時，也指《紅樓夢》中林黛玉居住的瀟湘館。

形容不拘形跡的粵語連綿詞「瀟湘」本作「瀟灑」。「瀟」讀「蘇雕切」，「灑」讀「砂下切」（《廣韻》），現代漢語念 xiāosǎ，粵音 siu¹saa²。

「瀟灑」意義如下：1. 形容高雅脫俗，例見《世說新語・賞譽》：「王子敬語謝公曰：『公故瀟灑。』」和唐李白《尋陽紫極宮感秋作》詩：「野情轉蕭灑，世道有翻覆。」2. 形容神態自然，例見唐元稹《畫松》詩：「纖枝無瀟灑，頑幹空突兀。」和宋梅堯臣《賦石昌言括蒼石屏》：「根深稱條葉，生意絕瀟灑。」3. 形容清麗，例見唐韋應物《福善寺閣》詩：「晴明一登望，瀟灑此幽襟。」和唐杜甫《玉華宮》詩：「萬籟真笙竽，秋氣正瀟灑。」4. 形容冷清，例見宋陳浩《耆舊續聞》：「樓堂觀亭，位置極瀟灑。」和元耶律楚材《過東勝用先君文獻公韻二首》之一：「荒城瀟灑枕長河，古字碑文半滅磨。」5. 形容暢快，例見唐白居易《蘭若偶居》詩：「行止輒自由，甚覺身瀟灑。」和宋張先《登查子》詞：「當初相見時，彼此心瀟灑。」現代漢語「瀟灑」形容不拘形跡，例如「風度瀟灑」，用例見周而復《白求恩大夫》：「方主任心裏想：

『你倒瀟灑，閑着沒事，散散步，等着學習吧。』」

「瀟灑」有異體「蕭散」，現代漢語念 xiāosàn，粵音 siu¹saan³，意義如下：1. 形容不拘小節，例見《西京雜記》：「司馬相如為《上林》、《子虛》賦，意思蕭散，不復與外事相關。」和宋曹冠《暮山溪・九日》詞：「寓意醉鄉遊，且贏得，開懷蕭散。」2. 形容淒清，例見唐韋應物《慈恩迦南清會》詩：「蕭散浮雲往不還，淒涼遺教歿仍存。」和宋高觀國《更漏子》詞：「恨春風，蕭散後，夜夜數殘更漏。」

「蕭散」在粵語音轉念 siu¹soeng¹，注音寫作「瀟湘」，保留不拘小節的意義。又由於黛玉居住的地方叫「瀟湘館」，粵劇有《情僧偷到瀟湘館》寫寶玉出家後到瀟湘館偷祭黛玉的情節，老粵語也將男女私情約會叫「赴瀟湘」。

六十六

搭疌

收聽讀音

《廣州語本字・卷十九・無喋嘎》

「無喋嘎」猶言無計算也；俗讀「喋嘎」若「答颯」。《字彙補》：「嘎喋猶深算也。嘎，從納切，音雜。」今言「喋嘎」者，倒文也。

214

　　「無喋嚘」猶如說不計較，廣府人說話時將「喋嚘」讀若「答颯」。「喋嚘」的釋義見《字彙補》：「嚘喋猶深算也。嚘，從納切，音雜。」現在廣府人說的「喋嚘」是「嚘喋」的逆序。

《廣東俗語考‧釋聲氣‧謵讘》

　　「謵讘」讀若「搭颯」，凡講三講四者，曰「無謵讘」。《集韻》：「謵讘，言不正也。」通作「傏偺」，惡也，又，不謹也。

　　「謵讘」讀若「搭颯」，大凡說三道四叫「無謵讘」。「謵讘」的釋義見《集韻》：「謵讘，言不正也。」一般寫作「傏偺」，形容兇惡，也指不謹慎。

　　「喋嚘」的「喋」讀「徒協切」，「嚘」讀「從納切」（《字彙補》），現代漢語念 diézá，粵語切讀如「鐵颯」。這個詞本指魚兒爭食，比喻考慮周詳且行動有章法，釋義見《字彙補》：「嚘，嚘喋（『喋嚘』的逆序），猶深算（算）也。」例見《淮南子‧覽冥》：「至虛無純一，而不嚘喋苛事也。」高誘注：「嚘喋，猶深算也，言不採取煩苛之事。」

　　「謵讘」的「謵」讀「席入切」，「讘」讀「之涉切」，現代漢語念 xízhé，粵語切讀如「直捷」，指用語言威嚇。其釋義見《說文》：「謵，言謵讘也。」丁福保《說文解字詁林》：「沈乾一案：

215

『唐寫本《玉篇》謵注引《說文》：讋也。』《玄應音義》引通。」
「謵讋」的詞性見《說文解字注》：「（謵）言謵讋也。疑上文失氣
言之上當有謵讋二字。疊韻字也。」典籍无用例。

「喋」在粵語音轉念 daap[8]，「嗄」音轉念 saap[8]，粵語注音寫
作「搭霎」。「搭霎」的否定式作「冇搭霎」，形容說話沒有分寸
或辦事沒有章法，例如「做嘢冇搭霎」（辦事沒有分寸）；強調語
氣作「冇鼇搭霎」，例如「呢條友講嘢冇鼇搭霎」（這傢伙說話不
知所謂）。

一

「搭霎」本作「踏趿」，現代漢語念 tàsǎ ，粵音 daap[9]saap[8]，
形容懶散。宋吳曾《能改齋漫錄·事始一》：「俗語以事不振者為
踏趿，唐人已有此語。」例見唐段成式《酉陽雜俎·藝絕》：「人
足踏趿，不肯下錢。」

「踏趿」有異體「傝𠎝」。清陳鱣《恒言廣證》考「沒傝𠎝」本
作「沒荅颯」，形容沒有出息，例見清洪昇《長生殿》：「我做驛
丞沒傝𠎝，缺供應付常吃打。」也指不謹慎，見清錢大昕《恒言
錄》：「今吳人以不謹慎為沒傝𠎝。」

「踏趿」還有異體「搭撒」，在古漢語應用中很活躍，意義也
較豐富：1. 形容破舊，例見元朱庭玉《青杏子·歸隱》曲：「拖
藜杖芒鞋拉塔，穿布袍麻絛搭撒。」2. 形容下垂，例見元朱庭玉
《六麼遍·雪景》曲：「老木枯枝寒藤掛，槎牙，似玉龍搭撒亂披

麻。」和《兒女英雄傳》第二十六回:「他便把那一臉怒氣,略略的放緩了三分,依舊搭撒着眼皮兒。」3. 猶勾搭,例見清天花才子《快心編傳奇》第八回:「人家子弟,家中妻子醜陋,便去搭撒那閑花野草。」4. 猶正經,多用否定式作「沒搭撒」,猶沒正經或沒來由,例見《西遊記》第三十九回:「老倌兒這等沒搭撒,防備我怎的。」和同書第五十六回:「行者道:『師父,你好沒搭撒。你供我怎的?』」

按音訓和義訓,粵語「搭霎」的音義更貼近「搭撒」,尤其是粵語「冇搭霎」和古漢語「沒搭撒」的音義和使用習慣一致。詹憲慈考本字是「喋嗄」,亦可。孔仲南謂「搭霎」的本作「謵謵」則不确。

二

粵語「冇搭霎」的強調語氣作「冇釐搭霎」,「釐」是量詞,猶一點兒。由於「搭霎」與「頭柒」(「柒」念 tsat[8],粵語指男性生殖器,作語氣詞表強調) 讀音相近,粗鄙説法將「冇釐搭霎」説成「無釐頭柒」。「無釐頭柒」縮腳 (即省略最後的字) 作「無釐頭」,「無釐頭」又縮腳作「無釐」,形容説話或行為顛三倒四或滑稽搞笑,例如「呢條友好無釐」(這傢伙簡直不知所謂)。

三

《香港話粵語大詞典》注「無釐頭」本作「無來頭」,由於「來」的粵音白讀念 lai[4],「釐」念 lei[4],粵語遂作「無釐頭」,或是。

漢語熟語「來頭」念 láitou,粵音 loi[4]tau[4],意義如下:1. 指

身份、資歷或背景，例見元施惠《幽閨記・招商諧偶》：「韓景陽大來頭，你卻是何等人家？」和《金瓶梅詞話》第七十二回：「又想李瓶兒來頭？教你哄了，險些不把我打到贅字號去。」現代漢語用例見老舍《二馬》：「我叫他念政治，回國後作個官兒甚麼的，來頭大一點。」2. 指來由或原因，例見元李好古《張生煮海》第一折：「(侍女云) 這秀才好沒來頭，誰問你有妻無妻哩！」和《紅樓夢》第十六回：「覃政等也猜不出是何來頭，只得即忙更衣入朝。」現代漢語用例見魏巍《東方》：「說起這，還有點來頭哩。」3. 指來源，例見明徐鞭《殺狗記・王婆逐客》：「老娘三日不發市，拿着一個便正本。甚麼來頭？」現代漢語用例見老舍《四世同堂》：「房租的收入要比將本圖利的作生意有更大的來頭。」4. 指來勢，例見《紅樓夢》第一百零五回：「衆人看見來頭不好，也有躲進裏間屋裏的，也有垂手侍立的。」現代漢語用例見丁玲小說《水》：「上面的來頭還大的很呢，這不是一兩天可以退去的水，知道是甚麼鬼作怪。」5. 方言指毛病，現代漢語用例見艾蕪《端陽節》：「哪，還有三寶哥哩，該沒有啥子來頭嘛？」原注：「來頭：毛病。」

六十七

陀陀擝

收聽讀音

《廣州語本字・卷七・擝擝跉》

「擝擝跉」者，形容人行不正而頻頻搖動也；俗讀「擝」若「陀」，讀「跉」若寧武子之「寧」。《廣韻》：「擝，搖也，丁果切。」「跉，徐行不正貌。呂貞切，音鈴」。俗謂兒童玩具之不倒翁曰「醉酒跉」，亦以其搖動不正也。

「擝擝跉」形容人行走時不平衡而頻頻晃動，廣府人說話時將「擝」讀若「陀」，將「跉」讀若寧武子之「寧」。「擝」的音義見《廣韻》：「擝，搖也，丁果切。」「跉」的音義見同書：「跉，徐行不正貌。呂貞切，音鈴」。坊間稱兒童玩具不倒翁叫「醉酒跉」，也是因為它左搖右擺的特點。

《廣州語本字・卷二十七・癲擝擝》

「擝擝」者，頭眩而搖搖不定也，俗讀「擝擝」若「陀陀」。《廣雅》：「擝，動也。」又云：「擝抌，搖捎也。」《廣韻》：「擝，搖也。丁果切。」今讀若「陀」，音之轉也。

「揣揣」形容頭暈眩而搖擺不定，廣府人說話時將「揣揣」讀若「陀陀」。「揣」的釋義見《廣雅》：「揣，動也。」同書又釋云：「揣扰，搖捎也。」「揣」的音義見《廣韻》：「揣，搖也。丁果切。」今讀「揣」若「陀」，是音轉的緣故。

「揣」讀「初委切」（《廣韻》），現代漢語念 chuǐ，粵語文讀念 tsoey²，白讀念 tsun²，初義猶量度。其釋義見《說文》：「揣，量也。」例見《左傳·昭公三十二年》：「士彌牟營成周，計丈數，揣高卑。」引申指推測，例見《漢書·陸賈傳》：「生揣我何念。」「揣」又讀「丁果切」（《廣韻》），現代漢語念 duǒ，粵語無對應讀音，指搖動，釋義見《廣雅》：「揣，動也。」又見《集韻》：「揣，搖也。」例見《聊齋志異·花姑子》：「守者困怠並寐，生朦朧中，覺有人揣而擾之。」

連綿詞「揣揣」的「揣」讀「初委切」（《集韻》），現代漢語念 chuāi，粵語文讀念 tsoey²，白讀念 tsyn²。其義一形容急速，例見元無名氏《醉寫赤壁賦》第一折：「揣揣寫就了也。」義二形容不安，例見明葉憲祖《易水寒》第二折：「把駑駘聲價恁高抬，則心兒裏揣揣。」

粵語有熟語「陀陀擰」。「陀陀」的粵音念 to⁴to²ᐟ，形容圍繞或旋轉，本作「團團」，「團」在粵語音轉念 to⁴，粵語注音寫作「陀」。「陀陀擰」念 to⁴to²ᐟning⁶，形容團團轉，例如「畀人指到陀陀擰」（讓人瞎指揮折騰得團團轉）。「陀陀擰」中第一個「陀」用正音念 to⁴，第二個「陀」用連綿詞讀音念 to²ᐟ。

220

一

粵語「陀陀擤」和「氹氹轉」均形容團團轉。例如「畀佢指到陀陀擤」也作「畀佢指到氹氹轉」，均比喻被人瞎指揮而一事無成。

「擤」又讀「徒官切」（《集韻》），現代漢語念 tuán，粵語無對應讀音，應念 tsyn^2，通「團」，形容聚合，釋義見李善注：「鄭玄《毛詩箋》曰：『團，聚貌。』『擤』與『團』古字通。」例見《文選・馬融＜長笛賦＞》：「秋淖漱其下趾兮，冬雪擤封其枝。」可見「擤擤」與「團團」通假。詹氏考「擤」是本字，亦可。

二

連綿詞「團團」的「團」讀「度官切」（《廣韻》），現代漢語念 tuán，粵音 tyn^4。「團團」的意義更豐富而且使用頻率更高，意義如下：1. 形容圓貌，例見漢班婕妤《怨歌行》：「裁為合歡扇，團團似明月。」和南朝宋謝惠連《七月七日夜咏牛女》詩：「團團滿葉露，析析振條風。」2. 引申形容又圓又胖，例見唐歐陽詢《嘲長孫無忌》詩：「只因心渾渾，所以面團團。」3. 代指月亮，例見蘇軾《次韻毛滂法曹感雨詩》：「空庭月與影，強結三友歡；我豈不足歟？要此清團團。」和宋孔平仲《月夜》詩：「長風送蕩漾，浩露洗團團。」4. 形容簇聚，例見前蜀韋莊《登漢高廟閑眺》詩：「天畔晚峯青簇簇，檻前春樹碧團團。」和宋梅堯臣《賀永叔得

221

山桂》詩:「團團綠桂叢,本自幽巖得。」5. 形容圍繞或旋轉,例見唐顧雲《築城篇》:「畫閣團團真鐵甕,堵闊巉巖齊石壁。」和蘇軾《送安節》詩之十:「應笑謀生拙,團團如磨驢。」6. 形容愁苦不安,例見元稹《旱災自咎,貽七縣宰同州時》詩:「團團囷囷中,無乃冤不申。」7. 猶全部或到處,例見《西遊記》第十四回:「諕得這六個賊,四散逃走,被他掫開步,團團趕上,一個個盡皆打死。」和《警世通言·宋小官團圓破氊笠》:「一個十全的家業,團團都做在船上。」8. 當代漢語引申指層層,例見魏巍《東方》:「被敵人團團包圍,甚至被人『壓頂』……他卻毫不沮喪。」9. 口語指球狀物,例見艾明之《雨》:「他撕下一片鍋巴,捏成團團,一面嚼着,一面回到房間來。」

「團團轉」是古口語熟語,形容忙碌或焦急的情狀,例見宋惠洪《次韻彭子長僉判》:「心如旋磨驢,日夜團團轉。」

「團團」在粵語作「氹氹」,例見老粵語兒歌「氹氹轉,菊花園」。「氹」的粵語正音念 tam^3,但「氹氹」的連綿詞讀音念 $tam^{4*}tam^{2*}$。

三

詹憲慈考「陀陀擰」中「擰」的本字是「跉」,不確。

「跉」讀「郎丁切」(《廣韻》),現代漢語念 líng,粵音 $ling^4$,釋義是「徐行不正貌」(《廣韻》),典籍無用例。

「擰」讀「泥耕切。音獰。」(《字彙補》),現代漢語念 níng,粵音 $ning^2$。其義一猶扭轉,例見《二刻拍案驚奇》:「說罷,三步兩步,跑到那馬車跟前,伸手把機關一擰,用力一拉,

222

開了門。」和《紅樓夢》第五十八回:「(晴雯)替他洗淨了髮,用手巾擰得乾鬆鬆的,換了一個幗狀髻。」現代漢語用例見魯迅《吶喊‧阿Q正傳》:「他便趕緊拔起四個蘿蔔,擰下青葉。」粵語用例如「擰螺絲」或「擰開水喉」。義二指用手指夾着皮肉轉動,例見《紅樓夢》第八回:「寶釵也忍不住,笑着把黛玉腮上一擰。」現代漢語用例見巴金《獅子》:「學監莫勒地耶走到我面前,擰我的耳朵。」粵語例如「擰耳仔」(扭耳朵)。

粵語「擰」用本字,《香港粵語大詞典》錄「惝惝玲」作「陀陀擰」,猶團團轉。

四

詹氏「痯揣揣」條的「痯」讀「王問切」(《廣韻》),現代漢語念 yùn,粵語切讀如「雲」,注音寫作「暈」。「痯」的釋義見《說文》:「痯,病也。」桂馥義證:「病也者,頭眩病也。」例見元陶宗儀《南村輟耕錄‧卷四‧發宋陵寢》:「唐出觀燈歸,忽坐痯息奄奄,若將絕者,良久始蘇。」

詹氏本條讀若「陀陀」形容「頭眩而搖搖不定」的「揣揣」,在《香港粵語大詞典》中錄作「酡酡」,例如「暈酡酡」。這個「酡酡」本作「陶陶」。「陶陶」現代漢語念 táotáo,形容酒醉的情狀,例見唐李咸用《曉望》詩:「好駕觥船去,陶陶入醉鄉。」和宋蘇軾《觀潮》詩之一:「釋梵茫然齊劫火,飛雲不覺醉陶陶。」「陶陶」的粵音轉念 to⁴to⁴,粵語注音寫作「酡酡」。

六十八

低威

《廣東俗語考·釋性質·尷尷》

「尷尷」讀若「低威」，自承無力要人扶持曰「認句尷尷」。《說文》：「跛不能行，為人所引曰尷尷。」

> 「尷尷」讀若「低威」，廣府人承認自己无能和需要幫助時會說「認句尷尷」。「尷尷」的釋義見《說文》：「跛不能行，為人所引曰尷尷。」

《廣州語本字·卷二十二·帶挈》

「帶挈」者，猶言提攜也，俗讀「攜」若「歇」。《漢書·張耳陳餘傳》：「以兩賢王左提右挈。」注：「相扶持也。」廣州所謂「帶挈」，並含有波及之意。

「帶挈」猶如指提攜，廣府人說話時將「攜」讀若「歇」。「帶挈」的用例見《漢書·張耳陳餘傳》：「夫以一趙尚易燕，況以兩賢王左提右挈，而責殺王，滅燕易矣。」注：「相扶持也。」廣府人說的「帶挈」，還有波及的意思。

「媞」讀「都奚切」，「隑」讀「戶圭切」（《廣韻》），現代漢語念 dàixié。

「媞隑」指牽引，釋義見《說文》：「尥（跛）不能行，為人所引曰媞隑。」段玉裁注：「疊韻字也，與提攜義近。」典籍無用例。

「帶挈」的「帶」讀「當蓋切」（《廣韻》），「挈」讀「苦結切」（《集韻》），現代漢語念 dàiqiè，粵音 daai³hit³。「帶挈」是漢語和粵語共用的熟語，猶提攜，例見元楊顯之《瀟湘雨》第一折：「帶挈帶挈我翠鸞孫兒做個夫人縣君也。」和《水滸傳》第三十七回：「大哥去做買賣，只是不曾帶挈兄弟。」

粵語「低威」念 dai¹wai¹，形容技不如人，例如「唔好認低威」（不要認慫）或「做人唔好咁低威」（做人不要妄自菲薄）。

一

　　孔仲南謂「(低威) 自承無力要人扶持」，詹憲慈謂「提攜」
猶「帶挈」，可見詹憲慈與孔仲南意見一致，均認為「低威」本作
「提攜」。

　　邵瑛《羣經正字》：「此𨑔𨑔為提攜本字。」又，段玉裁注：
「(𨑔𨑔) 疊韻字也，與提攜義近。」「提攜」的「提」讀「杜奚切」，
「攜」讀「戶圭切」(《集韻》)，現代漢語念 tíxié，粵音 tai⁴kwai⁴，
釋義見《詞源》(修訂本)：「牽扶。《禮記‧禮上》：『長者與之提
攜，則兩手奉長者之手。』引申為提拔、扶植。《三國志‧魏‧
牽招傳》：『嘉與晉司徒李胤同母，早卒。』注引荀綽《冀州記》：
『(牽秀) 於太康中為衛瓘、崔洪、石崇等所提攜，以新安令博士
為司空從事中郎。』」

　　「提攜」尚有以下意義：1. 指照顧與栽培，例見《南齊書‧
蕭景先傳》：「景先少遭父喪，有至性，太祖嘉之。及從官京邑，
常相提攜。」和唐劉得仁《山中抒懷寄上丁學士》詩：「幽拙欣殊
幸，提攜更不疑。」2. 猶合作，例見唐元稹《青雲驛》詩：「雲韶
互鏗戛，霞服相提攜。」和宋蘇軾《與子由同遊寒溪西山》詩：
「與君聚散若雲雨，共惜此日相提攜。」3. 作名詞指可供懸持的
容器，例見唐杜甫《石龕》詩：「苦云直斡盡，無以充提攜。」4.
唐代也指懸於腰帶上的掛扣。 5. 現代漢語義一指合作，例見孫
中山《致蘇聯遺書》：「我已命國民黨長此繼續與你們提攜。」義

二指栽培，例見沈從文《王謝子弟》：「七爺若有心提攜她，我敢賭一個手指，説她會成當代女詩人！」

二

「帶挈」是漢語和粵語共用的熟語，漢語又猶帶領，例見《京本通俗小説・錯斬崔寧》：「若得哥哥帶挈奴家同走一程，可知是好？」粵語無該義。

詹憲慈所謂「廣州所謂『帶挈』含有波及之意」指熟語「好帶挈」，它在實際應用中常常正義反用，意思是害人不淺。例如李四耐不住張三慫恿到賭場玩兩手，結果輸得血本無歸，事後李四埋怨張三：「多得你好帶挈！」又如廣府人評價某人愛出歪點子連累人，常説：「呢條友奉旨冇好帶挈」（這傢伙從來沒有好處給別人）。

三

詹氏和孔氏認為「低威」本作「提攜」的説法成立。

但「低威」也可能本作「低回」。「低回」意義如下：1. 猶徘徊，例見《史記・司馬相如列傳》載《大人賦》：「低回陰山翔以紆曲兮，吾乃今日睹西王母矐然白首。」和《漢書・揚雄傳》載《河東賦》：「汨低回而不能去兮，行睨陔下與彭城。」顏師古注：「低回，徘徊也。」2. 猶逢迎，例見《新唐書・文藝傳下・吳武陵》：「常疑死於左右手，低回姑息，不可謂明。」和宋王明清《揮麈三錄》卷一：「有博士鄒公，經甚明，文甚高，行甚修，不能低回當世，以直去位。」3. 形容思緒縈回，例見宋陸游《除刪定官

227

謝丞相啟》:「低回久矣，感歎悽然。」和清蔣士銓《香祖樓·嫁蘭》:「為甚麼同牀各夢將情漏。你若為彼低回，奴當成就。」4. 現代漢語「低回」指徘徊留戀，例見徐遲《井岡山記》:「『噢，你沒有衣服啦！』為之低回久之。」和楊朔《海市·百花時節》:「每逢節日，還是會引起你無限低迴的情緒的。」

　　「低回」在粵語音轉念 dai¹wai¹，注音寫作「低威」，保留「低回」猶逢迎的意義，引申猶甘拜下風。但該說只是補充，僅供讀者參考。

六十九

錔雞

收聽讀音

《廣州語本字·卷二十·本事嬰婉》

　　「嬰婉」者，材質惡劣也，俗讀「嬰婉」若「俤雞」。《說文》「婉」下云:「嬰，婉也。一曰婦人惡貌。」桂馥曰:「(『一曰』)六字當在『嬰』下。」婦人惡貌為「嬰婉」，引申之，材質惡劣亦曰「嬰婉」。《集韻》:「嬰，烏分切。」《廣韻》:「婉，五稽切。」

　　「嫛婗」形容材質惡劣，廣府人說話時將「嫛婗」讀若「俤雞」。「嫛婗」的釋義見《說文》「婗」：「嫛，婗也。一曰婦人惡貌。」桂馥注云：「（或曰）六字當在嫛下。」形容婦人兇惡叫「嫛婗」，引申之形容材質惡劣也叫「嫛婗」。「嫛」的讀音見《集韻》：「嫛，烏兮切。」「婗」的讀音見《廣韻》：「婗，五稽切。」

　　「嫛」讀「烏兮切」（《集韻》），「婗」讀「五稽切」（《廣韻》），現代漢語念 yīní，粵語按古音切讀如「圍呢」。

　　連綿詞「嫛婗」指嬰兒，釋義見《說文》：「嫛，婗也。」段玉裁於「婗」字前補「嫛」云：「此三字句，嫛婗合二字為名，不容分裂。《釋名》：『人始生曰嬰兒，或曰嫛婗。嫛是也，言是人也；婗其啼聲也。』」段注所謂「不容分裂」的意思是「嫛婗」乃連綿詞。

　　詹憲慈謂「俗讀『嫛婗』若『俤雞』」。《香港粵語大詞典》錄「俤雞」作「殘雞」，《廣州話方言詞典》錄作「棖雞」，坊間也寫作「殘雞」。「殘雞」念 tsaan⁴gai¹，形容潑辣，例見熟語「殘雞婆」（潑辣婦人），和網帖《爆笑粵語花名》：「仲有奸人堅、姣婆蓮、大波蓮、高佬全、樂叔、蛇仔明、潺仔明、殘雞英、豬頭炳、沙膽英、哨牙珍等。」

一

詹氏謂《説文》「婗」下云「嫛，婗也。一曰婦人惡貌。」之説不確。理由是：1.《康熙字典》引《説文》：「嫛婗，人始生也。」2.《釋名》：「婗其啼聲。一曰婦人惡貌。」可見「嫛婗」指嬰兒，釋義詳見《釋名・釋長幼》：「人始生曰嬰兒……或曰嫛婗。嫛，是也，言是人也。婗，其㘞聲也。故因以名之也。」例見唐張諤《三日岐王宅》詩：「玉女貴妃生，嫛婗始發聲。」和清袁枚《祭妹文》：「悔當時不將嫛婗情狀，羅縷紀存。」3.《説文解字注》對《釋名》謂形容「婦人惡貌」作了更正：「一曰婦人惡貌。此則專謂婗字。」

可見「嫛婗」不是「鋹雞」的連綿詞主條。

二

「鋹雞」或與南漢國主劉鋹有關。據史書記載，劉鋹原名劉繼興，是五代十國時期盤踞嶺南的南漢第四任皇帝，史稱「南漢後主」。劉鋹在位時昏庸殘暴，以「群臣有妻室，顧念子孫而不能盡忠」為由，將朝政交由宦官、女侍中等人把持，宦官數量達兩萬餘人，成了空前絕後的閹人國度。其人不但縱情聲色，整日和波斯宮女淫樂，自稱「蕭閑大夫」，又動輒殺人，事跡見《宋史・南漢劉鋹傳》：「(劉鋹)作燒煮剝剔、刀山劍樹之刑，或令罪人鬥虎抵象。」

坊間盛傳劉鋹喜歡鬥雞，將雞封侯拜爵。他的雞外出時由宮人捧着大聲吆喝「鋹雞嚟啦！」路人必須立即迴避。時人遂稱劉鋹叫「鋹雞」。故廣府人用「鋹雞」形容霸道，引申形容女性潑辣。

「鋹雞」見《香港粵語大詞典》、《廣州話方言詞典》錄作「根雞」，而坊間多寫作「殘雞」。掌故或是「雞」乃粵語特有的後綴，含諧謔色彩或貶義，例如「謝雞」形容垂頭喪氣，「掮雞」形容手忙腳亂，廣府人遂用「殘雞」形容霸道。

「雞」的本字或是一種叫醯雞的小蟲，學名蠛蠓，簡稱「雞」。古人誤以為牠由酒醋的白黴變成，例見明袁宏道《醉叟傳》：「諸小蟲浸漬杯中，如雞在醯（釀醋生出的白黴），與酒俱盡。」廣府人因此將「雞」作後綴構成諧謔語表藐視的態度。

粵語「殘雞」以聲表義，雖然「雞」可用掌故考訓，但其形式不可分訓，宜視為粵語連綿詞。

收聽讀音

七十

滋悠

《廣東俗語考・釋性質・逍遙》

「逍遙」讀若「收由」，舉止安閒曰「逍遙」，《詩經》：「河上乎逍遙。」《禮記》作「逍搖」。《莊子》有《逍遙遊》篇，義取閒放不拘，怡適自得也。

　　「逍遙」的粵音讀若「收由」，形容舉止安閒叫「逍遙」，例見《詩經》：「河上乎逍遙。」《禮記》作「逍搖」。《莊子》中有《逍遙遊》，「逍遙」指不拘形跡、怡然自得。

「逍」讀「相邀切」，「遙」「餘昭切」（《廣韻》）。其現代漢語念 xiāoyáo，粵音 siu¹jiu⁴。

「逍遙」形容安閒自在，例見《莊子・逍遙遊》：「彷徨乎無為其側，逍遙乎寢臥其下。」和宋范成大《朝中措》詞：「逍遙放浪，還他魚子，輸與樵夫。」

孔仲南謂「『逍遙』讀若『收由』」。「收由」的粵音念
sau¹jau⁴，「收」的粵音轉念 dzi¹，注音寫作「滋」，「遙」的粵音
轉念 jau⁴，注音寫作「悠」。這個詞粵語就讀作「滋悠」，形容從
容，例如「滋悠淡定」和粵語流行曲《一生何求》歌詞：「無限滋
悠，慢慢細賞星宿」；後也引申指慢吞吞，例如「做嘢好滋悠」
（辦事慢吞吞）。

一

「逍遙」除了形容安閒自在，尚有以下意義：1. 形容遊樂，
例見《詩・鄭風・清人》：「二矛重喬，河上乎逍遙。」和《楚辭・
離騷》：「欲遠集而無所指兮，聊浮游以逍遙。」2. 形容漫步行
走，例見《楚辭・九章・哀郢》：「去終古之所居兮，今逍遙而來
東。」和唐崔湜《奉和春日幸望春宮》詩：「淡蕩春光滿曉空，逍
遙御輦入離宮。」3. 形容徘徊不前，例見《史記・孔子世家》：
「孔子方負杖逍遙於門，曰：『賜，汝來何其晚也。』」和《資治通
鑒・晉紀》：「反更逍遙中游，不出赴利，欲望持久，坐取全勝。」

「逍遙」有異體「招搖」。「招搖」念 zhāoyáo 或 sháoyáo，
念前音時猶炫耀或張揚，例見《史記・孔子世家》：「靈公與夫人
同車，宦者雍渠參乘，出，便使孔子為次乘，招搖市過之。」和
《明史・趙彥傳》：「其子官錦衣，頗招搖都市。」念後音時同「逍
遙」，例見《史記・孔司馬相如列傳》載《上林賦》：「招搖乎襄
羊，降集乎北紘。」和《文選・揚雄＜甘泉賦＞》：「徘徊招搖，靈

233

棲遲兮。」李善注：「招搖，猶彷徨也。」對「逍遙」與「招搖」之間的聯繫，朱起鳳按云：「凡連語之字，都因聲以見義，固不必捨聲而求諸字也。」

「招」、「滋」雙聲，「搖」、「悠」疊韻，「招搖」在老粵語生出了異體「滋悠」。

二

「招遙」又在漢語生出連綿詞「自由」。「自」讀「疾二切」，「由」讀「以周切」（《廣韻》）。該詞現代漢語念 zìyóu，粵音 dzi⁶jau⁴。

「自由」的釋義見《詞源》（修訂本）：「謂按己意行動，不受限制。《禮・少儀》：『請見不請退。』漢鄭玄注：『去止不敢自由。』《三國志・吳・朱桓傳》：『桓性護前，恥為人下，每臨敵交戰，節度不得自由，則嗔恚憤激。』」「自由」的用例尚見於《玉台新咏・古詩為焦仲卿妻作》：「吾意久懷忿，汝豈得自由！」又見《大宋宣和遺事》：「適間聽諫議表章，數朕失德，此章一出，中外咸知，一舉一動，天子不得自由矣！」和《初刻拍案驚奇》卷四：「因是父母在，不敢自由。」

「自由」在佛學經典中引申形容安閑隨意，例見唐釋慧能《六祖大師法寶壇經・頓漸品第八》：「自由自在，縱橫盡得，有何可立？」和宋釋道原《景德傳燈錄》：「問：『牛頭未見四祖時如何？』師曰：『自由自在。』曰：『見後如何？』師曰：『自由自在。』」

粵語連綿詞「滋悠」與漢語連綿詞「自由」本作「招遙」，可謂異曲同工。

新簌簌

收聽讀音

《廣東俗語考‧釋疊字‧簌簌》

「簌」讀若「宿」，衣服之新者曰「新簌簌」。《禮》：「律中泰簌。」言萬物簌生，故曰「簌簌生新」。《廣韻》：「簌音族。」「族」、「叔」音相類。

「簌」讀若「宿」，形容衣服新叫「新簌簌」。「簌」的用例又見《禮》：「律中泰簌。」這句話是說萬物簌生，所以叫「簌簌生新」。「簌」的讀音見《廣韻》：「簌音族。」「簌」、「叔」音近。

「簇」讀「千木切」（《廣韻》），現代漢語念 cù。「簌」讀「蘇穀切」（《廣韻》），現代漢語念 sù。

「簌簌」形容衣衫光鮮整潔，例見《醒世恒言‧兩縣令競義婚孤女》：「趙二在混堂內洗了個淨浴，打扮得帽兒光光，衣衫簌簌，自家提了一碗燈籠前來接親。」現代漢語用例見康濯《春

種秋收・代理支書》:「慶豐看到這是個不上三十歲的棒小夥子……穿戴都是新簇簇的。」

「簇」和「欶」的粵音均念 tsuk⁷,「新簇簇」在粵語寫作「新欶欶」,形容嶄新整齊,例如「件衫新欶欶」或「銀紙新欶欶」。

一

「欶欶」的「欶」讀「蘇穀切」(《廣韻》),現代漢語念 sù。「欶欶」的意義如下:1. 作象聲詞模擬風聲、摩擦聲、腳步聲等,例見唐韓偓《雨》詩:「坐來欶欶山風急,山雨隨風暗原隰。」又見《南史・王晏傳》:「(晏)乃以紙裹角子,猶紙內搖動,欶欶(『欶欶』的異體,形容細碎的聲音)有聲。」和唐張祜《雁門太守行》詩:「城頭月沒霜如水,趗趗(『欶欶』的異體,形容細碎的腳步聲)踏沙人似鬼。」2. 形容墜落貌,例見宋柳永《木蘭花》詞:「金鵝扇掩調累累,文杏梁高塵欶欶。」和明馮夢龍《醒世恒言・吳衙內鄰舟赴約》:「且説夫人急請司戶進來,屏退丫鬟,未曾開言,眼中早已欶欶淚下。」3. 形容流淚貌,例見宋蘇軾《賀新郎・夏景》詞:「花前對酒不忍觸,共粉淚,兩欶欶。」4. 形容聚集成團,例見宋蔡襄《荔枝譜》:「大略其花春生,欶欶然白色。」5. 形容顫抖,例見宋柳永《浪淘沙令》詞:「欶欶輕裙,妙盡尖新,曲終獨立斂香塵。」和元武漢臣《生金閣》第三折:「諕的他戰欶欶的把不定腿脡搖,可撲撲的按不住心頭跳。」6. 形容濃厚,例

見元乃賢《三峯山歌》：「曠野天寒霜簌簌，夜靜愁聞山鬼哭。」

從典籍用例可見，「簌簌」沒有鮮明整齊的意義，粵語「簌簌」是注音字。

二

「簇」的初義作名詞指叢生的小竹，釋義見《玉篇》和《廣韻》：「簇，小竹。」典籍無用例。

「簇」作动詞猶聚集，例見唐黃滔《江州夜宴獻陳員外》：「多少歡娛簇眼前，潯陽江上夜開宴。」和前蜀花蕊夫人《宮詞》之六：「廚盤進食簇時新，侍宴無非列近臣。」《宮詞》該句原指薈聚各種時新食物，但後來熟語「簇新」的「簇」詞性變作副詞，指全部。後世「簇新」形容全新，例見元無名氏《劉弘嫁婢》第一折：「人家那簇新做出來的衣服，連帶兒也不曾綴。」又見《儒林外史》第五十三回：「金修義到了寓處門外，兩個長隨，穿着一身簇新的衣服，傳了進去。」和《紅樓夢》第二十八回：「我這裏得了一件奇物，今日早起才繫上，還是簇新，聊可表我一點親熱之意。」

「簇」作量詞猶叢，例見唐白居易《題盧祕書夏日新栽竹二十韻》：「幾聲清淅瀝，一簇綠檀欒。」和《水滸全傳》第五回：「過了一條板橋，遠遠望見一簇紅霞。」

三

連綿詞「簇簇」義一指一叢叢或一堆堆，例見唐白居易《開元寺東池早春》詩：「池水暖溫暾，水清波瀲灩。簇簇青泥中，新

237

蒲葉如劍。」和唐王建《橫吹曲辭・隴頭水》:「隴東隴西多屈曲，
野麋飲水長簇簇。胡兵夜回水傍住。憶著來時磨劍處。」義二形
容鮮明整潔，例見《豆棚閒話・虎溪笑跡》:「身上穿介一件油綠
玄青，半新弗破個水田直裰，人看子也弗介簇簇，自也道弗介倡
狂。」和本條箋注中所引之《醒世恒言》句(「……衣衫簇簇」)。

形容鮮明整潔的「簇簇」是「楚楚」的通假。

四

粵語「新簌簌」的「簌簌」的連綿詞主條是「楚楚」。

「楚楚」的「楚」讀「創舉切」(《廣韻》)，現代漢語念 chǔ，
粵音 tso^2，形容鮮明，例見《詩・齊風・蜉蝣》:「蜉蝣之羽，衣
裳楚楚。」毛傳:「楚楚，鮮明貌。」和宋仇遠《思佳客》詞:「舊
時楚楚霓裳曲(按:形容節奏鮮明)，移入長楊短柳中。」又如
口語「衣帽新簌簌」書面語作「衣冠楚楚」。

「楚楚」(tso^{2}tso^2)在粵語音轉念 tsuk^{7}tsuk^7，注音寫作「簌
簌」，保留「楚楚」形容鮮明整齊的意義。

「楚楚」尚有以下意義:1.形容茂盛，例見《詩・小雅・楚
茨》:「楚楚者茨，言抽其棘。」2.形容嬌美，例見劉過《西江月》
詞:「樓上佳人楚楚，天邊皓月徐徐。」和宋仇遠《醉江月》詞:
「孤影稜稜，暗香楚楚，水月成三絕。」3.形容可愛，例見宋陳
著《念奴嬌》詞:「楚楚孫枝，溫溫婿玉，簾幕歡聲拍。」4.形容
淒苦，例見唐元稹《聽庾及之彈烏夜啼引》詩:「吳調哀弦聲楚
楚。」和唐鮑溶《秋懷五首》之二:「秋曉客迢迢，月清風楚楚。」
5.形容出眾，例見《北史・祖瑩傳》:「京師楚楚，袁與祖；洛中

翩翩，祖與袁。」6. 形容端莊，例見宋葉適詩句：「執政憚其楚楚，不敢狎，而亦不能親也。」7. 形容整齊，例見唐牟融《題朱慶餘閒居四首》之一：「楚楚臨軒竹，青青映水蒲。」

七十二

生勾勾

《廣東俗語考・釋疊字・勾勾》

《說文》：「勾，曲也。」《禮・月令》：「勾者畢出。」言草木之芽生也，故生曰「勾勾」，亦作「區」。《禮・樂記》：「區萌達。」注云：「屈生曰區。」又，勾芒春神，亦主生氣。

「勾」的釋義見《說文》：「勾，曲也。」例見《禮・月令》：「勾者畢出。」「勾」形容草木發芽，故形容生長叫「勾勾」。「勾」也作「區」，例見《禮・樂記》：「區，萌達。」孔穎達正義：「屈生曰區者，謂鈎曲而生出，菽豆是也。」又，春天之神勾芒也掌管大自然的生氣。

239

　　「勾」讀「古侯切」(《改併四聲篇海》引《玉篇》),現代漢語念 gōu,本作「句」,釋義見《說文解字注》:「(句)曲也。凡曲折之物。佹為佝、斂為句。」例見《周禮‧考工記》:「句兵欲無彈。」鄭玄注:「句兵,戈戟屬。」和晉傅玄《鷹賦》:「句爪縣芒,足如枯荊。」俗寫作「勾」,掌故見《刊謬補缺切韻》:「句,俗作勾。」例見宋王禹偁《月波樓咏懷》:「山形如八字,會合勢相勾。」和《西遊記》第七十五回:「(鷹)勾爪如銀尖且利。」

　　粵語「勾勾」念 ngau¹ngau¹,猶勃勃。「生勾勾」形容生機勃勃,例如歇後語「瓦面藤菜 —— 日頭死咕咕,夜晚生勾勾」(生長在瓦頂上的藤菜 —— 白天蔫不拉唧,夜晚生機勃勃),又如「佢明明生勾勾噉,邊個話佢病咗」(他分明生蹦活跳,誰說他病了)。

一

　　孔仲南謂「『勾者畢出』言草木之芽生也,故生曰『勾勾』」,不確,漢語無熟語「勾勾」。

　　「勾者畢出」全句為「句者畢出,萌者盡達」,意思是(季春三月)彎曲的新芽都冒出來了,直立的新芽一股勁地生長。《漢語連綿詞詞典》錄連綿詞「區萌」,形容草木彎曲生長,例見宋劉敞《閔雨》:「生我百穀,區萌畢達。」和元鄭元佑《生香亭》詩:「方看幽草動區萌,便有交枝囀穀鶯。」

孔氏又謂「『勾』亦作『區』」，是。「句（勾）」與「區」在古代漢語中均可念 gōu 音，見《集韻》：「句，或作區。」形容彎曲，例見《管子・五行》：「冰解而凍釋，草木區萌。」王念孫雜志：「區萌，即句芒。」

二

漢語有熟語「鈎鈎」，作象聲詞模擬打鼾聲，例見《新編五代史評話》：「那李克用正在醉中，鼻鼾鈎鈎地價睡。」

雖然「勾」亦作「區」，但「勾勾」不能作「區區」。「區區」的「區」讀「豈俱切」（《廣韻》），現代漢語念 qū，粵音 koey[1]。其意義如下：1. 形容微不足道，例見漢賈誼《新書・過秦論上》：「然秦以區區之地，致万乘之勢，序八州而朝同列，百有餘年矣。」又見《玉台新咏・古詩為焦仲卿妻作》：「何乃太區區。」和習語「區區小事，何足掛齒」。2. 古人作自稱的謙辭，例見宋王安石《答司馬諫議書》：「區區嚮往之至。」3. 形容誠摯，例見《玉台新咏・古詩為焦仲卿妻作》：「感君區區懷。」

三

「勾勾」本作「翱翱」。「翱」讀「五勞切」（《廣韻》），現代漢語念 áo，粵音 ngou[4]。其義一猶迴旋飛翔，釋義見《説文》：「翱，翱翔也。」掌故見《淮南子・俶真訓》注：「鳥之高飛，翼上下曰翱，直刺不動曰翔。」即振翅飛行叫「翱」，滑翔叫「翔」。「翱翱」用例見唐白居易《行至夏口》詩：「幕下翱翱秦御史，軍前奔走漢諸侯。」和宋張繼先《同石元規講鯤鵬偶書》詩：「翱翱數仞間，

何異九萬里。」義二形容旗幟飄揚，例見清陳之遴《燕京雜詩》：
「安定門西舊教場，朱旗玄纛歲翱翔。」

　　「翱」在粵語音轉念 ngau[1]，注音寫作「勾」，粵語連綿詞「勾勾」用「翱翱」猶飛翔的意義，引申為形容活躍。

　　粵語歇後語「瓦面藤菜——日頭死咕咕，夜晚生勾勾」的掌故是藤菜生命力強，既喜高溫又耐寒冷，而且耐濕耐旱。它在冬天霜凍後雖然似枯死了一般，但開春後即復活萌出莖葉。故廣府人用「瓦面藤菜」來比喻夜貓子白天沒精打采，夜晚興致勃勃精神奕奕。「生勾勾」是粵語熟語，形容生機勃勃。

收聽讀音

七十三

死咕咕

《廣州語本字・卷二十・死慦慦》

　　「死慦慦」者，不活動也，俗讀「慦」音近「古」。《說文》：「慦，精慦也。」人慦則不活動，故曰「死慦慦」。《集韻》：「慦，呼骨切。」以桂林語讀之，「呼骨切」其音如「古」。

242

　　「死毉毉」形容懶于活動，廣府人說話時「毉」的讀音近「古」。「毉」的釋義見《說文》：「毉，精毉也。」人毉則不活動，故叫「死毉毉」。「毉」的讀音見《集韻》：「毉，呼骨切。」用桂林話讀「呼骨切」，其音如「古」。

　　「毉」讀「呼骨切」（《廣韻》），現代漢語念 hū，粵語切讀如「忽」，形容精明但仁厚。其釋義見詹氏引《說文》，徐鉉校錄云：「精毉合訓，豈《晉語》所謂其精必愚歟？」又見《集韻》：「毉，毉也。」可見《說文》的初義是形容大智若愚，《集韻》的衍義泛指愚笨。典籍無用例，故段玉裁注云：「（毉）精毉也。未聞。」

　　詹氏謂「毉」形容毉，人毉則不活動。

　　「毉毉」在粵語音轉念 gu^{4}gu^4，注音寫作「咕咕」。廣府俚語「死咕咕」形容不活躍，例如歇後語「瓦面藤菜——日頭死咕咕，夜晚生勾勾」或「成個人死咕咕噉」（整個人毫無生氣）；引申形容死板，例如「做嘢死咕咕」（辦事不懂變通）。

　　詹說不確，「毉毉」不是連綿詞主條。

　　粵語「死咕咕」的「咕咕」本作「忽忽」。「忽」讀「呼骨切」（《廣韻》），現代漢語念 hū，粵音 fat^7。「忽」猶輕慢或漠視，釋義參見《說文》：「忘也。忽忽不省事也。」又見《廣雅》：「忽，

輕也。」例見《漢書・王嘉傳》:「忽於小過。」和同書《東平思王宇傳》:「忽於道德。」

連綿詞「忽忽」意義如下：1. 形容神志不清，例見《文選・宋玉〈高唐賦〉》:「悠悠忽忽，怊悵自失。」和司馬遷《報任安書》:「是以腸一日而九回，居則忽忽若有所亡。」粵語用例如「呢條友忽忽哋」(這傢伙糊裏糊塗的)。2. 形容模糊，例見《管子・內業》:「折折乎如在於側，忽忽乎如將不舉，渺渺乎如窮無極。」和唐孟郊《同溧陽宰送孫秀才》詩:「幽幽拙疾中，忽忽浮夢多。」3. 形容匆促，例見唐崔國輔《宿法華寺》詩:「獨遊寄象外，忽忽歸南昌。」和唐杜牧《逢故人》詩:「莫惜今宵醉，人間忽忽期。」4. 形容失意，例見《史記・梁孝王世家》:「上疏欲留，上弗許，歸國，意忽忽不樂。」和同書《韓長孺列傳》:「乃益東徙屯，意忽忽不樂。」5. 形容漫不經心，例見漢劉向《説苑・談叢》:「忽忽之謀，不可為也。」和《史記・司馬相如列傳》:「縹手忽忽，若神仙之仿佛。」6. 作象聲詞，例見宋王安石《驊騮》詩:「怒行追疾風，忽忽跨九州。」和宋沈蔚《驀山溪》詞:「忽忽城頭鼓。」

「忽忽」音轉念 gu^4gu^4，注音寫作「咕咕」，粵語保留「忽忽」形容失意的意義，引申形容死氣沉沉。

麻麻地

收聽讀音

《廣州語本字‧卷二十六‧麻麻地》

「麻麻地」者，僅可之詞也。《春秋說題詞》:「『麻』之為言微也。」「麻麻」猶微微也。

「麻麻地」的意思是僅可以。漢佚名《春秋說題詞》:「『麻』之為言微也。」「麻麻」猶微微。

◇箋◆注◇

「麻」讀「莫霞切」(《廣韻》)，現代漢語念 má，作名詞指草本植物如苧麻或亞麻。

「麻麻」的「麻」念 mā，北方口語形容接近，例如「天(色)麻麻黑」或「麻麻亮」。

粵語「麻」的正音念 maa^4，「麻麻」念 ma^{4}ma^{2*}，後一個「麻」用連綿詞讀音念 ma^{2*}，形容湊合，例如「味道麻麻(哋)」(味道還可以)。

245

一

詹憲慈對《春秋說題詞》「『麻』之為言微也」的理解有誤。

《春秋說題詞》中該句的全文是「麻之為言微也，陰精寢密，女作纖微也。」白話譯文是「麻之所以用於形容細微，乃由於這種紡織物清涼精緻、經緯細密，女工製作精微」。可見「『麻』之為言微也」想表達的是因為麻被織成麻布之前，要經過漚皮和分拆纖維然後紡織成麻布等「女作纖微」的過程，所以才被用於形容細微，而不是直指「麻」字就是用來形容細微的。

從戰國時期的出土文物可見，當時麻布的纖維和密度不亞於現代精紡的棉布。因此《左傳》記錄襄公二十九年（公元前549年）齊相晏嬰贈給鄭相子產十匹齊國產的白經赤緯的絲織彩綢，而子產則把大量鄭國產的雪白苧（麻）衣作為禮物回贈晏嬰，可見麻布是何等的「女作纖微」，堪當國禮。

二

粵語「麻麻地」中「麻麻」本作「茫茫」，「茫」讀「莫郎切」（《廣韻》），現代漢語念 máng，粵音 mong⁴。

「茫茫」的意義如下：1. 形容廣大，例見《太平廣記・神仙三十三・馬自然》：「秦皇謾作驅山計，滄海茫茫轉更深。」2. 形容渺茫，例見白居易《長恨歌》：「上窮碧落下黃泉，兩處茫茫

都不見。」3. 形容漫長，例見宋程大昌《念奴嬌》詞：「往事茫茫十換歲，卻共天涯醺酌。」4. 形容紛繁眾多，例見李白《古風五十九首》之十九：「俯視洛陽川，茫茫走胡兵。」5. 形容茂盛，例見王安石《和農具詩‧耕牛》詩：「朝耕草茫茫，暮耕水溜溜。」6. 形容模糊不清，例見漢揚雄《法言‧重黎》：「神怪茫茫，若存若亡。」和唐高適《苦雨寄房四昆季》詩：「茫茫十月交，窮陰千餘里。」現代漢語用例見陳其通《萬水千山》第二幕：「夜霧茫茫，月色朦朧。迎春亭佇立山崗。」

「麻麻」用「茫茫」形容模糊的意義引申指說不清，例如北方話的「天麻麻黑（或亮）」指天色剛黑（或亮）而尚未黑透（或亮透）。粵語「麻麻」也指說不清，例如「日子過得麻麻地」，本指日子說不清是好是壞，應用中生出湊合的意義。「茫」韻尾 ng 脫落，音轉念 maa^4，「茫茫」在粵語遂作「麻麻」。「地」的正音念 dei^6，粵語作表程度的副詞時念 dei^2，也寫作「哋」。

七十五

頻倫

《廣州語本字・卷二十三・頻鄰》

「頻鄰」者，緊急也，俗讀「鄰」音近「勤」，《詩・桑柔》：「國步斯頻。」傳：「頻，急也。」《管子》：「五穀鄰熟。」注：「鄰，緊也。」今謂緊急曰「頻鄰」者以此。

「頻鄰」形容緊急，廣府人說話時將「鄰」讀如「勤」。「頻」的用例見《詩・桑柔》：「國步斯頻。」傳：「頻，急也。」「鄰」的用例見《管子》：「五穀鄰熟。」注：「鄰，緊也。」如今形容緊急叫「頻鄰」的原因就在於此。

「頻鄰」的「頻」讀「符真切」，「鄰」讀「力珍切」（《廣韻》），現代漢語念 pínlín，粵音 pan⁴loen⁴。

「頻」指緊急或危急，釋義見《玉篇》：「頻，急也。」例見詹氏引《詩・桑柔》句，又見明佚名《商輅三元記》：「門外聲頻，未審是何人。」「鄰」的初義指鄰近，釋義見《小爾雅》：「鄰，近也。」例見《左傳・襄公二十九年》：「鄰於善，民之望也。」孔

穎達疏:「鄰,近也。近於善,民亦望君為善也。」又形容緊密,例見《管子‧水地》:「鄰以理者,知也。」戴望校正引洪頤煊曰:「鄰,讀如白石粼粼之粼,謂玉堅而有文理者。」故詹憲慈認為「頻鄰」可引申為形容緊急。

詹氏本條的「頻鄰」粵語今作「頻倫」,念 pan⁴lan⁴,形容手足無措,例如「做野唔使咁頻倫」(辦事不用這麼手忙腳亂),重言作「頻頻倫倫」。

一

詹説不確,漢語無熟語「頻鄰」。

粵語「頻倫」本作「彷徨」。「彷」讀「步光切」,「徨」讀「胡光切」(《廣韻》),現代漢語念 pánghuáng,粵音 pong⁴wong⁴。「彷徨」又有異體「仿佯」,現代漢語念 pángyáng,粵音 pong⁴joeng⁴,粵語音轉念 pang⁴loen⁴,注音寫作「頻倫」。

「彷徨」的意義如下:1. 指遊蕩,例見《莊子‧逍遙遊》:「彷徨乎無為其側,逍遙乎寢臥其下。」2. 指徘徊,例見《詩‧王風‧黍離‧序》:「閔周室之顛覆,彷徨不忍去,而作是詩也。」和《文選‧古詩十九首之十九》:「出戶獨彷徨,愁思當告誰?」現代漢語用例見魯迅《三閑集‧革命咖啡店》:「只能在店後門遠處彷徨彷徨,嗅嗅咖啡渣的氣息罷了。」3. 猶盤旋,例見《莊子‧天運》:「風起北方,一西一東,在上彷徨,孰噓吸是?」成玄英疏:「彷徨,迴轉之貌。」和宋蘇軾《清風閣記》:「風起於蒼

茫之間，彷徨乎山澤，激越乎城郭道路。」4. 形容優遊，例見《莊子·大宗師》：「芒然彷徨乎塵垢之外，逍遙乎無為之業。」成玄英疏：「彷徨、逍遙，皆自得逸豫之名也。」和《韓詩外傳》卷五：「孔子抱聖人之心，彷徨乎道德之域，逍遙乎無形之鄉。」5. 形容坐立不安，例見漢班固《白虎通·宗廟》：「念親已沒，棺柩已去，悵然失望，彷徨哀痛。」和宋羅大經《鶴林玉露》卷六：「某終夕彷徨，而先公方熟寢，鼻息如雷。」現代漢語用例見巴金《新生》：「我拼命掙扎了許久，急得汗出如漿，心也徬徨無主，好像真正到了死的境地。」6. 現代漢語引申形容猶疑不決，例見魯迅《兩地書·致許廣平》：「就只怕我一走，玉堂立刻要被攻擊，因此有些彷徨。」和《書信集·致增田涉》：「因你寄來的某個信封上寫着甚麼旅館名字，就『彷徨』起來了。」

粵語「頻倫」用「彷徨」形容坐立不安或猶疑不決的意義。

二

廣州何淡如（公元 1820 － 1913），原名又雄，南海灣頭鄉（今佛山瀾石鎮灣何村）人。清同治元年（1862 年）舉人，一度出任高要縣學教諭。其後他在省港以教學為生，曾設館於西關之龍津義學，授徒日眾。何秉性詼諧，才思敏捷，出言常令人捧腹。其詩、聯雅俗共賞，膾炙人口。何喜用粵語入對，時號「怪聯聖手」。

何氏有粵語詩《垓下弔古》寫楚霸王烏江自刎事，全詩如下：「又高又大又嵯峨，臨死唔知重唱歌。三尺咁長鋒利劍，八千靚溜後生哥。既然廩砰爭皇帝，何必頻輪殺老婆。若使烏

江唔割頸，漢兵追到屎難屙。」其中「何必頻輪殺老婆」句的意思是：犯得着手足無措殺掉老婆嗎？

據《垓下弔古》全詩的意境，粵語連綿詞「頻倫」或其重言形式「頻頻倫倫」，其實更具體指向內心慌亂或手足無措的情狀。

七十六

謵醉

收聽讀音

《廣東俗語考・釋聲氣・懺贅》

俗謂人語多曰「懺贅」。凡人懺悔。必頻頻言之。《莊子》：「彼以生為附贅懸疣。」注云：「橫生一肉屬於體曰贅。」即多餘之意。人多言所以謂之「贅」，又曰「贅累」。

廣府人說話時形容囉唆叫「懺贅」。大凡人在懺悔時，必定絮絮不休。「贅」的用例見《莊子》：「彼以生為附贅懸疣。」注云：「橫生一肉屬於體曰贅。」「贅」即多餘，所以形容人喋喋不休叫「贅」，又叫「贅累」。

「嚵氣」者，言語煩絮也，俗讀「嚵」若語讖之「讖」。《集韻》：「嚵嚵，煩語也。都甘切。音儋。」今讀若「讖」，音之轉耳。

　　　　「嚵氣」形容說話囉唆，廣府人說話時將「嚵」讀若讖語的「讖」。「嚵」的釋義見《集韻》：「嚵嚵，煩語也。都甘切。音儋。」如今讀若「讖」，是音轉的緣故。

　　「懺贅」的「懺」讀「七典切，音淺」（《集韻》），現代漢語念chǎn，粵音 tsaam³。「贅」讀「之芮切」（《廣韻》），現代漢語念zhuì，粵音 dzoey⁶。孔氏認為「凡人懺悔。必頻頻言之」，故「懺贅」形容囉唆。

　　詹憲慈本條「嚵」讀「職廉切」（《廣韻》），現代漢語念zhān，粵音 dzim¹。「氣」讀「去旣切」（《廣韻》），現代漢語念qì，粵音 hei³。「嚵」猶嘮叨，釋義見《集韻》：「讇，多言。或從口。」例見《荀子‧非相》：「然而口舌之均，嚵唯則節。」王先謙集解：「《眾經音義》引《埤蒼》云：『嚵，多言也。』從言之字，或從口，故『讇』又為『嚵』矣。『嚵唯則節』者，或辯或唯，皆中其節也。」故詹氏認為「嚵氣」形容說話囉唆。

　　粵語「譖醉」（《廣州話方言詞典》）是「懺贅」的注音字，念tsaam³dzoey³。「譖醉」形容囉唆，意義與「懺贅」和「嚵氣」相近。例如「佢好譖醉」（他很囉唆）。生活中人們常簡略作「譖」，例如「佢好譖」；或作「譖氣」，例如「佢好譖氣」。

一

孔仲南認為「凡人懺悔必頻頻言之」的掌故不確。

佛教或道教信眾求神拜佛離不開許願和還願，雖然有「頻頻言之」的情狀，未必存懺悔之心。而日常生活中的懺悔則有人反復訴說，也有人捶胸頓足，情狀不一。

孔氏又認為「懺贅」也叫「贅累」，也不確。複合詞「贅累」猶連累，例見《三俠五義》第二十三回：「范生送了劉老者回來，心中又是歡喜，又是感歎；歡喜的是，事有湊巧；感歎的是，自己艱難卻又贅累朋友。」現代漢語用例見姚雪垠《長夜》：「票房因為走得慢，贅累大，看票的蹚將幾乎死淨，而票子也死去十之六七。」

「贅累」是「累贅」的逆序，「累贅」例見《西遊記》第二十三回：「豬八戒道：『哥啊，你只知道你走路輕省，哪裏管別人累墜（同『累贅』）。』」和《紅樓夢》第三十七回：「『居士』『主人』到底不雅，又累贅。」現代漢語用例見曹禺《北京人》第二幕：「我從心裏覺得對不起你！累贅你！」

二

粵語「譖醉」的「譖」讀「莊蔭切」（《廣韻》），現代漢語念 zèn，粵語切讀如「浸」；又讀「側廕切」（《韻匯》），現代漢語念 jiàn，粵音 tsam³，猶詆毀或誣陷，釋義見《玉篇》：「譖，讒也。」例見《詩・小雅・巷伯》：「彼譖人者，誰適與謀？」和《公羊傳・

莊西元年》:「夫人譖公於齊侯。」注:「如其事曰訴,加誣曰譖。」

可見「譖醉」的「譖」是粵語注音字。

三

「譖」的本字或是「沉」,「沉」是廣府俚語「吟沉」的簡略,「吟沉」乃「沉吟」的逆序。

「沉吟」的「沉」讀「直深切」,「吟」讀「魚今切」(《廣韻》)。該詞現代漢語念 chényín,粵音 tsam⁴ngam⁴(按:粵語「吟」文讀念 jam⁴,白讀念 ngam⁴),意義如下:1. 指深思或玩味,例見漢魏曹操《短歌行》:「但為君故,沉吟至今。」和宋姜夔《鷓鴣天‧元夕有所夢》:「誰教歲歲紅蓮夜,兩處沉吟各自知。」2. 猶喃喃自語,例見漢佚名《東城高且長》:「馳情整巾帶,沉吟聊躑躅。」和唐白居易《琵琶行(並序)》:「沉吟放撥插弦中,整頓衣裳起斂容。」3. 現代漢語引申指徘徊不決,例見巴金《虹》:「張逸芳吐出那座『馬』,把自己的『車』抓在手裏沉吟不決。」

粵語「吟沉」念 ngam⁴tsam⁴,將喃喃自語引申指細語嘮叨,重言作「吟吟沉沉」,簡略作「沉」。「沉」音轉念 tsaam³,粵語注音寫作「譖」,生出廣府俚語「譖氣」形容喋喋不休,也作「譖嘴」。粵語「嘴」念 dzoey²,可指說話,例如「嘴多多」(說話多多)或「雞一嘴鴨一嘴」(你一句我一句),「嘴」音轉念 dzoey³,注音寫作「醉」,生出粵語連綿詞「譖醉」。

《香港粵語大詞典》沒有收錄「譖醉」。今天廣府人更常用其簡略形式「譖」,例如孩子形容父母嘮叨就會說「你唔好咁譖啦」(你別這麼嘮叨)。

乖乖

收聽讀音

《廣州語本字・卷八・噽噽》

「噽噽」者，亦愛憐之聲也，俗讀「噽」若「乖」。《方言》：「噽，憐也。」郭注：「噽音嗣。」今人愛憐小兒，則柔聲撫之曰「噽噽」，或單曰「噽」，或寫作「乖」，誤也。

「噽噽」也表示憐愛，廣府人說話時將「噽」讀若「乖」。「噽」的釋義見《方言》：「噽，憐也。」郭璞注：「噽，音嗣。」如今人們疼愛孩子，則柔聲撫慰說「噽噽」，或單獨說「噽」，有人寫作「乖」，不確。

「噽」讀「丘媿切」（《廣韻》），現代漢語念 kuì，粵音讀如「愧」，作動詞猶憐愛，釋義見《方言》：「噽，憐也。沅澧之原，凡言相憐哀謂之噽。」典籍無用例。

詹憲慈認為廣府人愛憐小兒，則柔聲撫之曰「噽噽」，該「噽噽」即「乖乖」。

粵語「乖」念 gwaai[1]，形容順從或機靈，重言作「乖乖」，形容很順從，例如「乖乖地坐埋一邊」（順從地坐在一旁），又作昵稱猶寶貝，例如「乖乖，唔好扭計啦」（寶貝，不要鬧彆扭哪）。

一

　　「嘳」猶愛憐，釋義見本條箋注引《方言》，又同「喟」，猶歎息，釋義見《説文》：「嘳，喟。或從貴。」例見《晏子春秋・內篇雜上二》：「退朝而乘，嘳然而歎，終而笑。」和《論語・學而》：「顏淵喟然而歎曰：『仰之彌高，鑽之彌堅，瞻之在前，忽而在後。』」何晏注：「喟然，歎聲也。」「喟」又讀「呼怪切」（《廣韻》），現代漢語念 kuì，粵音 wai[2]，義同「嘳」，釋義見《集韻》：「嘳，《字林》：『息憐也。』或從胃。」典籍無用例，重言「嘳嘳」也沒有用例。

二

　　「乖乖」是連綿詞，現代漢語念 guāiguāi，粵音 gwaai[1]gwaai[1]。義一形容順從，例見《官場現形記》第十七回：「（百姓）一個個都乖乖地回去。」和同書第四十四回：「你把這預支的年禮，乖乖的替我吐了出來，大家客客氣氣。」義二作親昵的稱呼，例見元曾瑞《留鞋記》第二折：「我這裏一雙柳葉眉兒皺，他那裏兩朵桃花上臉來，説甚麼乖乖。」和《初刻拍案驚奇》卷三十二：

「乖乖，這樣貪花，只弄得折本消災。」也作「乖乖兒」，例見《金瓶梅》第七十二回：「(西門慶)叫道：『乖乖兒，誰似你這般疼我！』」義三指某事物，例見《三俠五義》第八十五回：「水流線道，何況他張着一個大乖乖(按：指缺口)呢，焉有不進去點水兒的呢？」義四作表驚歎的語氣詞，猶「我的媽喲」，例見《初刻拍案驚奇》：「乖乖，這樣貪花，只弄得折本消災。」又如口語「乖乖，外面的雪下得真大！」

　　粵語「乖乖」保留漢語連綿詞主條第一、二項的意義。

三

　　粵語「乖乖」形容順從的經典用例見老粵語童謠《月光光》：「月光光照地堂，蝦仔你乖乖瞓落牀」。

　　「乖乖」作暱稱猶寶貝，例如「乖乖，唔好咁百厭啦」(寶貝，不要這麼頑皮啊)。這個「乖乖」還被港人惡搞作「鬼鬼」，故港人稱老朋友叫「老友鬼鬼」(老友寶貝)，例見 1991 年張衛健、溫兆倫主演的無線劇集《老友鬼鬼》，其中台詞如「大家老友鬼鬼，使乜計較咁多」(彼此是老朋友了，用得着這麼計較嗎)。

収聽讀音

七十八

乾爭爭

《廣州語本字・卷三十五・乾絣絣》

「乾絣絣」者，形容物之極乾也，俗讀「絣」若「爭」，或若「禎」。《一切經音義》十五引《說文》：「絣，縈繩也。」又云：「江沔之間，為縈收繩為絣。」《說文》「絣」下云：「收，䌖也。」《玉篇》引作「收卷」。然則絣者，收卷也，收卷者必縮，物濕則漲，乾則縮，故極乾者謂之「乾絣絣」，或又曰「生乾絣」。《唐韻》：「絣，側莖切」。

「乾絣絣」形容物體極其乾燥，廣府人說話時將「絣」讀若「爭」，有人讀若「禎」。「絣」的釋義見《一切經音義》十五引《說文》：「絣，縈繩也。」同書又云：「江沔之間，為縈收繩為絣。」而《說文》「絣」下云：「收，䌖也。」《玉篇》引作「收卷」。可見「絣」指收捲，東西收捲時必然縮起，而物潮濕時則膨漲，乾燥則收縮，因此極其乾燥叫「乾絣絣」，有人叫「生乾絣」。「絣」的讀音見《唐韻》：「絣，側莖切」。

「綷」讀「甾莖切，音爭」（《集韻》），現代漢語念 zhēng，釋義見《說文》：「紆朱縈繩。一曰急弦之聲。」又見《說文解字注》：「（綷）紆朱縈繩。縈繩、謂未重疊繞之如環者。紆者，詘也。少少詘曲之而已。將縈繩先詘曲之。引申為凡紆曲之偁。……江沔之閒謂縈收繩索為綷……凡器物曲陳之皆曰綷。一曰急弦之聲。聲綷綷然也。」

連綿詞「錚錚」讀音同「綷綷」，形容剛硬，例見《後漢書・劉盆子傳》：「卿所謂鐵中錚錚，傭中皎皎者也。」李賢注：「鐵之錚錚，言微有剛利也。」和明無心子《金雀記・臨任》：「錚錚守貞，拚投厓，遇救仗彼神靈。」現代漢語用例見吳晗《燈下集・論海瑞》：「海剛峯不怕死，不要錢，真是錚錚一漢子。」

「錚錚」在坊間寫作「爭爭」，粵音 dzang¹dzang¹，「乾爭爭」形容乾巴巴，例如「皮膚乾爭爭」（皮膚乾燥）或「啲嘢乾爭爭，點食啊」（東西乾巴巴的怎麼咽得下）。

漢語沒有熟語「綷綷」，粵語「爭爭」的連綿詞主條應是「錚錚」。

「錚錚」尚有以下意義：1、模擬金屬或玉石撞擊的聲音，例見《南齊書・祥瑞志》：「其東忽有聲錚錚，又掘得泉，沸湧若浪。」和唐白居易《五弦彈》詩：「五弦並奏君試聽，悽悽切切復錚錚。」2、形容才華出眾聲名顯赫，例見南朝宋劉義慶《世說

新語・賞譽》：「洛中錚錚馮惠卿，名蕤，是（馮）播子。」和元辛文房《唐才子傳・李端》：「詩更高雅，於才子中名譽錚錚。」現代漢語用例見魯迅《二心集・＜藝術論＞譯本序》：「還組織了『火花』的團體，有當時錚錚的革命家一百人至一百五十人的『火花』派。」3、形容語言剛勁，例見清李紹城《泛湖偶記・跋》：「觀麗人錚錚數語，亦可謂發乎情止乎禮義者矣。」現代漢語用例見《人民文學》1977 年第 9 期：「『改造中國與世界』，七字錚錚天與地。」

粵語應用中「食嘢乾爭爭」常用於以下這種情況：舊時人們在長途跋涉前需置備乾糧。他們常常將大米磨粉（北方用麵粉）炒熟拌以砂糖置於小袋子裏，路上須充飢時掏出一把用水拌成糊狀，倘若沒有水便難以下咽。廣府人將吃炒米粉沒有水這類情況叫做「乾哽」，粵語有俚語「乾骾骾」（見《香港粵語大詞典》）形容乾巴巴，例如「麵包乾骾骾叫人點食」（麵包乾巴巴的讓人怎麼吃得下）。

「乾爭爭」在老粵語中是個較常用的俚語，但《香港粵語大詞典》和《廣州話方言詞典》均沒有收錄。

靉氣

《廣州語本字・卷十一・脅閱》

「脅閱」者，猶言動氣也，俗讀「脅閱」若「靉氣」。《方言》一：「宋衛之間，凡怒而噎噫謂之脅閱。」注：「噎噫猶憂也。脅閱猶閱沊也。」《方言》十：「江湘之間，凡倉猝怖遽謂之閱。」注：「喘嚶貌也。」人怒甚則喘，怖遽亦喘，故「脅閱」兼怒與怖遽言之。今謂怒曰「脅閱」，事之可怖亦曰「脅閱」。《集韻》：「脅，迄及切。」《唐韻》：「閱，許激切。」

「脅閱」猶如說生氣，廣府人說話時將「脅閱」讀若「靉氣」。「脅閱」的釋義見《方言》一：「宋衛之間，凡怒而噎噫謂之脅閱。」注：「噎噫猶憂也。脅閱猶閱沊也。」又見《方言》十：「脅閱，懼也。江湘之間，凡倉猝怖遽謂之脅閱。」注：「喘嚶貌也。」人怒極則喘氣，恐懼時也會喘氣，因此「脅閱」兼有發怒和恐懼的意義。如今廣府人稱發怒叫「脅閱」，稱事情可怖也叫「脅閱」。「脅」的讀音見《集韻》：「脅，迄及切。」「閱」的讀音見《唐韻》：「閱，許激切。」

「脅闃」的「脅」讀「迄及切」(《廣韻》),「闃」讀「郝格切」(《集韻》),如用現代漢語讀音則念作 xìhè,粵音 hip⁸jik⁷,形容憤怒或恐懼,釋義見詹氏引《方言》,典籍無用例。

詹氏謂「俗讀『脅闃』若『霅氣』」。這個「霅氣」在粵語念 saap⁸hei³,粵語作「霎氣」,形容發怒或鬥氣,例如「費事同佢霎氣」(懶得生氣跟他計較)和許冠英、黎彼得的粵語歌《蝦妹共你》:「知己有乜必要亂霎氣。」在生活應用中被引申指惹人生氣,例如「個細路好霎氣」(那小孩很淘氣)。

「霎氣」或本作「脅闃」。

《方言》:「宋衛之間,凡怒而噎噫謂之脅闃」句的全文是「譀台、脅闃,懼也,燕代之間曰譀台,齊楚之間曰脅闃。宋衛之間凡怒而噎噫謂之脅闃,南楚江湘之間謂之嘽咺。」戴震疏證:「案:《廣雅》蟬咺、譀台、脅闃,懼也,義本此。嘽、蟬古通用。」可見戰國時期齊楚方言「脅闃」猶恐懼,宋衛方言猶怒而氣結,而南楚也叫「嘽咺」。詹氏考「霅氣」的本字是「脅闃」,認為「脅闃」形容又怒又懼的意見正確。但詹氏謂「事之可怖亦曰『脅闃』」的意見不確定,今粵語「霎氣」無該義。

「脅闃」義同「嘽咺」,後詞的掌故見錢繹《方言箋疏》:「凡人喜則氣舒而長,恐懼則氣急而促,故懼而喘息謂之『嘽』,哀

而恐懼謂之『叵』，合言之則曰『嘽叵』。」錢氏分訓「嘽叵」形容「怒而噎噫」，即恐懼時忍氣吞聲。

但「嘽叵」形容「怒而噎噫」這層意義有爭議。戴震疏證「蟬叵」是「嘽叵」的異體，從《漢語連綿詞詞典》可查到「嬋媛」、「蟬連」、「蟬聯」等連綿詞，這些詞語均與「嘽叵」讀音相同或相近，其中使用頻率較高的是「蟬聯」。

「蟬聯」的「蟬」讀「市連切」，「聯」讀「力延切」(《廣韻》)，現代漢語念 chánlián，粵音 sim⁴lyn⁴。其義一形容綿延不斷，例見《文選・左思 < 吳都賦 >》：「佈濩皋澤，蟬聯陵丘。」和唐楊炯《遂州長江縣孔子廟堂碑》：「襲五公而長驅，四代赫蟬聯之祉。」義二比喻囉唆，例見《晉書・外戚傳・王蘊》：「蘊問其故，恭（蘊子）曰：『與阿太語，蟬連不得歸。』」和宋陸游《新涼書懷》詩：「退傅寄聲情縝密，晦翁入夢語蟬聯。」義三指連續，例見《南史・王筠傳》：「自開闢以來，未有爵位蟬聯，文才相繼。」現代漢語用例如「蟬聯冠軍」(連續獲取冠軍)。

南楚方言「嘽叵」後來形容綿延不斷。據此推斷，「脣閡」形容氣悶這層意義可能沒有進入書面語，因此沒有典籍用例，但不排除它是粵語「嬲氣」的連綿詞主條。

263

收聽讀音

八十

尖酸

《廣州語本字‧卷二十二‧嵰婟》

「嵰婟」者，言語輕薄也，俗讀「嵰婟」若「尖酸」。《說文》「嵰」下云：「一曰輕易人，嵰婟也。」桂馥曰：「輕易當作輕傷。嵰婟即佔伭。」字書：「佔伭，輕薄也。」《唐韻》：「嵰，許兼切。」《廣韻》：「婟，況于切。」俗讀「嵰婟」若「尖酸」，聲之轉也。桂馥謂「嵰婟即佔伭」，《廣韻》：「佔，丁兼切」，《集韻》：「伭，殊遇切」，「佔伭」之音與「嵰婟」相近也。

　　「嵰婟」的意思是言語輕薄，廣府人說話時將「嵰婟」讀若「尖酸」。《說文》「嵰」釋云：「一曰輕易人，嵰婟也。」桂馥注云：「輕易當作輕傷。嵰婟即佔伭。」字書釋云：「佔伭，輕薄也。」「嵰」的讀音見《唐韻》：「嵰，許兼切。」「婟」的讀音見《廣韻》：「婟，況於切。」俗讀「嵰婟」音轉若「尖酸」。桂馥又謂「嵰婟即佔伭」，「佔」的注音見《廣韻》：「佔，丁兼切」，「伭」的注音見《集韻》：「伭，殊遇切」，「佔伭」的讀音與「嵰婟」相近。

　　「䫺」讀「許兼切」（《廣韻》），現代漢語念 xiān，粵語切讀如「謙」。「姁」讀「況羽切」（《廣韻》），現代漢語念 xǔ，粵語切讀如「枯³」。

　　「䫺姁」形容躲躲閃閃，釋義見《說文解字注》：「侮者，傷也。傷者，輕也。此謂輕侮人者，其狀䫺姁也。《後漢書》曹大家《女誡》：『視聽陜輸。』注云：『陜輸，不定貌。』蓋即『䫺姁』也，語同字異耳。」

　　「䫺姁」在漢語作「尖酸」，「尖」讀「子廉切」（《集韻》），現代漢語念 jiān。「酸」讀「索官切」（《廣韻》），現代漢語念 suān。「尖酸」形容刁鑽，釋義見《詞源》：「刁鑽、苛刻。」例見《二刻拍案驚奇》：「外貌解勸之中，帶些尖酸譏評。」和《紅樓夢》第五十五回：「分明太太是好太太，都是你們尖酸克薄！」現代漢語用例見曹禺《北京人》第一幕：「曾思懿（尖酸地）：『我看畫得才好呢！真的，多雅致！』」

　　粵語「尖酸」念 dzim¹syn¹，也是漢語和粵語共用的熟語，形容刁鑽。例如「佢份人好尖酸」（他這人很刁鑽）。

一

　　「尖」形容銳利，釋義見《説文》：「楔也。本作櫼。」南朝梁徐摛注：「謂簪也，搁也，從小下大，為櫼字。今作尖，末銳也，小也。」例見唐杜甫《送張十二參軍赴蜀州》詩：「兩行秦樹直，萬點蜀山尖。」

「酸」形容寒酸，例見宋蘇軾《約公擇飲是日大風》：「要當
啖公八百里，豪氣一洗儒生酸。」

「尖酸」的釋義見《詞源》，指說話或行為令人難堪，例見本
條箋注引《二刻拍案驚奇》和《紅樓夢》句；又形容迂腐，例見
清宣鼎《夜雨秋燈錄·南郭秀才》：「拙口笨腮，農人本色。冠既
帶夫平頂，禮休重乎尖酸。」

「尖酸」簡作「酸」，形容迂腐，元王實甫《西廂記》：「來回
顧影，文魔秀士，風欠酸丁。」

二

詹氏考粵語中的「尖酸」本作「頰姁」，用該詞「輕侮人」的
意義，引申形容刁鑽，或是。

「頰姁」的釋義見《說文解字注》：「赤黃色也。赤黃者、赤
色敝而黃也。『色』字依《類篇》補。一曰輕傷人頰姁也。『傷』
各本作『易』，今正。侮者傷也。傷者輕也。此謂輕侮人者、其
狀頰姁也。《後漢書·曹大家·女誡》：『視聽陝輸。』注云。『陝
輸、不定貌。蓋卽頰姁也。』語同字異耳。」

「頰姁」有異體「陝輸」，意義如下：1. 形容躲躲閃閃，例見
《後漢書·列女傳·曹世叔妻》：「若夫動靜輕脫，視聽陝輸，入
則亂髮壞形，出則窈窕作態，此謂不能專心正色矣。」李賢注：
「陝輸，不定貌。」2. 引申形容輕佻，例見清錢謙益《誥封中大
夫廣東按察司按察使孫君墓誌銘》：「君眉宇軒翥，籠蓋人上，奮
髯樹頰，里中少年莫敢陝輸視君者。」可見連綿詞「頰姁」形容
躲躲閃閃，其異體「陝輸」還形容態度輕慢。

266

「欶姁」今作「閃縮」，形容説話吞吞吐吐，例見明唐順之《與洪方洲書》：「揚子云閃縮譎怪，欲説不説，不説又説，此最下者，其心術亦略可知。」粵語指行為躲躲閃閃，例見粵語諺語集錦：「牛耕田，馬食穀，老寶搵錢仔享福；象行田，馬行日，過河卒仔無退縮；兵殺敵，將閃縮，功成身退享俸祿；男善變，女易哭，貧賤夫妻難和睦；……趁宜家，仲能鬱，快樂享受要知足，咪成日，困在屋，兒孫自有兒孫福。」和粵劇《搜書院》第三幕：「奇怪！方才此人，神色不安，行藏閃縮，看來事有蹺蹊。」現代漢語指心神不定，例見梁斌《紅旗譜》：「蟬在樹上叫得煩躁，他的心上閃縮不安。」

三

詹氏又説「欶姁」也作「佔佲」，不確。

「佔」讀「丁謙切」(《集韻》)，用現代漢語當念作 diān，粵語切讀如「顛」，「佲」讀「當侯切」(《廣韻》)，現代漢語念 dōu，粵語切讀如「豆⁴」。「佔佲」義一形容輕薄，釋義見《玉篇》：「佔，字書云：佔佲，輕薄也。」例見宋羅泌《路史・循蜚紀・泰逢氏》：「叔末之人，占佲偸佻。」和明張治道《送提學孔文穀先生序》：「深慮士習之佔佲。」義二指下垂，釋義見《集韻》：「佔，佔佲，下垂也。」典籍無用例。義三形容疲憊，釋義見《集韻》：「佔，佔佲，一曰疲憊。」典籍無用例。

「佔佲」擁有多個含義，但各義項與「欶姁」形容不定貌的意義均無關聯。

綜合上看，筆者推斷「尖酸」或本作「㦸姁」，由「輕侮人」
(輕慢和欺侮人) 引申指刁鑽。

收聽讀音

八十一

嗲吊

《廣州語本字・卷二十三・觶寙》

「觶寙」者，寬緩而不敏疾也，俗讀「觶」若「爹」去聲，讀
「寙」若「釣」。《玉篇》：「觶，寬大也。」《淮南》：「布之天下而
不寙。」注：「寙，緩也。」寬緩而不敏疾，是謂「觶寙」。《集韻》：
「觶，齒者切。」

白
話
譯
文

「觶寙」的意思是遲緩而不敏捷，廣府人說話時將「觶」
讀若「爹」去聲，將「寙」讀若「釣」。「觶」的釋義見《玉
篇》：「觶，寬大也。」「寙」的用例見《淮南子・人間訓上》：
「布之天下而不寙。」注：「寙，緩也。」徐緩而不敏捷就是
「觶寙」。「觶」的讀音見《集韻》：「觶，齒者切。」

268

　　「觕」讀「昌者切」（《廣韻》），現代漢語念 chě，粵語切讀如「扯」，形容寬大，釋義見《玉篇》：「觕，大寬也。」又見《廣韻》：「觕，寬大也。」《說文解字注》：「（觕）富觕觕貌，當作觕觕富貌。……俗用觕字、訓垂下貌。」「窕」讀「徒了切」（《廣韻》），現代漢語念 tiǎo，粵音 tiu⁵，形容深邃，釋義見《說文》：「窕，深肆極也。」王筠句讀：「深肆，蓋即深邃。」

　　詹氏本條讀若「爹釣」的俚語，在粵語作「嗲吊」，念 de²diu³。這個詞形容辦事漫不經心，例如「佢做嘢好嗲吊」（他辦事漫不經心），加強語氣作「唔嗲唔吊」，例如「佢做嘢唔嗲唔吊」。

一

　　漢語無熟語「觕窕」。

　　「嗲吊」本作「達挑」（「挑達」的逆序）。「挑達」的「挑」讀「土刀切」（《廣韻》），「達」讀「他達切」，用現代漢語念作 tiāotá。其義一形容來往自由，釋義見《廣韻》：「挑，挑達，往來相見貌。」例見《詩·鄭風·青衿》：「挑兮達兮，在城闕兮。一日不見，如三月兮。」毛傳：「挑達，往來相見貌。」義二形容放縱，例見唐王維《贈吳官》詩：「不如儂家任挑達，草屬撈蝦富春渚。」義三形容放恣，例見例見《醒世姻緣傳》第六十二回：「卻說那狄希陳的為人，也刁鑽古怪的異樣，頑皮挑達的倍當。」

269

「達挑」在粵語也作「他條」，形容悠閒，例如「呢份工好他條」（這個工作很清閒）。

二

「嗲吊」的加強語氣作「唔嗲唔吊」。

這個「唔」的本字是「不」。「不」作語氣助詞時表加強語氣，詞性見《玉篇》：「不，詞也。」例見《詩・小雅・車攻》：「徒御不驚，大庖不盈。」毛傳：「不驚，驚也；不盈，盈也。」又見《楚辭・招魂》：「被文服纖，麗而不奇些。」王逸注：「不奇，奇也。」和《敦煌變文集・廬山遠公話》：「你若在寺舍伽藍，要念即不可，今況是隨逐於我，爭合念經？」蔣禮鴻通釋：「『要念即不可』就是『要念即可』。」粵語「唔」作語氣詞的情形同上，尚有其他用例如「周不時」即「周時」，猶常常。

270

八十二

筆甩

收聽讀音

《廣州語本字・卷一・直不詘》

「直不詘」者,直而不曲也。俗讀「詘」若「伢」。《玉篇》:「詘,枉曲也。」《集韻》:「詘,曲勿切,音屈。」

「直不詘」形容筆直,廣府人說話時將「詘」讀若「伢」。「詘」的釋義見《玉篇》:「詘,枉曲也。」音義見《集韻》:「詘,曲勿切,音屈。」

《廣州語本字・卷一・纖不畜》

「纖不畜」者,銳也;「畜」者,出也。俗讀「畜」音近「埒」,或若「七伢八脫」之「伢」。「鐵不畜」者,言其狀至鐵,他物不如其銳出也。《廣雅》:「鐵,銳也。」王念孫曰:「鐵俗作尖。」《廣雅》:「畜,出也。」《唐韻》:「畜,餘律切。」又,物之特別銳出者,俗謂之「畜長」,如云「畜長條觜」。反乎鐵者曰「鈯」,俗讀

「鈯」若「掘」，《廣雅》：「鈯，鈍也。」今謂鋒之不銳者曰「鈯」，如云「錐觜鈯」是也。

　　「纖不喬」形容尖銳；「喬」猶穿出。廣府人說話時「喬」的讀音近「堉」，或若「七伢八脫」之「伢」（按：即粵方言字「甩」）。「纖不喬」形容很尖銳，其他事物尖銳者不能比擬。「纖」的釋義見《廣雅》：「纖，銳也。」王念孫注云：「纖俗作尖。」「喬」的釋義見《廣雅》：「喬，出也。」讀音見《唐韻》：「喬，餘律切。」又，事物特別尖銳的，坊間叫「喬長」，例如「喬長條觜（同『嘴』）」。尖的反義是「鈯」，廣府人說話時將「鈯」讀若「掘」，「鈯」的釋義見《廣雅》：「鈯，鈍也。」如今將鋒刃不尖銳叫「鈯」，例如說「錐觜鈯」。

◆箋◆注◆

　　「詘」讀「曲勿切，音屈」（《廣韻》），現代漢語念 qū，粵音 wat[7]，形容彎曲，釋義見《說文》：「詘，詰詘也。」段玉裁注：「（詰詘）二字雙聲，屈曲之意。」邵瑛《羣經正字》：「詘，今經典多用屈字。」例見《馬王堆漢墓帛書‧老子甲本‧德經》：「大直如詘，大巧如拙。」又見《禮‧樂記》：「習其俯仰詘伸。」和《荀子‧勸學》：「詘五指而頓之，順者不可勝數也。」楊倞注：「詘與屈同。」

　　「喬」讀「餘律切」（《集韻》），現代漢語念 yù，釋義見《說文》：「喬，以錐有所穿也。從矛從冏。一曰滿有所出也。」義猶刺穿或溢出，典籍無用例。

今天粵語中有「筆甩」，念 bat⁷lat⁷。「直筆甩」形容筆直，
例如「條路直筆甩」（那路筆直筆直的）。「尖筆甩」形容尖銳，
例如「鉛筆削到尖筆甩，刮得人好痛」（鉛筆刨得尖尖的，扎得
人很痛）。

　　詹氏謂「直筆甩」本作「直不詘」，「尖筆甩」本作「纖不喬」，
考訓這兩個熟語本是「直詘」和「鑯（尖）喬」，插進作助詞的「不」
表強調。詹說不確，「不甩」不屬於這種情形，本條的「直筆甩」
或「尖筆甩」中「筆甩」本作「不剌」。

　　「甩」的粵語正音念 soet⁷，粵方言音念 lat⁷，作動詞時指擺
動或脫落。

　　粵語連綿詞「筆甩」念 bat⁷lat⁷，本作「不剌」（bùlà），粵語
作「不甩」。「不剌」可作助詞表加強語氣，例見金董解元《西
廂記諸宮調》卷一：「怕曲兒捻到風流處，教普天下顛不剌的浪
兒每許。」和元喬吉《兩世姻緣》第一折：「只是俺一家兒淡不
剌的。」

　　「不甩」也可單獨使用，猶不是這樣的話，例見關漢卿《拜
月亭》第三折：「我怨感，我合哽咽！不剌！你啼哭，你為什
迭？」和元金仁傑《追韓信》第三折：「今日又不曾驅兵領將排着
軍陣，不剌，怎消得我王這般捧轂推輪。」

　　粵語作「不溜」，「溜」的正音念 lau⁶，在這個熟語中用連綿
詞讀音念 lau¹*，猶一直或一向。例如「佢不溜都有寫信返嚟」（他

273

一直都有寫信回來），又如「佢份人不溜都咁孤寒」（他一向如此吝嗇）。

八十三
糟質

收聽讀音

《廣東俗語考・釋性質・螫厔》

「螫厔」讀若「糟質」，言其人屈曲而不徇理也。《正韻》：「螫厔縣在京兆。水曲曰螫，山曲曰厔。故名。」

「螫厔」的粵音讀若「糟質」，指人說話辦事違反規律。「螫厔」的掌故見《正韻》：「螫厔縣在京兆。水曲曰螫，山曲曰厔。故名。」

箋注

「螫」讀「張流切」（《廣韻》），現代漢語念 zhōu，粵語切讀如「周⁴」，釋義見《龍龕手鑑》：「水曲曰螫，又，螫厔，縣名。」

「厔」讀「陟栗反」(《龍龕手鑑》),現代漢語念 zhì,粵語切讀如「至」,釋義見《龍龕手鑑》:「厔,正作庢。」「庢」形容山勢曲折,釋義見《字彙補》:「庢,山勢曲折。」

「盩厔」的粵音轉念 dzou'dzat',注音寫作「糟質」,猶糟蹋,例如「唔好糟質啲嘢」(不要糟蹋東西);又猶折磨,例如「唔好再糟質佢啦」(不要再折磨他了)。

一

「盩厔」作地名今稱「周至」,在中國陝西省西安市,境內有「天下第一福地」樓觀台和《長恨歌》誕生地「仙遊寺」等名勝。

清代有「南不識盩厔,北不識盱眙」的說法,其中有個有趣的掌故:清人陶澍提點新來的翰林院庶吉士路德,在書桌上寫了「盱眙」兩字考問他,路德回答不出來。陶澍告訴路德,「盱眙」是江南地區一個縣的名稱。秦始皇統一天下後在東海郡下設立一個縣叫「盱台」。後來因為這個縣的縣治位於山上,取「張目為盱,直視為眙」的典故,改名為「盱眙」。路德不服氣,反問陶澍「盩厔」一詞何解,陶澍無言以對,路德遂解釋說:「這個兩個字讀如『周至』,是我家鄉的地名。那裏依山傍水,人們就取『山曲曰盩,水曲曰厔』,命名為『盩厔』。」可見「盱眙」和「盩厔」兩詞很古僻,當時許多讀書人都不識其讀音。

「盩厔」沒有糟蹋或折磨的意義,孔氏認為「糟質」本作「盩厔」,不確。

二

孔氏同書《釋情狀・𧼛𧽯》:「(𧼛𧽯) 讀若『遭質』,將人輕薄曰『𧼛𧽯』。《說文》:『𧼛𧽯,輕薄也。』」

「𧼛𧽯」是連綿詞。「𧼛」讀「直離切」,「𧽯」讀「之日切」(《廣韻》),現代漢語念 chízhì,粵語切讀如「直⁴席」,形容輕薄,釋義見《說文》:「𧼛驚,輕薄也。」段玉裁注:「𧼛𧽯,周漢人語。」也形容鄙薄,典籍無用例。

粵語「糟質」指糟蹋或折磨與「𧼛𧽯」指輕薄或鄙薄雖然有關聯,音轉關係也成立,因無用例,存疑。

三

文若稚《廣州方言古語選釋》考「糟質」本作「嘈啐」,或是。

象聲詞「嘈啐」在現代漢語念 cáocuì,粵音 tsou⁴tsoey³,形容聲音喧鬧雜亂,例見《文選・馬融〈長笛賦〉》:「啾咋嘈啐似華羽兮,絞灼激以轉切。」李善注引《埤蒼》:「嘈啐,聲貌。」「嘈啐」的異體作「嘈啾」,例見清遁盧《童子軍・警鼓》:「燭短怕風遒,怎街頭揶揄,路鬼又嘈啾。」

「嘈啐」常見的異體是「啁啾」,現代漢語念 zhōujiū,粵音 dzaau¹dzau¹。其義一模擬鳥鳴聲,例見唐王維《黃雀癡》詩:「到大啁啾解遊颺,各自東西南北飛。」現代漢語用例見周而復《上海的早晨》:「倦遊了一天歸來的麻雀,一陣陣從村子的天空掠過,有的就落在朱家大廳的屋簷上,發出帶有一點兒疲勞的啁啾的聲音。」義二模擬小兒語聲,例見清蒲松齡《聊齋志異・夜叉國》:「又三年,子女俱能行步。徐輒教以人言,漸能語。啁啾之

中，有人氣焉。」義三模擬樂器齊奏聲，例見唐杜甫《渼陂行》詩：「鳧鷖散亂棹謳發，絲管啁啾空翠來。」

「嘈啐」在粵語音轉寫作「糟質」，原本形容喧嘩嘈雜，後引申指用語言折磨或糟蹋。

八十四

論盡

收聽讀音

《廣東俗語考・釋性質・龍鍾》

「龍鍾」讀若「隆中」，衰老之貌，重言之曰「龍龍鍾鍾」，杜甫詩「何乃龍鍾極。」言老態也，蘇頲詩：「龍鍾踏泥澗。」言步履艱難也。

「龍鍾」讀若「隆中」，形容衰老，重言作「龍龍鍾鍾」，例見唐杜甫《寄彭州高三十五使君適、虢州岑二十七長史參三十韻》的中句子：「何太龍鍾極，於今出處妨。」此句中「龍鍾」形容老態，又見唐蘇頲《曉發方騫驛》：「傳置遠山蹊，龍鍾蹴澗泥。」此句中「龍鍾」形容步履艱難。

「龍鍾」的「龍」讀「力鍾切」,「鍾」讀「職容切」(《廣韻》)。該詞現代漢語念 lóngzhōng,粵音 lung⁴dzung¹。

「龍鍾」本作「躘踵」,音義一致。其義一形容小孩走路不穩,釋義見《玉篇》:「躘,躘踵,小兒行貌。」例見唐盧仝《自咏三首》之二:「盧子躘踵也,賢愚無較時。」義二形容行動不便,釋義見《廣韻》:「躘,躘踵,行不正。」典籍無用例。義三形容跌跌撞撞,釋義見《集韻》:「躘,躘踵,不能行貌。」例見《西遊記》第四十三回:「打了個躘踵,趕上前,又一拍腳,跌倒在地。」和《九尾龜》第二十四回:「望着邱八一頭撞去,把邱八撞了個躘踵。」

「龍鍾」在粵語音轉念 loen⁶dzoen⁶,注音寫作「論盡」,形容行動不利落,例如「佢做嘢好論盡」(他辦事很不利落),引申形容情狀不堪,例如「乜煲爛粥咁論盡」(怎麼搞得把粥燒糊這麼麻煩)。重言作「論論盡盡」,例如「呢條友論論盡盡,見屎窟鬱唔見米飯」(這傢伙做事很不利索,只見他忙忙碌碌卻不見有成效)。

一

古人關於「躘踵」的掌故可謂眾説紛紜,莫衷一是。

清錢大昕《十駕齋養新錄》卷一「毛傳多轉音」:「古人音隨義轉,故字或數音。」「音隨義轉」的情形在連綿詞很普遍,而「躘踵」尤其突出。

從「龍鍾」的應用可見，最早的用例見荀子《議兵》：「(仁義之師)則若磐石然，觸之者角摧，案角鹿埵隴種東籠而退耳。」唐楊倞注：「其義未詳，蓋皆摧敗披靡之貌。……(或曰)『隴種，遺失貌，如隴之種物然』；或曰即『龍鍾』也。」由於它形容的對象包括行為、情狀、心態等，而情狀包括潦倒失意、行動困難或涕淚淋漓等，又有多個異體如「隴鍾」或「隴種」，又逆序作「鍾龍」，故《辭源‧龍鍾》按云：「(龍鍾)取義甚多。」

二

　　《詞通》錄「龍鍾」和「龍踵」，應用如下：其一、「龍鍾，潦倒失意之貌。唐韓愈詩：『東野不得官，白首誇龍鍾』。唐白居易詩：『莫問龍鍾惡官職。』」又注：「即龍踵。小兒行貌。《六朝杜弼為侯景檄梁文》：『龍鍾稚子。』唐蘇頲詩：『龍鍾踏澗泥。』」又注：「淚流貌，《北周王褒與周弘讓書》：『援筆攬紙，龍鍾橫集。』《琴操‧退怨歌》：『空山唏噓涕龍鍾。』唐岑參詩：『雙袖龍鍾淚不乾。』」其二、「龍踵。小兒行貌。《玉篇上‧足部》『踵』字注：『龍踵，不能行也。』唐盧仝詩：『盧子龍踵也，賢愚且莫驚。』」朱起鳳本條按：「『龍鍾』作『躘踵』，形與聲並近。《丹鉛錄》云：『龍鍾似竹搖曳，不自持也。說近附會。又強健亦稱龍鍾，……潦倒失意，亦稱龍鍾，……』」可見「龍鍾」的義項包括潦倒失意、涕淚淋漓或步履艱難。

三

　　梳理「龍鍾」及其異體的用例可見，該詞最早見《荀子》，戰

國時期形容兵敗披靡，漢代多形容涕淚縱橫，南北朝時期多形容行動不利落。到唐宋時期，「龍鍾」成為熱詞，增添了以下意義：1. 形容衰老，例見唐王維《夏日過青龍寺謁操禪師》詩：「龍鍾一老翁，徐步謁禪宮。」2. 形容病態，例見唐杜甫《寄彭州高適虢州岑參》詩：「何太龍鍾極，於今出處妨。」3. 形容步履不穩，例見宋張咏《送別祝隱士》詩：「龍鍾塵滿衣，特特扣柴扉。」4. 形容醉態，例見唐于鵠《醉後寄山中友人》詩：「知己尚嫌身酩酊，路人應恐笑龍鍾。」5. 形容身世浮沉，例見唐盧綸《途中遇雨馬上口號留別張劉二公》詩：「應念龍鍾在泥滓，欲摧肝膽事王章。」6. 形容生計不穩定，例見唐盧綸《郊居對雨寄趙涓給事包佶郎中》詩：「蕭颯宜新竹，龍鍾拾野疏。」7. 形容失意潦倒，例見唐白居易《十年三月三十日別微之於澧上》詩：「莫問龍鍾惡官職，且聽清脆好文篇。」8. 形容下垂搖曳，例見宋馮山《黃甘寄李獻甫》詩：「金苞爛漫差三等，乳蒂龍鍾佔上游。」

「龍鍾」進入粵語作「論盡」，保留行動不利落的意義，引申指情狀不堪。

而關於「論盡」的來源，坊間還有不同説法。比如文若稚《廣州方言古語選釋》考「論盡」本作「累垂」，例見《朱子全書・論語六》：「夫子七十餘，想見累垂。」

有人説漢語熟語中「累垂」和「奔波」，在粵語中作「論盡」和「頻撲」。

也有人將「論盡」寫作「遴迍」。孔仲南在《廣東俗語考・釋情狀・遴迍》中解釋「遴迍」時説：「遴」讀如「吝」，「迍」讀如「屯」，粵語有「吝盡攣屯」的説法。「遴」讀「良刃切」(《廣韻》)，

現代漢語念 lìn，粵音 loen[4]，釋義見《説文》:「遴，行難也。」形容行路難;「迍」讀「陟倫切」(《廣韻》)，現代漢語念 zhūn，粵音 dzoen[1]，釋義見《説文》:「迍，難也。」形容移動困難。故複合詞「遴迍」形容處境困難無法活動。

從語義和應用的角度看，以上説法皆不妥。

八十五

細藝

《廣州語本字・卷三十三・細嫛》

「細嫛」者，形容物之小也，俗讀「嫛」若諉求之「諉」。《方言》:「嫛，細也。」《廣雅》:「嫛，小也。」曹憲《博雅》音:「嫛，具癸、聚惟二反。」廣州讀「嫛」若諉求之「諉」，用「聚惟反」也。

「細嫛」形容物體細小，廣府人說話時將「嫛」讀若諉求的「諉」。「嫛」的釋義見《方言》:「嫛，細也。」又見《廣雅》:「嫛，小也。」曹憲《博雅》注:「嫛，具癸、聚惟二反。」廣府人將「嫛」讀若諉求的「諉」，是用「聚惟反」的切音。

281

「細」讀「苏計切」(《廣韻》),現代漢語念 xì,粵音 sai³。「嫢」讀「求癸切」(《廣韻》),現代漢語念 guī,粵語切讀如「癸」,形容女子的腰肢纖細而容貌姣好,釋義見《方言》:「自關而西秦晉之間,凡細而有容謂之嫢。」音義見《說文》:「媞也。從女規聲,讀若癸。秦晉謂細為嫢。」「細嫢」釋義見《說文解字注》:「(嫢)媞也。媞者,諦也。諦者,審也。從女。規聲。讀若癸。居隨切。十六部。秦晉謂細嫢。」可見「細嫢」形容美好。

　　「細藝」念 sai³ngai⁶,指消磨時間的活動,例如「冇細藝」(沒有可以消磨時間的活動),或「近牌有乜細藝」(最近有啥消遣)。

新　識

一

　　詹憲慈認為「細嫢」的「嫢」若謏求之「謏」,「謏」在粵語今作「呢」,粵音 ngai¹,考「細藝」本作「細嫢」,不確。

　　《說文解字注》:「(細嫢)媞也。」「媞」形容美好,釋義見《說文》:「媞,諦也,一曰妍黠也。」重言作「媞媞」,釋義見《爾雅‧釋訓》:「媞媞,安也。一曰美好。」例見東方朔《七諫》:「西施媞媞,而不得見。」可見「細嫢」形容女子腰肢纖細或容貌美慧,泛指美好,但漢語無該熟語。

　　「細藝」本作「棲遲」。「棲遲」的「棲」讀「千西切」,「遲」讀「直尼切」(《廣韻》),現代漢語念 qīchí,粵音 tsai¹tsi⁴。其義

一猶逗留，例見《詩・陳風・衡門》：「衡門之下，可以棲遲。」朱熹集傳：「棲遲，遊息也。」和唐杜甫《移居公安，敬贈衛大郎》詩：「白頭供燕語，烏几伴棲遲。」義二形容漂泊，例見唐李賀《致酒行》詩：「零落棲遲一杯酒，主人奉觴客長壽。」

也作「栖遲」。其義一猶滯留，例見《後漢書・馮衍傳下》：「久栖遲於小官，不得舒其所懷。」和唐劉長卿《長沙過賈誼宅》詩：「三年謫宦此栖遲，萬古惟留楚客悲。」義二猶漂泊，例見《舊唐書・竇威傳》：「昔孔丘積學成聖，猶狼狽當時，栖遲若此。」

「棲遲」音轉念 sai³ngai⁶，粵語注音寫作「細藝」，用「棲遲」猶停留休息的意義，引申指消遣。

二

有識者認為本作「細藝」，按字面意義解釋「細藝」指瑣碎的活動，引申指消遣。由於粵語「世」與「細」是諧音，故寫作「世藝」。該說或成立。

「藝」指技藝，例見《論語・雍也》：「求也藝，於從政乎何有（冉求有才華也有技藝，不至於依靠為政養家糊口吧）？」和宋王讜《唐語林・雅量》：「他工輩以程藝天下無雙（其他樂工等人都認為羅程的演奏技藝天下無雙）。」又見熟語「工藝」、「園藝」或「藝高人膽大」。因此「細藝」可理解為在細微的事物上體現高超的技巧，粵語引申指消遣。

八十六

慌失失

《廣東俗語考・釋疊字・瑟瑟》

「瑟」者，嚴密之貌，恐懼之形似之，風吹葉動曰「瑟」，心之動搖似之，故曰「慌瑟瑟」。

　　「瑟」形容嚴密的情狀，與恐懼的情狀相似，因此風吹葉動叫「瑟」，內心動搖叫「慌瑟瑟」。

《廣州語本字・卷二十三・恇歃》

「恇歃」者，懼怯也，俗讀「恇歃」若「荒失」。《說文》：「恇，怯也。」《後漢書・張步傳》：「時國無主，內外恇懼。」《說文》「歃」下云：「一曰小怖貌。」《玉篇》：「歃，所力切。音色。」或寫「恇」作「慌」，誤也。《廣韻》：「慌，忘也。」《集韻》：「慌，昏也。」「慌」無恐怯之義。「恇歃」或謂之「恇悼」，《切韻》：「悼，懼也。」

284

「恇歠」形容脅懼，廣府人說話時將「恇歠」讀若「荒失」。「恇」的釋義見《說文》：「恇，怯也。」例見《後漢書‧張步傳》：「時國無主，內外恇懼。」「歠」的釋義見《說文》：「一曰小怖貌。」讀音見《玉篇》：「歠，所力切。音色。」有人將「恇」寫作「慌」，不確。「慌」的釋義見《廣韻》：「慌，忘也。」又見《集韻》：「慌，昏也。」可見「慌」沒有恐怯的意義。「恇歠」或也可作「恇悵」（按：即慌張），「悵」的釋義見《切韻》：「悵，懼也。」

◆箋◆注◆

孔仲南考「慌瑟瑟」今作「慌失失」或「失失慌」，「失失」本作「瑟瑟」。

「瑟」讀「所櫛切」（《廣韻》），現代漢語念 sè，粵音 sat[7]。其初義作名詞指撥弦的樂器，釋義見《說文》：「瑟，庖犧（伏羲）所作弦樂也。」例見《詩‧唐風‧山有樞》：「子有酒食，何不日鼓瑟。」

漢語有連綿詞「瑟瑟」形容發抖，例見《官場現形記》第二十四回：「（媒婆）跪在地上，瑟瑟抖個不了。」和《再生緣》第十五回：「她身體很疲乏，不免瑟瑟抖叫一聲。」

粵語「慌失失」念 fong[1]sat[1]sat[1]，形容慌張，例如「做嘢慌失失噉」（做事慌慌張張），也逆序作「失失慌」，例如「做乜失失慌噉」（幹嘛慌慌張張的）。

一

「瑟」尚有以下意義：1. 形容眾多，例見《詩・大雅・旱
麓》：「瑟彼柞棫，民所燎矣。」毛傳：「瑟，眾貌。」孔穎達疏：
「言瑟然眾多而茂盛者，是彼柞棫之木也。」2. 形容潔淨鮮明，
例見《詩・大雅・旱麓》：「瑟彼玉瓚，黃流在中。」鄭玄箋：
「瑟，潔鮮貌。」孔穎達疏：「以瑟為玉之狀，故云潔鮮貌。」
3. 形容莊嚴，例見《詩・衛風・淇奧》：「瑟兮僩兮，赫兮咺兮。」
毛傳：「瑟，矜莊貌。」孔穎達疏：「瑟，矜莊，是外貌莊嚴也。」
4. 形容嚴密，例見《禮記・大學》：「『瑟兮僩兮者』，恂栗也。」
朱熹集注：「瑟，嚴密之貌。」和康有為《〈日本雜事詩〉序》：「黃
子 (黃遵憲) 文而思，通以瑟。」

「瑟瑟」念 sèsè，意義如下：1. 形容發抖，例見《官場現形
記》第十四回：「(媒婆) 跪在地下，瑟瑟抖個不了。」和《再生緣》
第十五回：「她身體很疲乏，不免瑟瑟抖叫一聲。」現代漢語用
例見夏丏尊、葉聖陶《文心》：「(我) 身子在被裏老是瑟瑟地抖，
身上頭上全是汗珠。」2. 作象聲詞模擬風聲或雨滴聲，例見《文
選・劉楨＜贈從弟三首＞之二》：「亭亭山上松，瑟瑟谷中風。」
和唐杜甫《石笋行》：「雨多往往得瑟瑟。」3. 形容寒冷，例見北
魏酈道元《水經注・沔水上》：「氣蕭蕭以瑟瑟，風颲颲而飀飀。」
和唐雍陶《和河南白尹西池北新葺水齋招賞十二韻》詩：「坐中
寒瑟瑟，牀下細冷冷。」4. 形容蕭索，例見唐劉希夷《搗衣篇》：

「秋天瑟瑟夜漫漫，夜白風清玉露團。」和清龔自珍《後遊》詩：
「三日不能來，來覺情瑟瑟。」「瑟瑟」還有若干其他意義，由於
與本條無關，不贅。

二

詹憲慈考「慌失」本作「恇歒」。「恇」讀「去正切」(《廣韻》)，
現代漢語念 kuāng，粵語切讀如「框」，猶恐懼，釋義見詹氏引
《説文》句，又見《玉篇》：「恇，怖也。」例見詹氏引《張步傳》
句，又見《南史・循吏傳・郭祖深》：「主慈臣恇，息謀外旬。」
和唐韓愈《元和聖德詩》：「有恇其凶，有餌其誘。」祝允注：
「恇，怯也。」

「歒」讀「所力切」(《廣韻》)，現代漢語念 sè，粵語切讀如
「食」，也指恐懼，釋義見《集韻》：「歒，恐懼也。《春秋傳》：『歒
然而駭。』」「恇」的詞族中雖然有「恇怯」、「恇駭」、「恇惶」、
「恇懼」等形容恐懼的熟語，又有成語「恇怯不前」形容畏縮不
前，典故出自《宋史・楊瓊傳》：「及聞清遠之敗，益恇怯不前。」
「恇歒」的粵音近「慌失」，但漢語沒有熟語「恇歒」，故宜從孔仲
南説。

八十七

瘟瘇

《廣東俗語考・釋性質・艷艷》

「艷」讀「嘮」上聲,「艷」讀若「曾」上聲,而色不和順曰「艷艷」。《集韻》:「艷艷,色惡也。」

　　「艷」的粵音讀若「嘮」上聲,「艷」的粵音讀若「曾」上聲,形容面容不和順叫「艷艷」,釋義見《集韻》:「艷艷,色惡也。」

　　「艷艷」的「艷」讀「武登切」,「艷」讀「蘇增切」(《集韻》),該詞現代漢語念 méngsēng,粵語切讀如「猛森」,形容心裏不痛快,釋義見《廣韻》:「艷,艷艷,神不爽也。」又見《集韻》:「艷,艷艷,神亂也。」也形容怒形於色,釋義見《廣韻》:「艷,艷艷,色惡。」典籍均無用例。

　　「瘟瘇」念 mang²dzang²,是粵方言字,猶生悶氣,又引申形容愛生悶氣,前義例如「發瘟瘇」(生悶氣),後義例如「佢份人好瘟瘇」(他這人動不動就生悶氣)。「瘟瘇」也簡略作「瘟」,例如「佢份人好瘟」,又有俚語「瘟薑」指愛生悶氣的人。

一

「𥄂睛」本作「䁯睛」，「䁯」讀「莫迥切」，「睛」讀「七靜切」（《廣韻》）。該詞現代漢語念 mǐngjīng，粵語切讀如「皿睛」，形容神情不悅。其釋義見《玉篇》：「睛，䁯睛，不悅貌。」王念孫疏證：「䁯，《廣韻》引《字林》云：『䁯睛，不悅目貌。』……《玉篇・目部》：『䁯，䁯睛，不悅目貌。』」典籍無用例。

又有異體「䁯睜」，「睜」讀「疾郢切」（《廣韻》），現代漢語念 zhēng，形容眼神不悅，釋義見《廣韻》：「睜，䁯睜，不悅視也。」典籍無用例。

又有異體「矒𥄂」。「矒」讀「莫幸切」，「𥄂」讀「除庚切」（《集韻》），現代漢語念 měngchéng，粵語切讀如「孟曾」，意義如下：1. 形容直視，猶瞪，釋義見《廣韻》：「矒，矒𥄂，直視。」例見唐元稹《有酒》詩之二：「胡為月輪滅缺星矒𥄂？」2. 形容怒視，釋義見《集韻》：「矒，矒𥄂，目怒貌。」掌故見《肯綮錄・俚俗字義》：「怒目視人曰矒𥄂。」典籍無用例。

還有異體「艋艖」，現代漢語念 méngsēng，形容心裏不痛快，釋義見《廣韻》：「艋，艋艖，神不爽也。」典籍無用例。

從「䁯睛」及其異體可見，它們在古代口語中很活躍，因此詞條屢見於字書。其中除「矒𥄂」外，其餘詞條均沒有進入書面語，故典籍沒有用例。今人只能通過其粵語中的異體「𥄂睛」了解其應用。

二

　　文若稚《廣州方言古語選釋》考「發瘟瘤」在宋元口語作「放懞捹」，意思猶生悶氣，例見《元曲選・神奴兒》：「他那裏越是彆拗、放懞捹，則（只）管裏啼天哭地想刁蹬。」和元朱凱《昊天塔》第四折：「這廝待放懞捹，早拔起嗒无明火不鄧鄧。」

　　文氏認為元人口語「放懞捹」猶粵語的「發瘟瘤」。但「懞捹」的讀音雖然接近「眊睛」，它其實是「懵懂」（形容糊塗）的異體，例如元曲《神奴兒》中的「放懞捹」形容裝聾扮啞，《昊天塔》的「放懞捹」指裝瘋賣傻，故《連綿詞大詞典》將「懞捹」列為「懵懂」的異體。文說不確。

八十八

景轟

《廣州語本字・卷二十二・輘輷》

　　「輘輷」者，聲之大也。俗讀「輘輷」若「經肱」，或讀「輘」若「蔾」，「輷」若桂林語之「狂」。王褒《洞簫賦》注：「輘輷，大聲也。」《集韻》：「輘，盧登切，音楞。」「輷，呼宏切，音轟。」俗或重言「輘輷」曰「輘輘輷輷」。

　　「輘輷」形容大聲。廣府人說話時將「輘輷」讀若「經肱」，或將「輘」讀若「縈」，將「輷」讀若桂林話的「狂」。「輘輷」的用例見兩漢王褒《洞簫賦》：「故其武聲則若雷霆輘輷，佚豫以沸㥦（那雄壯的聲音如雷霆轟鳴，迅疾地在空間震盪翻滾）。」李善注：「輘輷，大聲也。」「輘」的注音見《集韻》：「輘，盧登切，音楞。」「輷」的注音見同書：「輷，呼宏切，音轟。」「輘輷」重言作「輘輘輷輷」。

《廣東俗語考·釋聲氣·輘輷》

　　「輘輷」讀若「楞轟」，謂人兇惡大聲曰「輘輷」。《集韻》：「輘輷，車聲。」韓愈詩：「輷輘掉狂車。」

　　「輘輷」讀若「楞轟」，形容兇惡而大聲叫「輘輷」。「輘輷」的釋義見《集韻》：「輘輷，車聲。」例見唐韓愈《讀東方朔雜事》詩：「偷入雷電室，輷輘掉狂車。」

　　「輘輷」的「輘」讀「魯登切」，「輷」讀「呼宏切」（《廣韻》），現代漢語念 lénghōng，粵語切讀如「棱馮」，形容大聲。例見詹氏本條引王褒《洞簫賦》句和孔氏引唐韓愈《讀東方朔雜事》詩句，又見明劉基《贈道士蔣玉壺長歌》：「天津閣道輔輷輘，歸來瑤台十二層。」

「輱較」形容雷聲轟鳴，例見上引《洞簫賦》句，也形容車聲，釋義見《集韻》：「較，輱較，車聲。」例見唐韓愈《讀〈東方朔雜事〉》詩：「偷入雷電室，輱較掉狂車。」和明劉基《贈道士蔣玉壺長歌》：「天津閣道轣輱較，歸來瑤台十二層。」

　　詹氏和孔氏均釋「較輱」形容聲音響亮，有識者認為「較輱」由車子行進時發出巨大的聲響引申指動靜，比喻關係不尋常或事有蹊蹺。該説是。

　　也有識者認為「景轟」本作「景諼」，「景」是「影」的古字，例見《莊子‧齊物論》：「凡陰景者，因光而生，故即謂為景」。晉朝《葛洪‧字苑》在「景」旁加「彡」作「影」，指物體擋住光線時所形成陰影。「諼」的音義見《集韻》：「音衮。語不明也。」因此「景諼」比喻藏在黑暗中的不可告人的祕密，引申為人際關係有曖昧或事情有蹊蹺。但漢語沒有熟語「景諼」。

八十九

扭擰

收聽讀音

《廣東俗語考・釋性質・忸怩》

「忸怩」讀若「狃寧」，欲前不前之意。《書經》：「顏厚有忸怩。」言其有虧於中，難以對人，惡縮不前也。「怩」本音「尼」，「尼」、「寧」雙聲。

「忸怩」讀若「狃寧」，意思是欲行又止。「忸怩」的用例見《書經》：「顏厚有忸怩。」這句話是說內心感到愧疚，難以對人，因此瑟縮不前。「怩」的本音讀如「尼」，「尼」和「寧」是雙聲字。

「忸怩」的「忸」讀「女六切」，「怩」讀「女夷切」（《廣韻》），現代漢語念 niǔní，粵音 nau²nei⁴，形容害羞，釋義見《方言》卷十：「忸怩，慚澀也。楚、郢、江、湘之間謂之忸怩。」例見《書・五子之歌》：「顏厚有忸怩。」也指內心慚愧，釋義見孔傳：「忸怩，心慚。」孔穎達疏：「忸怩，羞不能言，心慚之狀。」例見《後漢書・蔡邕傳》：「公子仰首降階，忸怩而避。」李賢注：「忸

293

怩，心慙也。」和宋蘇軾《策別十二》：「其心安於為善，而忸怩
於不義，是故有所不為。」現代漢語用例見李劼人《天魔舞》：
「登時，他便鎮定了，神態也瀟灑起來，不再像剛才那樣的忸怩
了。」

　　粵語「忸怩」的「怩」音轉念 ning⁶，粵語注音寫作「擰」，「忸
怩」在粵語遂作「扭擰」，粵音 nau²ning⁶，形容搖擺作態，比喻
態度曖昧，例如「唔好咁扭擰」（不要這麼扭捏）。重言作「扭扭
擰擰」，形容說話吞吞吐吐或辦事拖泥帶水，例如「講嘢（做嘢）
唔好扭扭擰擰」（說話或辦事不要態度曖昧）。

　　《辭通・忸怩》：「忸怩，慙也。《書・五子之歌》：『顏厚有
忸怩。』《國語・晉語》：『平公欲殺豎襄，叔向曰：君其必速殺
之，勿令遠聞。君忸怩顏，乃趣赦之。』韋注：『忸怩，慙貌。』」
「慙」今作「慚」，猶慚愧。

　　「忸怩」的引申意義如下：1. 形容猶躊躇或猶豫，例見《魏
書・文苑傳・溫子昇》：「文襄館客元僅曰：『諸人當賀。』推子
昇合陳辭。子昇久忸怩，乃推陸操焉。」又見唐韓偓《送人棄官
入道》詩：「忸怩非壯志，擺脫是良圖。」和五代王定保《唐摭言・
無官受黜》：「時中書舍人裴坦當制，忸怩含毫久之。」2. 形容退
縮不前，例見《舊五代史・唐書・安重霸傳》：「（安懷浦）以臨
陣忸怩，為景延廣所誅。」和清金人瑞《秋雨甚田且壞》詩：「忸
怩蚯蚓升堂陛，細碎魚蝦實溝洫。」3. 形容輾轉，例見《敦煌變
文集・降魔變文》：「須達忸怩反側，非分仿偟。」

294

「忸怩」的異體作「扭捏」，「捏」讀「奴結切」(《廣韻》)，現代漢語念 niē，粵音 nip⁹，意義如下：1. 形容走路時搖擺作態，例見元關漢卿《救風塵》第二折：「珊瑚鈎，芙蓉扣，扭捏的身子兒別樣嬌柔。」又見明無名氏《贈書記·掃堦邁俠》：「鶯聲出塵，把身軀扭捏多嬌韻。」和元王實甫《西廂記》第一本第四折：「扭捏着身子兒百般做作，來往向人前賣弄俊俏。」2. 形容裝腔作勢，例見《西遊記》第五十九回：「大聖收了金箍棒，整肅衣裳，扭捏作個斯文氣象。」和《紅樓夢》第六回：「襲人自知賈母曾將她給了寶玉，也無可推託的，扭捏了半日，無奈何，只得和寶玉溫存了一番。」現代漢語用例見孫犁《白洋淀紀事·走出以後》：「這姑娘，在這麼多生人面前也沒紅過臉，扭捏過。」3. 形容生編硬造，例見宋朱熹《學校貢舉私議》：「擇取經中可為題目之句，以意扭捏，妄作主張。」又見元無名氏《貨郎旦》第四折：「一詩一詞，都是些人間新近希奇事，扭捏來無詮次。」和《初刻拍案驚奇》卷十二：「扭捏無端殊舛錯，故將話本與重宣。」4. 形容刻意安排，例見宋朱熹《學校貢舉私議》：「擇取經中可為題目之句，以意扭捏，妄作主張。」和明屠隆《文具雜編·筆屏》：「有大理舊石，方不盈尺，儼狀山高月小者，東山月上升者，萬山春靄者，皆是天生，初非扭捏。」

粵語「扭擰」綜合了「忸怩」義項 2 和「扭捏」義項 1、2 的意義，孔說是。

收聽讀音

九十

甩咳

《廣州語本字・卷三十四・敊㲀》

「敊㲀」者，不滑利也，俗讀「敊㲀」若「勒克」。《玉篇》：「敊㲀，不滑利也。」《集韻》：「敊，勒沒切。音崒。」「㲀，苦骨切。音窟。」今謂事之不順利者亦曰「敊㲀」。

　　「敊㲀」形容不順滑，廣府人說話時將「敊㲀」讀如「勒克」。「敊㲀」的釋義見《玉篇》：「敊，敊㲀，不滑利也。」讀音見《集韻》：「敊，勒沒切。音崒。」「㲀，苦骨切。音窟。」如今廣府人形容事情進行不順利也叫「敊㲀」。

　　「敊㲀」的注音見詹憲慈引《集韻》句，現代漢語念 lùkū，釋義見詹氏本條引《玉篇》，又見《廣韻》：「敊，敊㲀，不穩。」異體作「敊㲀」，「㲀」的讀音同「㲀」，「敊㲀」的釋義見《集韻》：「敊，敊㲀，又不滑利也。」兩詞均無典籍用例。

「欶欬」在粵語作「甩咳」，粵音 lat⁷kat⁷，義一形容說話內容不順暢或表達不流利，例如「佢講嘢好甩咳」；義二形容道路崎嶇，例如「條路好甩咳」，重言作「甩甩咳咳」，例如「講嘢甩甩咳咳」（說話結結巴巴）。

　　詹說是，「甩咳」本作「欶欬」。

　　《連綿詞大詞典》錄「欶欬」為連綿詞主條，注音念 lùkū，形容不順暢，釋義見《集韻》：「欶，欶欬，不滑利。」也形容不穩，釋義見（《廣韻》：「欶，欶欬，不穩，又不利也。」從字書記錄的多個釋義可見它在古代曾經很活躍，因此意義較豐富，但由於沒有進入書面語，故典籍沒有用例。

　　有人認為「甩咳」指咳得肺都甩（咳得肺也移位），因此廣府人形容說話不順暢叫「甩甩咳咳」，該說只可作茶餘飯後的談資，不宜視為正確的解釋。

　　粵語「甩咳」是彌足珍貴的語言化石，從它在粵語的應用可窺見其在古代漢語中的的風采。

九十一

傻更

《廣州語本字・卷二十・阿傖》

「阿傖」者，愚拙之稱也，俗讀「傖」若「庚」。《一切經音義》十六引《晉春秋》：「吳人謂中州人為傖父。」《漢書・賈誼傳》：「國制搶攘。」注引晉灼：「吳人罵楚人曰傖。」「傖」者，鄙賤之稱。今謂愚人曰「阿傖」，蓋亦含有鄙薄之意。《集韻》：「傖，助庚切。」

　　「阿傖」是對愚笨者的稱謂，廣府人說話時將「傖」讀若「庚」。「傖」的掌故見《一切經音義》十六引《晉陽秋》（按：詹憲慈誤作《晉春秋》）：「吳人謂中州人為傖父。」又見《漢書・賈誼傳》：「國制搶攘。」注引晉灼：「吳人罵楚人曰傖。」可見「傖」是鄙賤之徒的稱謂。如今稱愚人叫「阿傖」，也含有鄙薄的意思。「傖」的讀音見《集韻》：「傖，助庚切。」

《廣州語本字・卷二十・儴哼》

「儴哼」者，愚怯之稱也，俗讀「儴」若「鋤」上聲，「哼」若羅經之「經」。《集韻》：「儴哼，懦怯貌。」「儴，鋤庚切」，「哼，虛庚切」。

「儴哼」形容愚笨懦弱怯，廣府人說話時將「儴」讀若「鋤」上聲，將「哼」讀若羅經（按：即羅盤）之「經」。「儴哼」釋義見《集韻》：「儴哼，懦怯貌。」讀音見同書：「儴，鋤庚切」，「哼，虛庚切」。

《廣東俗語考・釋疊字・庚》

凡物滿載充實，謂之「逼庚」；實而又實，謂之「庚庚」。《說文》：「庚位西方，象秋時萬物庚庚有實也。」粵語本此。又，飽亦曰「庚庚」。

大凡事物飽滿充實叫「逼庚」；非常充實叫「庚庚」。「庚」的釋義見《說文》：「庚位西方，象秋時萬物庚庚有實也。」粵語正是用「庚」這層意義。又，廣府人還將飽叫「庚庚」。

「傖」讀「助庚切」（《廣韻》），現代漢語念 cāng，粵音 tsong[1]，形容粗鄙。其釋義見《正字通》：「傖，鄙賤之稱也。」例見《晉書・王獻之傳》：「傲主人，非禮也；以貴驕士，非道也。失是二者，不足齒之傖也。」又見唐劉禹錫《楚望賦》：「傖音俚態，幽怨委曲。」和宋蘇軾《荊州十首》之五：「遊人多問卜，傖叟盡攜龜。」

「庚」讀「古行切」（《廣韻》），現代漢語念 gēng，粵音 gang[1]，可形容堅強，釋義見《釋名》：「庚，堅強貌也。」典籍無用例。

「傖」在粵語音轉念 gang[1]，粵語注音寫作「更」，與「傻」構成複合詞「傻更」，形容傻而土氣。「更」又重言作「更更」，「傻更更」形容傻乎乎，例如「呢條友都傻更更嘅」（這傢伙真是傻乎乎哪）。

一

詹氏引《晉春秋》「吳人謂中州人為傖父」句的「傖父」指村夫（鄉巴佬），泛指鄙俗之徒，掌故見《玉篇》：「傖，《晉陽秋》云：『吳人謂中國之人為傖。』」又見《集韻》：「傖，吳人罵楚人曰傖。」和宋陸游《老學庵筆記》卷九：「南朝謂北人曰『傖父，或謂之虜父』。」例見《晉書・周玘傳》：「將卒，謂子綬曰：『殺我者諸傖子，能復之，乃吾子也。』吳人謂中州人曰傖，故云耳。」又見《資治通鑒・宋文帝元嘉二十三年》：「北人晚渡者，

朝廷悉以傖荒遇之。」胡三省注:「南人呼北人為傖。」例見清吳偉業《送周子俶張青雕往河南學使者幕》詩之三:「傖父休輕笑,吳儂雅自雄。」

《玉篇》的「中國之人」和《晉書》的「中州人」皆指當時中原地區長江以北的人。南北朝時期,南人 (江東以南的人) 認為北人 (江東以北的人) 粗鄙,譏稱他們為「傖父」,而北人則反譏南人為「貉奴」(土狗)。「貉奴」的掌故見三国時期,東吳孫權因為不想北伐,行動遲緩,修書勸關羽「莫速進」。關羽收信後勃然大怒,罵道:「貉子敢耳。」

詹憲慈認為「傻傖」形容蠢笨土氣,粵語作「傻更」,不確,漢語沒有熟語「傻傖」。

二

詹憲慈同書「傖哼」的「傖」讀「鋤庚切」,「哼」讀「虛庚切」(《廣韻》),現代漢語念 chénghēng,粵音 tsoeng⌐hang⌐,形容怯懦,釋義見《集韻》,例見《晉書・文苑傳・王沈》:「傖哼怯畏於謙讓,闒茸勇敢於饕諍。」

「傖哼」在後世作「倉皇」,異體作「倉皇」或「倉惶」,現代漢語均念 cānghuáng,粵音 tsoeng⌐wang⌐,形容慌張,例見唐李遠《過馬嵬山》:「金甲雲旗盡日回,倉皇羅袖滿塵埃。」和《新五代史・伶官傳序》:「一夫夜呼,亂者四應,倉皇東出。」異體「倉惶」例見唐獨孤授《運斤賦》:「利器見投,尚倉惶於麈下。」

詹氏謂「傖哼」在粵語讀如「鋤更」,音近「傻更」,但按義訓「傖哼」也不是「傻更」的本字。

301

孔仲南本條的「庚」讀「古行切」(《廣韻》)，現代漢語念 gēng，粵音 gang[1]，段玉裁注：「(庚) 位西方。《律書》曰：『庚者，言陰氣更萬物。』《律曆志》：『斂更於庚。』《月令注》曰：『庚之言更也。』萬物皆肅然更改。秀實新成。象秋時萬物庚庚有實也。」所謂「庚庚有實」的意思按段玉裁注指果實累累，比喻成績斐然，例見康有為《六哀詩》詩之二：「煌煌十七日，新政煥庚庚。」。

「庚庚」又形容紋理橫佈，例見《史記‧孝文本紀》：「卜之，卦兆得大橫。占曰：『大橫庚庚，余為天王，夏啟以光。』」裴駰集解引服虔曰：「庚庚，橫貌也。」和宋辛棄疾《鷓鴣天‧徐衡仲惠琴不受》詞：「玉音落落雖難合，橫理庚庚定自奇。」一說「庚庚」猶變更，典籍無用例。可見「庚」或「庚庚」不能與「傻」構成複合詞形容傻乎乎。

孔氏謂廣府人還將飽叫「庚庚」，今粵語無此說。

「傻更」的「更」本字是「耿」，粵語連綿詞「更更」本作「耿耿」。

「耿」讀「古幸切」(《廣韻》)，現代漢語念 gěng，粵音 gang[2]，意義如下：1. 形容光明，釋義見《廣雅》：「耿，明也。」例見《楚辭‧離騷》：「跪敷衽以陳辭兮，耿吾既得此中正。」2. 形容正直，釋義見《廣韻》：「耿，耿介也。」例見唐《韓非子‧五蠹》：「人主不除此五蠹之民，不養耿介之士，則海內雖有破

亡之國，削滅之朝，亦勿怪矣。」和韓愈《南山詩》：「參差相疊重，剛耿陵宇宙。」3. 引申形容清白，例見《文選・張衡〈東京賦〉》：「聘丘園之耿絜，放束帛之戔戔。」李善注引薛綜曰：「耿，清也。」

「耿耿」意義如下：1. 形容忠誠，例見漢劉向《九歎・惜賢》：「進雄鳩之耿耿兮，讒介介而蔽之。」和宋文天祥《正氣歌》：「顧此耿耿在，仰視浮雲白。」現代漢語用例見茅盾《脫險雜記》：「有很大可能在敵人面前對遊擊隊來一次『圍剿』，以表示他們對於『皇軍』的耿耿忠忱。」2. 形容惶惶不安，例見《詩・邶風・柏舟》：「耿耿不寐，如有隱憂。」和《楚辭・遠遊》：「夜耿耿而不寐兮，魂祭祭而至曙。」洪興祖補注：「耿耿，不安也。」現代漢語用例見冰心《寄小讀者》：「我素不輕許願，無端破了一回例，遺我以日夜耿耿的心。」3. 形容明亮，例見《文選・謝朓〈暫使下都夜發新林至京邑贈西府同僚〉》：「秋河曙耿耿，寒渚夜蒼蒼。」李善注：「耿耿，光也。」和唐韓愈《利劍》詩：「利劍光耿耿，佩之使我無邪心。」4. 形容鮮明，例見唐戴叔倫《哭朱放》詩：「人世空傳名耿耿，泉台杳隔路茫茫。」和宋蘇軾《次韻答袁公濟》詩：「歸來讀君詩，耿耿猶在目。」5. 形容超凡脫俗，例見元辛文房《唐才子傳・李山甫》：「山甫詩文激切，耿耿有奇氣，多感時懷古之作。」和《水滸傳》第一回：「明眸皓齒，飄飄並不染塵埃；綠鬢朱顏，耿耿全然無俗態。」

「傻耿耿」形容傻而戇直，「耿耿」在粵語音轉念 gaang¹gaang¹，注音寫作「更更」。

九十二

揸拿

《廣州語本字・卷二十六・觰挐》

「觰挐」者，根據也，俗讀「觰挐」若「揸拿」。《說文》「觰」下云：「一曰下大者也。」桂馥曰：「《廣雅》：『觰，大也。』」《六書故》：「觰，角本大也。俗謂根據為『觰挐』。」《唐韻》：「觰，陟加切。」

「觰挐」即根據，廣府人說話時將「觰挐」讀若「揸拿」。「觰」的釋義見《說文》：「一曰下大者也。」桂馥注：「《廣雅》：『觰，大也。』」又見《六書故》：「觰，角本大也。俗謂柜據（詹氏誤作『根據』）為『觰挐』。」「觰」的讀音見《唐韻》：「觰，陟加切。」

「觰」讀「陟加切」（《廣韻》），現代漢語念 zhā，釋義見詹氏引《說文》，段玉裁注：「謂角之下大者曰『觰』也。」王筠句讀：「觰，角本（根）大也。」也指兩角向上張開，釋義見《集韻》：

「觕，角上張。」引申泛指張開，釋義見明楊慎《俗言》：「觕，
張貌。」典籍無用例。

「挐」讀「女加切」，現代漢語念 ná，俗寫作「拿」，釋義見
《說文》：「挐，持也。」例見李賀《致酒行》詩：「少年心事當挐
雲，誰念幽寒坐嗚呃。」和元孟漢卿《張孔目智勘魔合羅》雜劇：
「有合僉押的文書，挐來我僉押。」

「觕挐」的釋義見《說文》「觕，觕挐，獸也。」不詳何物，
故段玉裁注：「觕挐，……獸也，未聞。」。「觕挐」也指「杴據」，
掌故見《六書故》：「俗謂杴據為觕挐，披張為觕沙。」「杴據」同
「杴柯」，即鐮刀柄，釋義見《廣韻》：「杴，杴柯，鐮柄。」由於
鐮柄方便握持，「觕挐」遂生出把握的意義。

「觕挐」的粵音念 zaa⁴naa⁴，粵語寫作「揸拿」，指把握。例
如歇後語「斷柄鋤头 —— 冇揸拿」，又如廣告詞「神農茶（一種
廣東涼茶），神農茶，瘢痧（刮痧排毒）發熱有揸拿。」

「揸」讀「莊加切，音查」（《集韻》），現代漢語念 zhā，指抓
取，釋義見《說文》：「取也。或從手作揸。」例見元楊梓《敬德
不服老》第一折：「我也曾揸鼓奪旗，抓將挾人。」和《水滸全
傳》第三十六回：「李逹見了也不謙讓，大把價揸來只顧吃。」粵
語用例如「揸大葵扇」（字面意義是拿着葵扇，比喻做媒説合）和
「揸兜」（字面意義是拿缽子，人們用來比喻行乞）。

「拿」無切音，是「挐」的俗寫，現代漢語按「挐」的切音「女
加切」（《唐韻》）念 ná，猶拿取，釋義見《正字通》：「拿，俗挐

字。」例見宋王之道《春雪和袁望回》:「老夫僵不掃,稚子走爭拿。」和《水滸全傳》第五回:「只拿了桌上金銀酒器,都踏扁了,拴在包裏。」

　　粵語「揸拿」的字面意義是抓取和拿着,意義淺白,詹憲慈謂本作「觡挐」,或是。「揸拿」按形態可視為複合詞,由於詹氏考其詞源是連綿詞,故放在本書探討。

　　現在廣府人除了用「揸拿」來表示把握之外,還用其形容能獲得的好處,例如說「嗷都總算你有翻啲揸拿」(這好歹也算是你能得到點好處),暗指不會一無所獲,沒有輸或虧蝕到一敗塗地。

九十三

臭亨亨

《廣州語本字·卷十三·鑿鑿》

　　「鑿鑿」者,臭甚也,俗讀「鑿」若「亨」。《集韻》:「鑿,臭不可近也。」「丘耕切,音鏗。」

　　「罄罄」形容很臭，廣府人說話時將「罄」讀若「亨」，釋義見《集韻》：「罄，臭不可近也。」讀音見同書「丘耕切，音鏗。」

　　「罄」讀「丘耕切」（《集韻》），現代漢語念 kēng，粵語切讀如「央」，形容不可接近，釋義見《玉篇》：「罄，不可近也。」典籍無用例。

　　「罄」重言作「罄罄」，粵語音轉念 hang¹，注音寫作「亨」，「亨亨」形容不可接近，例如「臭亨亨」（臭不可當）。

　　「亨」形容順利，音義見《廣韻》：「虛庚切，音哼。通也。」例見《後漢書》：「夫修道者，度其時而動。動而不時，焉得亨乎？」和唐元稹《思歸樂》詩：「此誠患不立，雖困道亦亨。」

　　漢語無熟語「亨亨」。粵語「亨亨」本作「熊熊」。

　　「熊」讀「羽弓切」（《廣韻》），現代漢語念 xióng，粵音 hung⁴。「熊熊」形容火勢旺盛，例見《山海經・西山經》：「南望崑崙，其光熊熊。」郭璞注：「皆天氣炎盛相焜耀之貌。」和《史記・天官書》：「（歲星）熊熊赤色，有光。」現代漢語用例見楊沫《青春之歌》：「於是她惱火又慷慨地一下子把這小褂子填入了

正在熊熊燃燒着的洋火爐子裏。」又形容氣勢盛大，例見唐司馬貞《史記・廉頗藺相如列傳》述讚：「清飆凜凜，壯氣熊熊。」和唐王光庭《奉和聖製送張說巡邊》詩：「虎貔紛儗儗，河洛振熊熊。」

「熊熊」有異體「烘烘」，「烘」念 hōng，粵音 hung[1]，北方口語猶甚，例如：「這屋裏怎麼這樣熱烘烘的？」和「只見會場裏一片鬧烘烘的。」「臭烘烘」形容很臭，用例見孫錦標《通俗常言疏證・身體・臭烘烘》引《殺狗記》：「阿呀，臭烘烘牛糞，沒那吃介。」

「烘烘」尚有以下意義：1. 同「熊熊」，形容火勢旺盛，例見元孟漢卿《魔合羅》第二折：「我咽下去有似熱油澆，烘烘的燒五臟。」和《水滸傳》第九十二回：「少頃，草場內烘烘火起，烈焰沖天。」2. 同「哄哄」，形容喧鬧，例見《京本通俗小說・碾玉觀音》：「（崔待詔）連忙推開樓窗看時，見亂烘烘道：『井亭橋有遺漏！』」和《西遊記》第九十三回：「當夜睡還未久，即聽雞鳴。那前邊行商烘烘皆起，引燈造飯。」3. 形容混沌，例見元楊梓《霍光鬼諫》第三折：「只落的三魂杳杳，四體烘烘，七魄悠悠。」和元喬吉《金錢記》第二折：「空着我烘烘醉眼迷芳草。」

民國學者朱居易認為「烘烘」是「轟轟」的異體，其《元劇俗語方言例釋》注：「『烘的』，『忽然地哄』都是『轟』的一音之轉。」連綿詞「轟轟」的「轟」讀「呼宏切」（《廣韻》），現代漢語念 hōng，粵音 hung[1]。其義一作象聲詞形容聲音響亮，例見唐韓愈《貞女峽》詩：「懸流轟轟射水府，一瀉百里翻雲濤。」和宋曾鞏《泝河》詩：「莫如此水極凶驚，土木暫觸還轟轟。」義二形

308

容聲勢浩大，例見宋文天祥《沁園春》詞：「人生翕欻云亡，好烈烈轟轟做一場。」

　　綜合上說，「烘烘」綜合了「熊熊」、「哄哄」和「**轟轟**」的意義，粵語作「亨亨」。詹氏考「亨亨」本作「礐礐」，音訓義訓雖合，因無用例，存疑。

九十四

香噴噴

收聽讀音

《廣州語本字・卷十三・香馩馩》

　　「馩」者，香也，俗讀「馩」若「噴」。《集韻》引《廣雅》：「馩，香也。」《廣韻》：「馩，符分切。」

　　「馩」的意思是香，廣府人說話時將「馩」讀若「噴」。「馩」的音義見《集韻》引《廣雅》：「馩，香也。」《廣韻》：「馩，符分切。」

箋注

「饙」讀「符分切」(《廣韻》)，現代漢語念 fēn，粵音 fan[1]，沒有單字字義，只用於「饙馧」，釋義見《集韻》引《博雅》:「饙馧，香也。」和《廣韻》:「饙馧，香氣。」典籍無用例。

粵語「噴噴」形容香氣濃鬱，例如「香噴噴」；又形容說話多而急速，例如「口水花噴噴」(字面意義是唾沫星子四濺，比喻口若懸河)。

新識

一

「饙馧」有異體「氛氳」，現代漢語念 fēnyūn，形容香氣濃郁。例見唐劉禹錫《遊桃源一百韻》詩:「蕊檢香氛氳，醮壇煙冥冥。」和唐閻朝隱《采蓮女》詩:「薄暮斂容歌一曲，氛氳香氣滿汀洲。」也作「芬蒀」，現代漢語念 fēnyūn，形容香氣或煙氣濃郁，例見南朝齊謝朓《和沈右率諸君餞謝文學》詩:「重樹日芬蒀，芳洲轉如積。」和宋梅堯臣《山村行》詩:「深源樹蓊鬱，曲塢花芬蒀。」也作「芬氳」，形容香氣濃郁，例見《北史・後妃傳上》:「後初產之日，有雲氣滿室，芬氳久之。」和唐權德輿《祭建昌崔丞文》:「心遊杳冥，手植芬氳。」

漢語又有熟語「芬芬」形容香氣，釋義見《博雅》:「芬芬，香也。」例見《詩・大雅・鳧鷖》:「旨酒欣欣，燔炙芬芬(美酒飲來樂欣欣，燒肉烤肉香噴噴)。」

詹憲慈認為「噴噴」本作「馥馥」，是。

二

「馥馥」俗寫作「噴噴」，「噴」讀「普魂切」(《廣韻》)，現代漢語念 pēn，粵音 pan³。「噴噴」形容香氣濃烈，例見元無名氏《百花亭》第三折：「有福州府甜津津香噴噴紅馥馥帶漿兒新剝的圓眼荔枝。」和清李漁《比目魚・聯班》：「獨有香噴噴的這鍾美酒，再沒得把他沾唇。」現代漢語用例見《新兒女英雄傳》第八回：「一股香噴噴的油炸蔥花的味兒，直鑽鼻子。」

三

「噴」的初義猶呵斥，釋義見《說文》：「噴，吒也。」徐灝注箋：「今俗語猶謂吒人曰噴。」北方口語引申猶胡扯，例如「噴閒話」，粵語例如「亂咁噴」(胡亂罵人)。這個「噴」重言作「噴噴」，例如「找老鄉噴噴閒話」，又形容罵罵咧咧說話急速，例見《韓詩外傳》：「疾言噴噴，口沸目赤。」粵語引申形容多言，例如「口水花噴噴」。

311

收聽讀音

九十五

白 laai⁴ laai⁴

《廣州語本字・卷十四・白皚皚》

「白皚皚」者，形容物色之白，俗讀「皚」若桂林語之「諧」。《說文》：「皚，霜雪之白也。」《唐韻》：「皚，五來切。艾平聲。」桂馥曰：「漢劉歆《遂初賦》：『漂霜雪之皚皚。』」

「白皚皚」形容顏色潔白，廣府人說話時將「皚」讀若桂林官話的「諧」。「皚」的釋義見《說文》：「皚，霜雪之白也。」讀音見《唐韻》：「皚，五來切。艾平聲。」桂馥注：「(例見)漢劉歆《遂初賦》：『漂霜雪之皚皚。』」

「皚」讀「五來切」(《廣韻》)，現代漢語念 ái，粵音 ngoi⁴，形容潔白。其釋義見詹氏本條引《說文》句；也泛指白，釋義見《廣韻》：「皚，白也。」例見漢卓文君《白頭吟》：「皚如山上雪，皎若雲間月。」

「皚」重言作「皚皚」，形容潔白。段玉裁注：「(皚)霜雪之白也。辭賦家多用『皚皚』字。」例見漢枚乘《七發》：「浩浩皚

皚。」注:「高白之貌。」又見《晉書・左貴嬪〈離思賦〉》:「霜皚皚而依庭。」和唐杜甫《晚晴詩》:「崖沈穀沒白皚皚。」

粵語有熟語「白 laai⁴laai⁴」。「laai⁴laai⁴」有音無字,形容雪白,例如「塊面白 laai⁴laai⁴」(臉蛋雪白)。

一

「白雪雪」的粵音念 baak⁹syt⁷*syt⁷*,掌故源自熟語「雪白」,形容像雪一般潔白,例見《太平御覽》引晉束皙《餅賦》:「爾乃重羅之麵,塵飛雪白。」又比喻人品格高潔或清白無瑕,例見《後漢書・宋漢傳》:「太中大夫宋漢,清修雪白,正直無邪。」和南朝梁劉孝標《廣絕交論》:「顏冉龍翰鳳雛,曾史蘭薰雪白。」後借指白色的事物,例見宋蘇軾《次荊公韻四絕》之一:「深紅淺紫從爭發,雪白(按:喻指白花)鵝黃也鬥開。」和宋蘇軾《和子由遊百步洪》:「城東泗水步可到,路轉河洪翻雪白(按:喻指白浪)。」「白雪」的「雪」重言作「雪雪」,生出漢語和粵語共用的熟語「白雪雪」。

「雪雪」也模擬大口吸气的聲音,例如熟語「雪雪呼痛」。

二

「白 laai⁴laai⁴」中「laai⁴laai⁴」本作「刺刺」。

「刺刺」念 làlà,粵音 laa¹laa¹,作助詞表加重語氣。例見五代何光遠《鑒戒錄・高僧諭》:「一鉢和尚歌曰:『阿刺刺,鬧聒

聒，總是悠悠造未撻。』」和元無名氏《桃花女》第三折：「倒做這等魘鎮事，欺心剌剌的，我不去。」和《金瓶梅》第四十一回：「身上有數那兩件舊片子，怎麼好穿？少去見人的，倒沒的羞剌剌的！」

「剌剌」的粵語連綿詞讀音轉念「$lai^{4*}lai^{4*}$」，表強調語氣，粵語詞典錄「白剌剌」作「白 $laai^4laai^4$」，宜作「白剌剌」，避免有音無字。

三

粵語「白 $laai^4laai^4$」又作「白 $saai^4saai^4$」(《香港粵語大詞典》)。「$saai^4saai^4$」是連綿詞「簁簁」的粵語注音，「簁」讀「所宜切」(《廣韻》)，現代漢語念 shāi，粵音對應念 $saai^4$。「簁簁」形容顏色雪白，例見南北朝江淹《山中楚辭》：「石簁簁兮蔽日，雪疊疊兮薄樹。」和清杜濬《揚州雪》詩：「雪下白簁簁，入釜不可炊。」粵語作「噬噬」(sai^4sai^4)，例如「牙噬噬」(字面意義是牙齒白白森森的，比喻齜牙咧嘴，粵語詞典沒有收錄) 和「笑口噬噬」(笑得呲牙咧嘴)。

粵語詞典宜將「白 $saai^4saai^4$」錄作「白簁簁」，將「白 $laai^4saai^4$」錄作「白剌簁」，注「剌」用連綿詞讀音念 $laai^{4*}$，方便書寫。

黃禽禽

收聽讀音

《廣州語本字・卷十四・黅黅》

「黅黅」者，形容色之黃也，俗讀「黅」若「諳」。《玉篇》：「黅，黃也。」曹憲《博雅》音：「黅音今。」

「黅黅」形容黃色，廣府人說話時將「黅」讀若「諳」。「黅」的釋義見《玉篇》：「黅，黃也。」讀音見曹憲《博雅》：「黅音今。」

◆箋◆注◆

「黅」讀「居吟切」（《廣韻》），現代漢語念 jīn，粵語切讀如「襟」。「黅」形容黃色，是「黃」的別稱，釋義見《玉篇》：「黃色也。」例見《黃帝素問》：「天有五氣，黅天之氣經於心尾。」和明楊慎《丹鉛續錄・間色名》：「黃別為黅，白別為縞，黑別為玄，此正色之別名也。」

「黃黅黅」在粵語作「黃禽禽」（《廣州話方言詞典》），念 wong⁴kam⁴kam⁴，形容黃黃的，例如「塊面黃禽禽」（面色黃黃的）。

《香港粵語大詞典》錄作「黃黚黚」。「黚」讀「巨淹切」，又讀「巨金切」（《廣韻》），現代漢語念 qián，粵語按後音切讀如「京」，形容暗黃色，釋義見《說文》：「黚，淺黑黃色。」又見《集韻》：「黚，黃黑色。」典籍無用例。

　　由於詹氏本條的「黔黔」老粵語西關音念 kam⁴kam⁴，本書按《廣州話方言詞典》作「黃禽禽」。

　　詹氏考「禽禽」本作「黔黔」，不確，應是「津津」。「津」讀「將鄰切」（《廣韻》），現代漢語念 jīn，粵音 dzoen¹。意義如下：
1. 形容充沛，例見《莊子・庚楚桑》：「汝自灑濯，孰哉鬱鬱乎！然則其中津津乎猶有惡也。」和明馮夢龍《掛枝兒・噴嚏》：「其才吾不能測之，而其情則津津筆舌下矣。」2. 形容興致盎然，例見宋邵雍《夢林玄解・香茶吉》：「心不藏毒，口不欺人，喜談美事，若使為善果，則津津有味。」現代漢語用例見郁達夫《花塢》：「這老尼的風度，和這一次逛花塢的情趣，我在十餘年後的現在，還在津津地感到回味。」3. 形容水流動或液汁滲出，例見宋王安石《澶州》詩：「津津北河流，嶧嶧兩城峙。」和《官場現形記》第三十二回：「（王小五子）挈頭睡在余藎臣的懷裏，卻拿兩隻粉嫩雪白的手抱住余藎臣的黑油津津的胖臉。」現代漢語用例見柳青《創業史》：「任老四從他那口水津津的大舌頭嘴巴裏，拔出煙鍋。」4. 形容歡欣鼓舞，例見宋范成大《吳船錄》：「寺有唐畫羅漢一板，筆跡超妙，眉目津津，欲與人語。」和明朱有燉

《香囊怨》第三折：「直待錢龍活現身，才得他喜色津津。」

從「黃禽禽」在粵語的應用可見，「禽禽」用「津津」形容充沛的意義，形容顏色黃黃的。

花哩花碌

收聽讀音

《廣州語本字‧卷十四‧華歷録》

「華歷録」者，形容文之斑駁也。《詩》：「五楘梁輈。」傳：「楘，歷録也。」桂馥曰：「『歷録』當為『歷汞』。猶『汞汞』也。」

「華歷録」形容顏色斑駁（按：原文「駁」同「駁」），「歷録」例見毛傳注《詩‧秦風‧小戎》「五楘梁輈」句：「五，五束也。楘，歷録也。一輈五束，束有歷録。」孔穎達疏：「『楘，歷録』者，謂所束之處因以為文章歷録然。『歷録』，蓋文章之貌。」桂馥疏：「『歷録』當為『歷汞』。猶『汞汞』也。」

317

《廣州語本字·卷十四·華彔彔》

「華彔彔」者，形容文之斑駁也。《說文》：「彔，刻木彔彔也。」「剝」下云：「剝，從彔彔刻割也。」「華彔彔」言斑駁如刻畫也。

「華彔彔」形容色彩斑駁。《說文》：「彔，刻木彔彔也。」「剝」下云：「剝，從彔彔刻割也。」「華彔彔」形容色彩繽紛如工筆描畫。

「華」俗寫作「花」，「花」讀「呼瓜切」（《廣韻》），現代漢語念 huā，形容表面有多種顏色的條紋或圖形。

連綿詞「歷錄」的「歷」讀「郎擊切」，「錄」讀「力玉切」（《廣韻》），現代漢語念 lìlù，粵音 lik⁹luk⁹，形容色彩或花紋相連間雜，例見詹氏引毛傳注《詩·小戎》句和《鶡冠子·天則》：「歷寵歷錄，副所以付授。」陸佃解：「歷錄，文章之貌。」

「歷錄」在粵語作「哩碌」，粵音 li¹luk⁷。「花哩碌」形容顏色斑駁，例如「件衫花哩碌」（衣服花裏胡哨）。後引申指塗畫得亂七八糟，例如「將本書畫到花哩碌」（把書塗得亂七八糟）。「花哩碌」又作「花哩花碌」或「花彔彔」。

一

「歷録」有異體「歷落」。「落」讀「歷各切」(《廣韻》),「歷落」現代漢語念 lìluò,粵音 lik⁹luo⁶。其義一形容聲音錯落,例見唐耿湋、陸羽《連句多暇贈陸三山人》詩:「歷落驚雙偶,衰羸猥見憐。」和元王冕《慶壽寺二首》詩:「徘徊增感慨,歷落問英雄。」義二形容參差,例見唐張九齡《九月九日登龍山》詩:「清明風日好,歷落江山望。」和元王冕《關河雪霽圖》詩:「陰崖絕壑望欲齊,冰花歷落風淒淒。」

粵語「花哩碌」的「哩碌」也用「歷落」形容參差的意义。

二

詹氏「華泶泶」的「泶」讀「盧穀切」(《集韻》),現代漢語念 lù,粵音 luk²。

「泶」指雕刻木材,釋義見《廣韻》:「泶,刻木也。」但段玉裁注云:「刻木泶泶也。……按:『泶』下曰:『泶,刻割也。』『泶泶』,麗廔嵌空之貌。毛詩:『車歷錄亦當作歷泶。』」

連綿詞「泶泶」念 lùlù,粵音 luk⁷luk⁷。其異體作「碌碌」,義一作象聲詞模擬車輪聲,例見唐賈島《古意》詩:「碌碌復碌碌,百年雙轉轂。」和宋陸游《季秋已寒節令頗正喜而有賦》詩:「風聲蕭蕭生麥隴,車聲碌碌滿魚塘。」義二形容平庸,例見《後漢書·文苑傳·禰衡》:「大兒孔文舉,小兒楊德祖,餘子碌碌,

莫足數也。」和唐杜甫《可歎》詩：「吾輩碌碌飽飯行，風後力牧長回首。」義三形容辛苦忙碌，例見唐馮著《燕銜泥》詩：「雙燕碌碌飛入屋，屋中老人喜燕歸。」和宋魏了翁《柳梢青》詞：「記得年年，阿奴碌碌，猶在眼前。」義四形容亂石紛紜，例見《後漢書・祭祀志上》：「俯視溪谷，碌碌不可見丈尺。」

　　但廣府俚語「花碌碌」的「碌碌」與漢語連綿詞「录录」無關。「花碌碌」本作「花花綠綠」，形容顏色鮮明錯雜，例見金元好問《又解嘲二首》之一：「憑君細數東州客，誰在花花綠綠間？」粵語簡略作「花綠綠」，寫作「花碌碌」，例如「件衫花碌碌」，引申指塗畫得亂七八糟，例如「將本書畫到花碌碌」（把書塗得亂七八糟）。

三

　　廣府俚語又有「花斑斑」義同「花碌碌」。考證見《廣州語本字・卷十四・華斑斑》：「『斑斑』者，文之斑駁也，俗讀『斑』若『班』。《說文》：『斑駁，文也。』《易》：『賁卦。』《釋文》云：『賁，古斑字。』高誘注《呂覽》：『賁，色不純也。』《西京賦》：『上辯華以交紛。』《纂文》云：『辯華，文麗也。』此『華斑斑』之義。」而且「花斑斑」也可形容臉上滿是皺紋，例見清五色石主人《醉醒石》第四回：「肚中黑漆漆，卻不是墨水；臉上花斑斑，卻不是文章。」廣府人很少說人的臉上「花斑斑」。

眳雞

《廣州語本字・卷二十七・眳痏》

「眳痏」者，眉目間有瘢痕也，俗讀「眳」若卑衫尾之「粵」，讀「痏」若「雞」。《文選・西京賦》注：「眉睫之間也。」又云：「瘡痏謂瘢痕也。」《玉篇》：「眳，迷盈切。」俗讀「盟」上聲，「痏，羽軌切。」「軌」、「雞」音近，故今讀「痏」若「雞」耳。

「眳痏」指眉目間有瘢痕，廣府人說話時將「眳」讀若卑衫尾之「粵」（按：粵音 meng³），將「痏」讀若「雞」。「眳痏」的用例見《文選・〈西京賦〉》注：「眉睫之間也。」同書又云：「瘡痏謂瘢痕也。」「眳」的讀音見《玉篇》：「眳，迷盈切。」俗讀「盟」上聲，「痏」的讀音見同書：「痏，羽軌切。」粵語「軌」和「雞」音近，故如今讀「痏」若「雞」。

「眳」讀「莫迴切」(《廣韻》),現代漢語念 míng,粵語切讀如「冥」,指眼瞼。「痏」讀「榮美切」(《廣韻》),現代漢語念 wěi,粵語切讀如「喂」,指疤痕,例見《文選・張衡〈西京賦〉》:「所好生毛羽,是惡成創痏。」李善注引薛綜曰:「創痏,謂瘢痕也。」「眳痏」指眼皮上的瘢痕。

粵語「𥄂雞」念 mang¹gai¹,指眼皮上的瘢痕,例如「豆皮𥄂雞」,字面意義是滿面麻子眼皮上有疤癩,比喻容貌醜陋。

從「眳痏」兩字的釋義可見,它指眼皮上的疤痕,但漢語沒有熟語「眳痏」,故推斷其是粵語複合詞。由於該詞中「痏」念 wěi,粵音讀如「喂」(wai³),音轉念 gai¹,粵語注音寫作「雞」,「眳痏」遂作「𥄂雞」。又由於「𥄂」和「雞」是表音的語素,該熟語在粵語中便屬於連綿詞。

「痏」在粵語也注音寫作「胃」,例如「反胃」(嘔吐)本作「翻痏」,掌故見明趙宦光《說文長箋》:「方言謂之『翻痏』,又謂之『翻胃』,食下咽不受也。」可見「雞」是「痏」音轉後的注音字。

從前在香港,人們也有用到「眳痏」一詞。例如八十年代,許冠傑主唱的流行曲《Pretty Woman》歌詞:「佢眳痏(即𥄂雞)歪嘴個鼻崩,一碌起雙眼似林亞珍。」林亞珍是從前香港電影《八彩林亞珍》的醜女主角,「眳痏歪嘴個鼻崩」形容醜女嘴巴歪、疤癩眼和鼻子扁。

關於眼皮上的疤痕，北方有個有趣的口語叫「疤瘌眼（兒）」，例如歇後語「疤瘌眼儿照鏡子——自找難看」。「疤瘌」指傷口或瘡痊愈後留下的疤痕。

九十九

懶憏

收聽讀音

《廣州語本字・卷十六・懶憏》

「懶憏」者，猶言藍縷也，俗讀「懶憏」若「薀帶」。《類篇》：「懶憏，衣破貌。懶，洛駭切，音擶。憏，師駭切，篩上聲。」今謂衣破曰「懶憏」，衣不整齊曰「懶憏」。

「懶憏」形容藍縷，廣府人說話時將「懶憏」讀若「薀帶」。「懶憏」的音義見《類篇》：「懶憏，衣破貌。懶，洛駭切，音擶。憏，師駭切，篩上聲。」如今廣府人形容衣服破爛叫「懶憏」，形容衣衫不整也叫「懶憏」。

323

　　「懶襬」的「懶」讀「洛駭切」,「襬」讀「師駭切」(《集韻》),
現代漢語念 lǎishǎi,粵語切讀如「賴曬」,釋義見《集韻》:「懶,
懶襬,衣破。」典籍無用例。

　　「欓襬」是漢語和粵語共用的連綿詞,粵音 laai⁴saai⁴,《廣州
話方言詞典》錄作「忕 saai⁴」。「忕」讀「他計切」(《廣韻》),現
代漢語念 tì,粵語切讀如「愓³」。「忕 saai⁴」一詞前字不確,後
字有音無字,故宜從《香港粵語大詞典》作「欓襬」。

　　「欓襬」形容衣衫襤褸,例如「佢着得好欓襬」(他穿得很破
爛);重言作「欓欓襬襬」,例如「佢着得欓欓襬襬」。

一

　　詹憲慈謂「『欓襬』猶言『藍縷』」,是。

　　孔仲南考「藍縷」:「『襤褸』讀若『藍漏』,敝衣也。《玉篇》:
『衣壞也。』《揚子方言》:『南楚凡人貧 (按:該『貧』字是孔氏
原文中的贅字) 衣被醜弊,或謂之襤褸。』俗語穿破衣者曰『衣
衫襤褸』。」(《廣東俗語考‧釋衣服‧襤褸》)

　　「襤褸」的「襤」讀「魯甘切」,「褸」讀「力主切」(《廣韻》),
現代漢語念 lánlǚ,粵音 laam⁴loey⁵。形容衣服破爛,釋義見《方
言》:「南楚凡人衣被醜弊謂之須捷,或謂之褸裂,或謂之襤褸。
故《左傳》曰:『篳路襤褸,以啟山林。』」例見《太平廣記‧異

僧四・杯渡》:「帶索襤褸,殆不蔽身。」和《醒世恆言・劉小官雌雄兄弟》:「(老兒)行纏絞腳,八搭麻鞋,身上衣服,甚是襤褸。」現代漢語用例見沙汀《代理縣長》:「幾個一同跑來『發財』的隨從人員,都陸續逃光了,現在為老爺們服役的是幾名襤褸的壯丁。」

　　「襤褸」有異體作「藍縷」,例見唐杜甫《山寺》詩:「山僧衣藍縷,告訴棟樑摧」和成語「篳路藍縷」。「藍縷」原本形容衣服用粗布縫製,且沒有縫邊緣,釋義見《方言》:「以布而無緣,敝而紩(縫)之,謂之藍縷。」可見《左傳》中提到的「篳路襤褸(同『藍縷』)」的意思是楚國開國之君熊繹駕着柴車,穿着粗布衣裳與臣民一起開闢山林。「藍縷」這個解釋更符合熊繹的身份和形象。

二

　　「斕褸」的連綿詞主條是「䙓襹」。「䙓襹」念 làsà,釋義見《集韻》:「䙓,䙓襹,衣敝。」典籍無用例。由於郭璞注:「(藍縷)衣敗也,破也。」該義進入字書,例如《廣韻》:「襤褸,衣敝。」和《龍龕手鑑》:「襤褸,衣破弊也。」遂致「襤褸」與「䙓襹」同義,故詹氏謂「『斕褸』猶言『藍縷』」。

一〇〇

嬾侉

《廣州語本字・卷十六・长袍頼髓》

「頼髓」者，衣服過長之貌也，俗讀「頼髓」若桂林語之「賫萷」。《類篇》：「頼髓，長頭貌。」今謂衫長曰「頼髓」，借成語以為形容詞也。《玉篇》：「頼，力載切。音賴。」《集韻》：「髓，餘開切。音皚。」又俗謂物之平而長直者曰「直頼髓」，讀若桂林語之「來鞋」。

「頼髓」形容衣服太長，廣府人說話時將「頼髓」讀若桂林官話的「賫萷」。「頼髓」的釋義見《類篇》：「頼髓，長頭貌。」故現在形容衣衫長大叫「頼髓」，這是借現成的詞語「頼髓」作形容詞。「頼髓」的讀音見《玉篇》：「頼，力載切。音賴。」和《集韻》：「髓，餘開切。音皚。」例如廣府人說話時稱物體之扁平長直者叫「直頼髓」，「直頼髓」讀若桂林官話的「來鞋」。

《廣東俗語考‧釋情狀‧殔殔》

「殔」音「賴」上聲,「殔」音「拐」下上聲,倦行無力曰「殔殔」。《博雅》:「極也。」《玉篇》:「喘也。」「殔殔」,困極也。

> 「殔」讀如「賴」上聲,「殔」讀「拐」下上聲,走路困乏無力叫「殔殔」。「殔殔」的釋義見《博雅》:「極也。」又見《玉篇》:「喘也。」「殔殔」形容極度困倦。

《廣東俗語考‧釋情狀‧陳隉》

「陳」音「賴」上聲,「隉」音「拐」下上聲,衫之長者曰「長陳隉」。《集韻》:「陳隉,長碭貌。」

> 「陳」讀「賴」上聲,「隉」讀「拐」下上聲,形容衣服長大叫「長陳隉」。「陳隉」的釋義見《集韻》:「陳隉,長碭(蕩)貌。」

「賴體」的「賴」讀「郎才切,音來」,「體」讀「魚開切」(《集韻》)。其現代漢語念 lǎiái,粵語切讀如「賴挨」,釋義見《集韻》:「賴,賴體,長頭貌。」

「殄㥜」的「殄」讀「他計切」，「㥜」讀「古慧切」（《廣韻》）。其現代漢語念 tìguì，粵語切音近「惕³貴⁴」，形容極度困倦，釋義見《玉篇》：「殄㥜，困極也。」典籍無用例。

　　「賴隑」的「賴」讀「郎才切」（《集韻》），「隑」讀「五來切」（《廣韻》）。其現代漢語念 láiái，粵語切讀如「來挨」，形容長貌，釋義見《集韻》：「一曰賴隑，長貌。」典籍無用例。

　　粵語「攋㧎」念 laai⁵kwaai⁵，形容衣服過長不稱身，例如「件衫着得攋攋㧎㧎」（衣服穿得晃晃蕩蕩）。

一

　　「攋㧎」本作「賴隑」，「隑」訛作「體」。「體」讀「魚開切」（《集韻》），現代漢語念 ái。故詹氏謂「賴體」讀若桂林官話音「來鞋」。「賴體」現代漢語念 láiái，形容頭長貌，釋義見《集韻》：「賴，賴體，頭長貌。」典籍無用例。「賴體」引申泛指長，或是「攋㧎」的連綿詞主條。

二

　　《廣州話方言詞典》錄有「殊殊」，「殊殊」的粵音念 laai⁴kwaai⁴，形容長而不當，例如「件衫長殊殊」。但《漢語大字典》無「殊」字，「殊」應是「㧎」字之誤。

　　「殊殊」的「殊」本字是「賴」，音義見《集韻》郎才切：「賴，一曰賴隑，長貌。」粵語重言作「殊殊」（賴賴），粵音 laai⁴laai⁴，

328

有音無字，熟語有「長 laai⁴laai⁴」（《廣州話方言詞典》），形容過長，例如「件衫長 laai⁴laai⁴」（衣服長而不稱身）。

為避免有音無字，「長 laai⁴laai⁴」宜作「長犱犱」。

三

北方俚語「拉胯」或本作「賴隑」。

「拉胯」念 lākuà，東北話形容差勁，情景意義又同「掉鏈子」。這個詞形容人關鍵時刻打退堂鼓或不能有所作為。坊間傳說「拉胯」的掌故是指胯骨拉到地上，比喻癱軟如爛泥一般，例如東北話的「這小子賊拉胯」。也有人認為「拉胯」是北京方言，比喻人在關鍵時刻掉鏈子，例如北京土話「拉了胯」。

「拉胯」的另一個掌故是狗在交配的過程中，雄狗在高潮時生殖器末端的海綿體像兩個充滿氣的氣球，令雌狗在交合時無法分離，這個情形民間叫「鏈住」。坊間於是將公狗未射精的情況下生殖器脫出叫掉鏈住，寫作「掉鏈子」，相關意義是自行車在行進過程中掉鏈子。

從粵語「爛袴」與北方話「拉胯」的讀音相近可見，粵語「爛袴」用「賴隑」形容衣服過長的意義，而北方話「拉胯」則從衣服過長引申指走路磕磕絆絆，在應用中形容差勁。同時「拉胯」由于另有與狗有關的掌故，也指關鍵時刻打退堂鼓或辦事不力。

連綿詞「賴隑」雖然沒有用例，但從粵語「爛袴」和北方話的「拉胯」可窺見其在古代漢語的應用。

特登

《廣州語本字・卷二十六・特登》

「特登」者，謂故意如此也。何以謂之「登」？「登」，得也，「得」，出也。《公羊・隱五年傳》：「登，來之也。」注：「登，讀如得。」「得」，來之者，齊人語也。齊人名求得為「得」，來作「登」。「來」者，其言大而急，由口授也。《禮記・大學》：「登，戾之。」疏：「齊人語謂登來為得來也。」聲有緩急，「得」為「登」。《呂覽》：「貴公平得於公。」注：「得，猶出也。」今之所謂「特登」，本言特得，「特得」者，特地出此也，猶言特地如此也，急讀「得」即為「登」，故曰「特登」耳。「特登」或曰「獨登」，《廣雅》：「特，獨也。」或曰「專登」，左氏《襄十七年傳》：「是專黜諸侯。」服注：「專，獨也。」曰「獨登」，曰「專登」，即「特登」也。

330

「特登」猶如故意如此。為甚麼叫「登」？「登」猶得，「得」猶出，掌故見《公羊傳‧隱公五年》：「登，來之也。」注：「登，讀如得。」「得」又猶來，是齊方言。齊人將求得叫「得」，將來叫「登」。「來」的意義是口口相傳時說話誇張而急速，掌故見東漢鄭玄注《禮記‧大學》：「登戾之也。」疏：「齊人語謂登來為得來也。」由於讀音有緩急，廣府人將「得」讀若「登」。《呂氏春秋‧貴公》：「平得於公（只要出於公心，天下就太平）。」注：「得，猶出也。」如今廣府人所謂的「特登」，本指特得，「特得」的意思是特地出此，猶如說特地如此。廣府人說話時急讀「得」即作「登」，因此叫「特登」。有人將「特登」說成「獨登」，「特」的釋義見《廣雅》：「特，獨也。」也有人說成「專登」，「專」見左氏《左傳‧襄公十九年》（詹氏誤作「十七年」）：「仲子曰：『廢常，不祥；閒諸侯，難。光之立也，列於諸侯矣。今無故而廢之，是專黜諸侯。』」東漢經學家服虔注：「專，獨也。」廣府人或說「獨登」，或說「專登」，意思同「特登」。

◇箋◆注◆

「特」讀「徒得切」（《廣韻》），現代漢語念 tè。「特」作副詞時，猶特意，例見《史記‧季布欒布列傳》：「吾股肱郡，故特召君耳。」和《水滸全傳》第十回：「太尉特使俺兩個央浼二位幹這件事。」現代漢語用例見魯迅《書信‧致曹靖華》：「（版稅）已由公司交來，今特匯上。」

「特」也有「只是」之義，例見《韓非子・外儲說左上》：「妻止之曰：『特與嬰兒戲耳！』」和《呂氏春秋・適音》：「故先王之制禮樂也，非特以歡耳目極口腹之欲也。」

「登」讀「都滕切」（《廣韻》），現代漢語念 dēng，猶立刻，文字掌故見清黃生《義府・冥通記》：「『登』，登時也。『登』之開聲為『當』，蓋言當時也。」例見南朝宋裴松之注引《會籍典錄》：「牧遣使慰譬，（曾夏等）登皆首服。」又見《古詩為焦仲卿妻作》：「登即相許和，便可作婚姻。」和《水經注・洛水》：「紫霧遲起，甘雨登降。」

粵語「特登」念 dak⁹dang¹，猶特意或故意，前義例如「特登嚟探你」（特意來探望你），後義例如「佢特登整蠱你」（他故意作弄你）。

粵語「特登」本作「特地」。

「特地」也作「特底」或「特的」，意義如下：1. 猶格外，例見唐王維《慕容承攜素饌見過》詩：「空勞酒食饌，特底解人頤。」和唐羅隱《汴河》詩：「當時天子是閒遊，今日行人特地愁。」2. 猶特意，例見唐戴叔倫《題黃司直園》詩：「為憶去年梅，凌寒特地來。」和元無名氏《小尉遲》第三折：「我特的認父親來，恰才兩陣之前，被眾將壓着，難以明認，我故意佯輸詐敗。」3. 猶突然，例見唐羅鄴《大散嶺》詩：「嶺頭卻望人來處，特地身疑是鳥飛。」和宋陸游《江上散步尋梅偶得三絕句》之一：「剝啄敲門嫌特地，緩拖藤杖隔籬看。」

「特地」的「地」(dì) 或「的」(dí)、「底」(dǐ) 在粵語音轉念 dang¹，注音寫作「登」，「特地」遂作「特登」或「獨登」，後詞今不用；又作「專登」，與「特登」意義一致，可以相互替代，例如「佢特登 (專登) 嚟搵你」(他專門來找你)，或「我係特登 (專登) 講俾你聽嘅」(我是故意説給你聽的)。

粵語「特登」和「專登」不可分訓，乃連綿詞。